勒克莱齐奥：青年作家要准备好过艰苦的生活，因为写作挣不到钱

首届益友节·大益文学之西安论坛于 2017 年 10 月 13 日 -10 月 16 日在西安举办，2008 年诺贝尔文学奖得主勒克莱齐奥受“大益文学”之邀欣然莅临，并接受了“大益文学”的专访。

您的写作习惯是什么？

我需要质量很好的纸，含 80% 的破布浆，一支 Namiki 钢笔，和一张木头桌子（我很喜欢在餐桌上写作）。

本次论坛的主题是“面向世界的写作”，那您怎么理解“面向世界的写作”？

我觉得当代文学，尤其是法国当代文学，将自己局限在一个封闭的世界，这个世界中占主导地位的是自我、时势与嘲讽。我更喜欢非主流文学（通常受少数族裔文化或移民作家启发），这种文学以不同的方式让我们看到了现代性。我尤其想到塞泽尔（Césaire）、格里桑（Glissant）、亚辛（Yacine）、杜夏尔墨（Ducharme）等作家的作品。法国文学也从比利时文化中获益匪浅，亨利•米肖的影响尤其大。

这种世界性的写作是否会与关注个人、审视自身的命题相冲突？

我坚信不会冲突。因为如果没有他者的目光，我们怎么理解自身？如果没有理解他人的意愿，又怎么理解这种目光？我不太把个体与整个宇宙隔离开来。

一个作家要具备怎样的素质才能称得上是“面向世界的写作”？

好奇心，慷慨，和直觉。

您有没有这样“世界性写作”的作品，能不能给我们讲一下它的大概内容和构想。

自己不太容易评价自己，我觉得从一开始，从我二十岁起，我就努力把目光投向他人，这种努力有时能治愈我的自恋症。

文学有大益

您怎样看待石黑一雄获得今年的诺贝尔文学奖？他算不算是以一种“面向世界写作”的方式赢得了世界的认可？

当然可以算是，他不是用自己的母语写作的，这一点便足以证明。

您对中国当下的写作有何印象（有何想法）？

我很喜欢中国现代文学（如鲁迅、老舍的作品），我逐渐发现了中国当代小说（如莫言、毕飞宇的小说）。我觉得这是一种从少年激情中获得灵感的文学，它让我们更好地理解处于矛盾状态中的人自身。

对于中国写作者而言，要想在国际上斩获大奖，是该扎根中国传统，还是该面向世界？二者是否矛盾？

一点都不矛盾。中国“古典”文学非常具有创造力，因为它表达了一种整体意识，与对大自然的爱密切相关。与此同时，它也具备一种尖锐的社会批判意识。中国的现代性是对今日都市化、科技化的世界的表达，也就是说既具有批判性，又具有创造性。对传统的参照显得非常重要，正如我们在毕飞宇的《青衣》中看到的那样。传统只有在丧失意义时才会显得沉重。

能不能简单谈谈您的新作品？

我的新书 Alma（《阿尔玛》）是一部关于消失的小说：18 世纪被灭绝的渡渡鸟的消失；在毛里求斯岛过境的奴隶的消失。这些奴隶在世界各地建立了富饶的殖民地，但他们的名字却被后人遗忘。

您对现在的青年写作者有什么建议？

阅读，倾听，思考……准备好过艰苦的生活，因为写作挣不到钱……

TAETEA LITERATURE
大益文學

跃
FLY

05
大益文學
TAETEA LITERATURE

主 编 陈 鹏

漓江出版社
LIJIANG PUBLISHING

大益文學

图书在版编目（CIP）数据

跃 / 陈鹏主编；（法）勒克莱齐奥等著 .-- 桂林：漓江出版社，2017.12

（大益文学）

ISBN 978-7-5407-8365-5

Ⅰ . ①跃… Ⅱ . ①陈… ②勒… Ⅲ . ①世界文学 - 作品综合集 - 现代 Ⅳ . ① I11

中国版本图书馆 CIP 数据核字 (2017) 第 308708 号

05 跃

出品人：吴远之
主编：陈鹏
特约编辑：马可　半墨
责任编辑：陆源
助理编辑：孙静静
装帧设计：庄海萌
出版人：刘迪才
出版发行：漓江出版社
社址：广西桂林市南环路 22 号
邮编：541002
投稿邮箱：dayiwenxue@163.com
发行电话：010-85893190　　0773-2583322
传真：010-85890870-614　　0773-2582200
印刷：昆明德光印务有限公司
开本：787 × 1092　　1/16
印张：17.75
字数：150 千
版次：2017 年 12 月第 1 版第 1 次印刷
书号：ISBN 978-7-5407-8365-5
定价：60.00 元

《跃》目录
Fly Index

序言 Preface ‖ 001

记录 Record ‖ 005

对垒 Confrontation ‖ 017

小说 Novel ‖ 055

首届大益国际（法国）写作营作品专辑

Collections of the First TAETEA

序言
Preface

倾听心脏跃动的声音

陈鹏

编完本辑“大益文学”，二〇一七年匆匆掠过，就像球场上那只倏忽来去的黑白色足球。

文学和足球颇多相似之处，这不是本人踢球出身非要生拉硬扯，而是除了足球的黑、白，白纸、黑字也是文学的标配。白、黑，人类的书写不约而同选择世界的两极，它们最日常又最神秘，最简单又最繁复，最深邃又最直接，人用它们书写面对上帝的心声——那噗通噗通的心脏跃动的声音，有时宛如天籁，有时粗暴无我。人心的黑白变奏恰恰是这个世界真实的隐喻：善的，恶的；人的，非人的；可说的，不可说的。“祸兮福所倚，福兮祸所伏。”在大道中，黑白亦是阴阳，亦是祸福，是我们对待自身和外物应该秉持的平和之态，是提醒我们好坏交替的自然辩证法。当然，我个人看来，最重要的黑白也许是“计白当黑”或“执黑守白”吧。

文学的力量，往往在这“执”和“守”之间腾挪转换；文学有大美，须通过这执和守实现洞彻灵魂的漫漫旅程。所以我们呼唤更深的，直击心脏的文字；皮之不存毛将焉附，当我们遭遇越来越多直奔故事而忘掉汉语之流畅、之精约、之丰美的各类文本，总是如鲠在喉，有话要说，总想大喊一声：嘿，哥儿们，写作可是你必须执守的阵地啊！

也许是最后的阵地。世界变化太快，标准和誓言贬值了，朝闻道，人好好活着，道却“夕死而已”；书也发黄褪色，买得越多越未必翻开；

时间给了影视、网络和手机，用一种守黑而忘白之态匆匆娱乐一把速死。这似乎是不再需要文学的人间了，也不再需要执守。换言之，执守之心和执守之道又有多少人赞同，还有多少人相知？

但文学，特别是严肃文学非执守不可为，那些难料的世事人心，莫测的离愁别绪，恰恰需要文学家们的慧眼和双手牢牢抓住，至少这些“执”能为这个时代留下点什么，就像莎士比亚留下奥赛罗，麦尔维尔留下莫比·迪克，托尔斯泰留下安娜·卡列尼娜，海明威留下杰克·巴恩斯，博尔赫斯留下玫瑰街角的汉子，马尔克斯留下布恩迪亚少校……知不可为而为之，勇也！人类的心跳声从来没有停歇，也轻易不会改变，缺少的正是时代托付文学家们的执和守，甚至，偏执的守。

勒克莱齐奥当然是这个时代偏执的守护人之一，“文学大益人类”的激励，与我们“文学有大益”异曲同工，这位反复奔波于中国、法国之间的诺奖得主一直以超越时代的眼光审视人类，笔下涌动着深深的悲悯情怀；他捕获的心跳声不乏人自我交战的喁喁低语和疲乏如哈姆雷特的独白，“生存，还是毁灭，这是一个问题。”他深知，没有比文学更能抚慰这个看似差别越来越小实则鸿沟越来越深的世界了，没有比文学更好的在聆听之后还能开出药方的良医了，所以，他正告我们：好好坚守，世界需要文学。

但执守并非守着窠臼不放，更不是抱残守缺裹足不前，执守，是执之后以更开放的视野和更阔大的胸怀拥抱世界，是我们既不放过身边的凡人小事更不放下远方的鹰击长空与孤烟落日，不放下我们人类那些终极的命题：从何来，欲何往？我，是谁？我来，何为？

面对这些问题，我们积极回答，在刚刚过去的二〇一七年不仅开办了大益文学国际（法国）写作营，还认真整理、集纳了各国作家在写作营里留下的作品。与法国真是有缘呐，前有勒克莱齐奥拔刀襄助，后有写作营二十天的耳闻目濡，文学，因其聆听着自己和他人的心的跃动而魅力无穷，我们，更因为这胆大包天的“跃”——跃出国门，跃向高点的努力而颇感自豪。但这一跃，绝不是为了哗众取宠的表演，而是为了中国文学昂扬丰沛的未来。

看见吗？黑字在白纸上的跃动是我们留下的证词，是那些滚烫的心脏深陷暗夜和光明的噗通噗通的声音，它们悲伤无限，也快乐无比。

记录
Record

让-马里·古斯塔夫·勒克莱齐奥，法国著名文学家，出生于1940年，是20世纪后半期法国新寓言派代表作家之一，也是现今法国文坛的领军人物之一，与莫迪亚诺、佩雷克并称为“法兰西三星”。2008年获得诺贝尔文学奖。2013年受聘为南京大学教授、博导，至今已在南京大学授课五年。代表作品有《诉讼笔录》《战争》《流浪的星星》《饥饿间奏曲》《沙漠》等。

Pour la
littérature
Taetea

la littérature
fait
grand bien
à l'humanité

Le Clézio

14 oct. 2017

《大益文学》

文学大益人类。

勒克莱齐奥题

许钧译

二〇一七年十月十四日

播种

——在首届益友节·大益文学之西安论坛上的演讲

[法国]让-马里·古斯塔夫·勒克莱齐奥
施雪莹/译
许　钧/校

世界的历史先于文学的历史，有时也与它同行。令人费解的是，文学史有时也会显得很有预见性，它营造出一种敏锐的感觉，实际上这种敏锐感要到作品写就许久之后才会显现出来。因此，我们才能从尤利西斯[①]在“酒红色大海”之上的漫长旅途中，看出关于古典希腊时期哲学追问的先兆，以及逐渐将地中海沿岸的欧洲居民汇聚到一起的相遇。同理，孔子时代，中国出现了人文主义的必要基石，它随后成为这一伟大文明的酵母，成为其诗学的根基——尤其是在杜甫、王维还有李白的时代。文学是这种人文主义最关键的组成之一，这就是为什么，尽管已是古董一件——还有什么比纸书与书写更老旧呢——文学依然在现代化的种种形变中幸存了下来。

人们不无自负地断言文化交流属于全球化时代——我们当今的时代。这份虚荣又为全球化时代的诞生定下了种种日期。有些人认为，它诞生于大规模的征服时期——亚历山大时期的希腊，成吉思汗时期

① 即奥德修斯。

蒙古人的扩张——或者诞生于远距离的探索之旅，马可·波罗前往中国，克里斯托弗·哥伦布到达美洲，抑或库克船长去往大洋洲。确实，这些时间点是标志远隔沙漠与海洋的人群相互会面的重要时刻。但得益于艺术品与文学，相遇发生得更早。全球化不仅造成了经济冲击（有些是灾难性的，比如西班牙人与葡萄牙人入侵美洲，或是法国、英国与德国征服非洲），它更促成了文化与美学的融合，在意识层面深刻地改变了世界。

我们很难计算这些影响需要多长时间才能在世界历史中发挥作用。或许仅举一例便足以说明过程之缓慢：据说，公元前六世纪的中国（孔子之后，战国时期），一位伟大的天才哲学家，墨子，发明了首个暗室。他观察到一座佛塔的图像穿过门上的小孔倒映在昏暗房间的墙壁上，于是便差人造出了这间能将远处物体成像的暗室。这一非凡发明由此成为人类历史中一个最基本计划的出发点：对现实的再现。墨子的发明首先为波斯人所了解，随后是古典时期的希腊人，接着又通过阿拉伯世界传到威尼斯。文艺复兴时期——达·芬奇、拉斐尔的时代，发明被进一步改进，通过添加透镜与可移动壁板实现了聚焦——它使精确描绘模型与景物成为了可能。从达·芬奇到加纳莱托[①]，所有伟大画家都在使用这一发明。现实由此被引入艺术之中——当然了，还有艺术工具，亦即照相机与摄像机（camera 一词的本意便是指墨子最初发明的暗室[②]）。

所以，在经济全球化的边缘，或是孕育全球化的过程中，思想、发明、文学与艺术品的流动就已经为全新的人文主义做好了准备，而当今世界的每一个国家，无一例外，都在从中受益。

求真的例子在文学历史中比比皆是，是它让每个时代得以在现实

---

① 意大利画家，以描绘 18 世纪的威尼斯风光主题知名。

② 法语为 chambre noire，在拉丁语中即是 Camera obscura。

与愿望间达到平衡。世界文学历史的关键时刻之一，要数一本前所未有的最具颠覆性的小说的出版。

《来自拉曼查的聪明骑士吉诃德大人》[①]，米格尔·德·塞万提斯·萨维德拉笔下鼎鼎有名的堂吉诃德。不要忘了小说是在怎样的背景下写成的，又实现了何等的精神解放，法国哲学家孟德斯鸠如此评价："本书让其他所有书籍沦为一纸空言。"

塞万提斯所写的堂吉诃德仿佛一架战争机器："愁容骑士"与他忠诚的随从桑丘·潘沙，穿过十六世纪的卡斯蒂利亚[②]，展开离奇可笑的冒险，一个为了赢得他的梦中女郎，杜尔西内娅·德尔·托波索[③]的爱情，另一个则为了得到一座黄金岛，当上总督，从此衣食无忧，毕竟活着的唯一目的，正如堂吉诃德所说，不正是"填饱挨饿的人，喂养口渴的人"么。在他疯狂的旅途中，骑士挑战了一个又一个经典的敌手，摩尔人、恶棍，甚至是被他当作巨人的风车。但小说还讲述了另一场战斗，是塞万提斯，这位史诗时代混乱想象的继承人，为了反对他所在时代的谎言与谬误而必须发起的斗争。要想理解这一点，就不能忘记在他生活的年代，文学的面貌是漫画式的。骑士小说的影响无孔不入，尤其是稍早于《堂吉诃德》出版的，加尔西·罗德里格斯·德·蒙塔尔沃[④]的长篇英雄小说《高卢的阿玛迪斯》[⑤]，以至于西班牙国王腓力二世[⑥]不得不在一五五〇年颁布敕令禁止"任何西班牙人或殖民

---

① 对原标题的字面翻译。

② 西班牙历史地名，其边界随历史时期而变动。主要包括现在的卡斯蒂利亚－拉曼恰（Castille-La Manche）、卡斯蒂利亚－莱昂（Castille-et-Léon）、马德里等自治区。

③ 又译达西妮亚·托博索、杜尔西内娅·台尔·托波索等。

④ 十五世纪西班牙作家。

⑤ 中世纪著名西班牙骑士小说。

⑥ 哈布斯堡家族的西班牙国王，又译费利佩二世、菲利普、菲利波等。

地的印第安人阅读骑士文学书籍”。幸而有了塞万提斯，这道敕令无须执行了，因为这种可笑而贻害颇深的模式已经走到了尽头。就这样，仅凭一本小说的力量，世界彻底摆脱了某个谎言，并在一瞬之间，超越所有界线，触及了具有普世价值的现实主义。

有人也许会反对说这种影响是晚近才产生的。在中国，在日本，欧洲文学的翻译姗姗来迟，与之相对，这些国家的伟大作品也长期不为欧洲读者所知。但是，如果我们从整体上考虑世界文学的进程，就会发现，同一时期绝大多数国家的思潮总有相似之处。曹雪芹的例子就很有启示性：这位小说家，伟大小说《红楼梦》的作者，与英国现实主义小说家，令人难忘的辛辣巨著《巴里·林登》与《名利场》的创造者，威廉·梅克比斯·萨克雷[①]是同代人。在同一时期、相似的政治背景下（封建社会末期的中国，进入现代剧变中的英国），文学都诞生出了批判的现实主义，戳穿了当时精英制度的神话。宝玉和巴里·林登都是叛逆者，他们利用女人的柔情，向体制发出挑战。尽管有明显的不同，这两部小说都成为即将到来的世俗社会的先锋，宣告了特权的终结与千年传统的崩析。这个观点很有意思，也值得深入探究：众所周知，许多技术发明都是几乎同时在世界各地出现的，彼此之间并没有明显联系——例如印刷术的发明、航海术、日历算法，以及后来的蒸汽机与电话／传真等。因为我有意将思想的传播与农事的播种联系在一起，也许我可以说，这些种子与孢子正是通过笼罩在我们星球表面虽不可见却真实存在的气流播撒开去。最惊人的例证要数阿兹特克诗人（古墨西哥）内萨瓦尔科约特尔[②]，他在十六世纪写下一系列诗歌，无不执着于死亡与人生苦短，当时正值西班牙征服者登陆他的王国，而他们也带着巴洛克时代的悲观动摇。这两种文明，彼此完全

① 英国维多利亚时代最重要小说家之一，代表作为《名利场》。

② 1431 至 1472 年间墨西哥特斯科科城的统治者，同时也是著名的诗人、建筑家与哲学家。

陌生，却在各自进程中，发展出同样的消极主题。这个例子非常极端。既然今天我们齐聚西安，著名的丝绸之路的起点之一，我们不妨援引其他文化之种传播的案例。编年史作家曼德维尔[1]所使用的关于中国的文献，绝大部分都是神话，他为欧洲读者所展示的中国更多源自想象而非现实，灵感源于郭璞编纂的著名的《山海经》，这难道不令人震惊吗？然而无论我们是否愿意，事实往往如此：梦幻的神话与想象远比现实传播得更为迅速——别忘了，在欧洲，照相术最早就是用来证明鬼魂可见的存在的！

但我想和大家讨论的是另一种施肥过程，因为比之社会学，文学对我更有吸引力。文学鲜少具有预见性，其目的也并非开出良方，文学更多是种见证，有时也能助人辨识恶端。让各种文化更加肥沃才是它的主要原则，是它存在的意义。塞万提斯的小说、莎士比亚的戏剧、李白或王维的诗都不只面向他们的同代人，不只谈论他们所属的国家。他们是更广义人性的载体，这种人性能从他们身上获得改变所必要的酵母与力量。自有书以来，书就一直是获取知识的途径，因而也是通往自由的途径。十八世纪，在我出生的小小祖国毛里求斯岛，一个奴隶要是胆敢接近一本书，就可能遭受残酷的鞭刑，哪怕是圣经。在法国，留尼旺作家路易·蒂玛热纳·武阿[2]的小说《逃亡者》长年因颠覆政权罪被判为禁书。

更广泛意义上看，人的精神正是通过文化，通过文化中属于想象（或创造）的部分获取养分的。对我而言，最重要的文本之一便是长篇系列传奇《摩诃婆罗多》。这部伟大的史诗（诗句逾两万行，其最长版本多达十万句！）可以被当作历书阅读，是世界文学中众多主题

---

① 十四世纪探险者、作家，其游记记录了从埃及、印度直至中国的见闻与故事。

② 留尼旺（当时称波旁岛）作家、医生，其作品《逃亡者》（Les Marrons）是留尼旺文学的第一部小说。

的源头——一如月天的《故事海》[1]是《一千零一夜》的源头。但《摩诃婆罗多》所包含的，首先是对所有人为了自我实现所必须完成的内心斗争的隐喻。系列开端的《森林篇》（Livre de la forêt）颇为完美地象征了全人类的共同历史：它始于蛮荒，在逐步的教化中走向人文。本书中最动人的章节是国王那拉（Nala）与达玛扬蒂（Damayanti）的爱情，矢志不渝，战胜了猜忌与人性的丑恶。最为人熟知的章节，名为《薄伽梵歌》（Baghavad Gita），讲述了一场充满象征意义的斗争，其目的是认识非我，后来，它启发了圣雄甘地的非暴力不抵抗运动。有人或许会反驳我，认为这些作品，以及印度播撒出的绝大部分种苗都不为大众所知——至多也不过沦为充满异国情调的作品之流。其实此言差矣。如果说和平已经成为世界范围的普世价值观，就必须看到这一观念在很大程度上扎根于印度思想，我们从《摩诃婆罗多》的《斡旋篇》[2]便可以看出——还有吠檀多派[3]的哲学中。和平的革命催生出一种建立在谅解与分享之上的多元文化。但我们也要清醒地看到，文学并不是美化后的道德条约：《摩诃婆罗多》，同中国的《三国演义》一样，并非和平之书。一如《圣经》，一如《奥德赛》，书中描写了残酷的战争、人类的激情、争夺权力的野心与斗争。它所描述的古老社会建立在不平等的基础之上。因而它所期待的阅读不应停留在字面，而是类比的阅读，能将神话换置于不同时代背景中，完成它们穿越时代的更新。

当然，这并不美好的世界远非十全十美[4]。社会冲突、不公、歧视排外与社区团体的故步自封都是永恒的威胁，正如近来可见，几乎

① 古代印度诗体故事集。作者是月天（Somadeva），又译苏摩提婆。

② 又译《备战篇》，为《摩诃婆罗多》第五篇目。

③ 印度六派哲学之一。

④ 对伏尔泰在《老实人》中所引莱布尼茨“在这个美好的世界上，一切都十全十美”（tout va pour le mieux dans le meilleur des mondes.）一句的仿写。

在世界各地，宗教极端势力与不同身份群体间的暴力冲突屡见不鲜。当文化被等同于一个孤立于所有人的隔绝体，它也可能成为纷争的催化剂。这是一个误区，却不幸被各处的政治煽动者所利用，以实现自我的野心。这就是为什么作为文化载体，文学作品的传播显得至关重要。正是它们让我们得以理解他者，不仅包容对方的特殊性，更学会爱他人，向他人敞开心扉。

今天的中国在这方面做出了表率。再没有哪个国家，文学的传播能得到如此大力支持、具有高度组织性且备受重视。通过外语学习，通过翻译项目，全世界的文学都被介绍到中国，并为广大读者所阅读。我自己亲身经历过这些会面，我也见证了现代中国的集体意志。这意愿还希望打破大学学科之间的隔阂，让科学与人文得以相遇，共创全新的人文主义。这话或许显得抽象：我在南京大学授课期间，在我因之实现的众多相遇中，我发现研究高深的中国古典诗歌——唐诗宋词最好的专家中，就有一批理科生，来自天体物理学、地理学，还来自社会学或信息学。如此的开放性正是中国未来的希望，理应成为各个大学的榜样。

文学与艺术的险区就在于拒绝这种普世性。若是将一部作品限于某一民族主义或地区主义的表达，就彻底弄错了艺术创作的目的。当然，作家总是属于某个集体的，也总是首先讲述他所熟识的小世界——通常作家写作的时候，这个小世界已经不复存在了——法国小说家马塞尔·普鲁斯特如此，中国作家老舍亦是如此，两人出生的阶层当时都在消失中。当代伟大小说家莫言的情况也是这般，他调动其记忆，与我们分享了农民告别劳苦之后中国的发展。当然，现实主义并不是这些作家实现目标的唯一途径，他们也创造出一个领域，一块既是神话、又是现实之地，在那里，一切都实现了超越，为我们提供了某种典范。这其中唯一的真实就在于他们语言的创造，在于他们的创造力。

融合：我们必须面对杂糅的问题——全球化之所以在当下引发争议，正是因为交流与文化始终是单向的。同时还因为国境线——这条隔开坐拥一切（饮用水、药品、食物与教育）之人与一无所有之人的想象之线——已经成为残酷的过滤器。

富有国家与贫穷国家之间，原料和劳力均可流动，唯有进步的果实不能。在这个自私而贪婪的世界里，万物皆可出口，唯独除去人道精神。

经济发展水平高的现代社会，心系自己的特权，他们只有在触及自身时才会赞扬人的生命的价值，对待他人则充耳不闻。他们的公民才是命运的主人，是唯一有权号令宇宙的存在。无论往昔今日，这种态度都非常危险，因为它包含着引发未来战争的诱因。

统一的理想依旧遥不可及，这不过是知识分子的创造。当我们谈起流散、播种与融合，就会发现殖民社会陈旧过时的幻想依旧阴魂不散。它们依然存在，并毒害着社区之间、国家之间，尤其是个人之间的关系。

文学（这里我所指既是现代小说也是古典史诗）坚决反对任何宗教极端主义。作家所言不只是他们的时代与土地。他们是融合的产物，他们表达的是广袤世界中我们人类文明的复杂性与多变性，其中心必然不是唯一的，而是多元的。

西安，2017 年 10 月 14 日

对垒
Confrontation

尤迪特·海尔曼，德国当代女作家，成名作是1998年出版的短篇小说集《夏屋，以后》，出版有《除了幽灵，别无他物》《爱丽丝》。

马尔特

[德国] 尤迪特·海尔曼
浮蓝 / 译

在那个雨天，爱丽丝见到了弗雷德里克，那是他们第一次，也是唯一的一次会面。雨不大，但一直下个不停——条条倾斜的细线布满了冬日的天空。时值十一月中旬，弗雷德里克说他要来柏林。他不是特意选在这种天气和爱丽丝见面的，爱丽丝也一样，虽然她觉得这种天气恰到好处。恰到好处的死气沉沉，恰到好处地需要一把伞。像往常一样，她的车停在街区边缘，她总是把车停得非常远，需要走好几条街才能到达。爱丽丝很早就出门了——带着伞，穿着高跟鞋和灰色外套，手提包挎在肩上——她觉得自己的装束有点过于正式了。弗雷德里克一时兴起订了旅馆的房间，就在市中心河边的位置。这肯定是他一时的古怪念头，爱丽丝想，但也可能只是出于便利，毕竟是在市中心。那个房间应该可以看到河水和钢铁大桥——鸽子在桥架上筑巢，火车在桥上来往驰行；河水是浊绿色的，上面漂着闪闪发亮的油纹。这美丽的施普雷河，锈迹斑斑的货船，短程的游船，破旧的拖船，一切都和四十年前一模一样。也许弗雷德里克是因为这个才选择这里的。

十一点左右，爱丽丝打算去旅馆接他。

“在你的房间见？”

“在大厅见。不用到房间来。到时我下楼。”

她并不知道弗雷德里克的确切年龄。大概七十岁——他还活着，这可真是个奇迹；其实他很可能已经不在了，那真的是非常有可能的。最初是她先打的电话，而他接了。爱丽丝当时吓了一跳，她已经准备挂断电话了。他的声音听起来低沉而温和——不是虚弱，而是温和——她深深地吸了口气。“你好，我叫爱丽丝。”她说，“我们不认识，但我是马尔特的侄女。”

弗雷德里克一时间怔住了。随后他问她是怎么知道这个号码的，他的声音既不友善也不冷漠，几乎不带感情色彩。

“从电话簿上，”爱丽丝说，“是真的。”

就在那一刻，在弗雷德里克沉默的瞬间，在那极为短暂的时间间隙，爱丽丝知道，她唤起了弗雷德里克四十多年前的记忆——不论他愿不愿意。他或许会追溯所有的盛衰浮沉，直至回到那一天，回到他的好友马尔特结束自己生命的那一天。这对他来说残酷吗？因为这通电话，爱丽丝把弗雷德里克搞得一团糟，打乱了他的安排，打破了他日常生活里的平静。这么做有点过于轻率和唐突了，但爱丽丝不过是说出了一个名字——她的发音吐字已经尽量轻柔。

“噢，”弗雷德里克说，“这到底是怎么回事？”

弗雷德里克又重复了一遍：“噢，这到底是怎么回事。”爱丽丝有点庆幸，他的语调并没有表露出任何不悦。她说她也不知道自己究竟在期盼些什么，但她想见他。

“我想见你，仅此而已。我给不出一个很好的理由。”

他似乎明白了，或者说他不介意。他问道：“你住在柏林吗？”他的意思是：你是否也住在柏林，正如马尔特过去也生活在这里，虽然，马尔特已经不在了——爱丽丝回答说，是的，她住在柏林。说话间，她仿佛看到这样一个画面：身处漆黑的后院，站在垃圾桶和地毯棍上，视线所及，一座一层公寓的窗台上放着一个陶罐，罐子里种着一株植物，而罐子四周满是嘎吱作响的昆虫壳。就是爱丽丝脑中浮现的画面。她自己都觉得奇怪。

“好的，我还是会去柏林，”弗雷德里克说，“很频繁，我们柏林见吧，给我你的号码，下次到柏林时我给你打电话。”

他进入另一种状态，声音突然间变得活跃有力。爱丽丝留了电话号码；他没有重复确认。这事或许不会有下文了。然而两个月后，他真的联系了她。

爱丽丝步履蹒跚地踩着高跟鞋，她绊了一跤，险些跌倒，惊出一身冷汗。她本该穿双别的鞋子，本该把手提包搁在家里。她的外套已经给雨水弄脏了，等她走到停车处，肩膀处也会因为挎包而变皱。她到底为什么要见弗雷德里克？只是想把自己介绍给他认识一下吗？显然不是这样。爱丽丝将雨伞向后倾斜，抬头看着黑色的树枝；她的脸被打湿了。天空是灰色的，这让其他的一切越发显得绚丽夺目：橘红色的垃圾车，黄色的邮政车，咖啡店窗内朦胧的金色光晕。垃圾车滚筒吱吱作响地停下来，清洁工把垃圾箱推到滚筒入口处，叮叮当当，聒噪十足。收音机的音乐声从临街建筑的脚手架后传出，随即又被蜂拥而至的建筑残骸所淹没。消防车鸣着笛，单调的四音符音程。直升机从空中疾驰而过，发出震耳欲聋的咆哮。到了黄昏，气温会接近零度，在这个十一月，在这样的一天。这到底是怎么一回事？她到底在做些什么？爱丽丝或许会说：“弗雷德里克，你知道，其实都是因为我自己。”但她没有说，也不打算说。弗雷德里克总会知道的。

爱丽丝从没见过马尔特。马尔特本来就要做叔叔了，如果他没有在那个三月自杀的话——那是四十年前的事情了。爱丽丝是四月出生的。然而，当她的生命刚刚开始，马尔特已经长眠于青草之下，长眠于遍布石块、茉莉和杜鹃花的坟墓之下。“你是我们的黑暗之光。”爱丽丝的祖母，马尔特的母亲，曾在自己的台历上如此写道；字迹清晰，从容不迫。

爱丽丝摇摇头，啧啧舌——成为别人的黑暗之光。这时她看到了她的车。它依然停在那里，停在一排乱蓬蓬的连翘树丛后，紧挨着天文馆。她总是为此感到惊喜，惊喜于车子仍一动不动地停在原处。挡风玻璃的刮雨器下有张便条，便条的主人已经走出十辆车以外那么远了，那是一个骨瘦嶙峋的、穿着黑色紧身连衣裤的吉普赛人。他裸露着双肩，右腿有点不方便；他声嘶力竭地宣讲着什么——很难听明白他在说些什么；他情绪激昂，看不出那是愤怒、狂热，还是其他的什么情感。天文馆的圆顶在雨中消失了。几只肥硕的乌鸦停在冬天的草地上；沿着牧场的边缘，城市快轨列车发出嘈杂的声响。爱丽丝一直看着吉普赛人转过街角，消失在另一个住宅区里。他走得很慢，一瘸一拐地走过一个又一个挡风玻璃，不时仰望天空。爱丽丝顺着他的视线看过去，什么也没看到，只有墨水般的深色乌云。当她回过头再次看向那排汽车的时候，他已经不见了。刮雨器处的红色小卡片上写着一个陌生的电话号码，吉普赛人想买爱丽丝的车。在一阵茫然和慌乱之中，她匆匆翻出手提包里的车钥匙，打开车门，把小卡片和手提包都放在副驾驶的位子上，然后上车，关门。车门发出短促而沉闷的声响，她关门时总是太过用力。这是一辆日本车，非常小巧，由日本复合板材制成。车内正中的后视镜上挂着一个印第安捕梦挂坠——一个绳网，底端是褐色和白色的羽毛。变速杆旁的托盘里放着几张口香糖纸，还有车场计费器的收据以及几枚硬币，车内充满了潮湿的塑料气味——这是太过私人的空间。爱丽丝莫名其妙地流出了眼泪，也许只是有点困倦。她拧转钥匙，启动引擎，花了好大工夫才把车子挪出来。吉普赛人没再出现。刮雨器开始摆动，发出轻柔的吱吱声，在被雨打湿的玻璃窗上刮出一尘不染的半月形状。

据爱丽丝所知，马尔特没有驾照。那是六十年代末的西柏林。据爱丽丝所知，他不会开车，也许想学，但从未付诸实践。有太多事他都没来得及做。他喜欢去王子大街那个叫作“王子泉”的公共游泳池。他会无所事事地躺在游泳池边上，日复一日，从六月，七月，再到八月。

当然了，抽着烟，也许是加巴蒂·卡利弗牌香烟；穿着格子衬衫和紧身裤。那时候城市快轨的票价是50芬尼[①]。他的裤兜里装着些10芬尼面值的硬币，以及纸质地铁票。火车在地面上疾驰，穿梭在王子大街弹痕累累的灰色建筑间，然后在到达维滕贝格广场车站之前猛冲至地下，一直到策伦多夫区的克鲁默湖车站才会再度出现在地面上。马尔特和母亲一起居住在策伦多夫区，那是一栋三层楼的房子，后院是丁香花、接骨木灌木丛以及一条走廊。当时马尔特十八岁，弗雷德里克比他大十岁，而战争刚好结束了二十年。草长得很高了，蒲公英也一样，整个花园杂草丛生。这栋房子位于瓦德胡特街，附近的快轨车站碰巧也叫“汤姆叔叔的小屋”。克鲁默湖也在附近——湖边长满了芦苇，湖面上则漂着一条名叫“莫利”的小船；在高高的草丛里，一只名叫“菠咪”的小猫正穿梭于蒲公英和三叶草之间。三叶草充盈着丰富的汁液，柠檬汽水盛放在波纹玻璃杯里——真是个星光璀璨、清朗明澈的夜晚。

马尔特爱着弗雷德里克，弗雷德里克也爱着马尔特。爱丽丝只知道这么多了，寥寥数语，以及一些想象——松林的气味，湖水的气息，还有被晒得暖烘烘的小猫的毛皮。她把听来的事情拼凑在一起，就是这样了。他们没跟她说过太多。从照片里可以看出：一只草丛里的猫，她伸展着后腿，小脑袋对着镜头，带着猫所特有的傲慢和无所不知的那种神情。这是一张黑白快照，“菠咪”，她的祖母在照片下方如此写道。还有一张是马尔特的照片：他正坐在走廊里抽烟，身穿条纹衬衫，额前搭着刘海，目光微微低垂。这是二十岁的马尔特，爱丽丝在三年后才出生。没有克鲁默湖的照片，也没有小船的照片，但爱丽丝对它们不陌生。小船的名字叫作“莫利”，它的发音听起来十分悦耳。那些甜蜜浓烈的亲吻，亲吻肌肤，亲吻头发。马尔特想念着弗雷德里克，他只想念弗雷德里克；他感受着那份绝望，以及欢愉。

---

① 德国原硬币，1马克等于100芬尼。

爱丽丝不知马尔特为何结束自己的生命。她感到吃惊的是，谁也无法告诉她这件事情的具体原因；当她问起时，他们只是吃惊地看着她，瞪大了眼睛，表情有如小丑的脸谱。因此，她无从知晓。她真的一无所知。是因为沮丧、忧伤，抑或躁郁症？不堪生活的负荷？总之他厌倦了自己的生活。但究竟为什么会这样呢？

爱丽丝开着她的日本车，沿着狭窄的街道经过天文馆，驶向主路的方向。此刻正是柏林的早高峰时段，她十分疲倦地耷拉着眼皮。印第安捕梦挂坠缓缓摆动，从一边再到另一边；变速杆旁的托盘里，硬币发出轻晃的声响。交通信号灯兀自亮着。她不知道自己为何会选在那样一个特殊的时间联系弗雷德里克——就在今年，在这个秋天。因为他正在渐渐老去，其实她也一样；因为人总会突然离去，消失在日升月落的风景里。也许就是因为这个。从第一次听到他的名字起，她就开始琢磨他：他是马尔特故事的一部分，但不是这个家庭的一部分——这使他显得如此与众不同，使他拥有独一无二的视角。整理——有些东西是该整理一下了，把事情重新归纳，理清楚哪些东西可以暂时搁在一边，哪些还不行；放下某个心头的重担，换以其他的东西来替代；发现事情的关联，或者发现其实什么关联都没有，不过是些假想的关联——不过是种幻觉，一如倒影；不过是温度、光线，以及季节的变换。

她沿着主路，从东北向西行驶，驶向柏林电视塔[①]的方向。车流一度停滞，随后又缓缓开始移动。在一家咖啡店窗外，一个女人脱掉了毛衣，但她的辫子在衣领处给绊住了——毛衣里是一件褪色的粉红色衬衫——她的腿还盘绕在高脚凳的支架上。在一座建筑大门外，一个工人关停了混凝土搅拌机的滚筒，然后摘掉手套。在一辆停靠在路边的出租车内，司机正在睡觉，他的脑袋低垂在胸前。休耕的土地，

① 柏林市高度最高的地标性建筑。

塌顶的车库，一座加油站，一只左摇右摆的塑料老虎玩具。大型酒店，观光旅馆，阁楼。宽大的厂房落地窗内，人们在跑步机上奔跑，他们抬头看向电子监控屏，那些图像正在迅速变换。街边的广告牌令人眼花缭乱："美味熏鱼""成为自己的英雄""《乌布王》[1]""砰砰！夜晚结束了""黑色枫糖"……法国梧桐有着灰绿色的树干，树枝上落着乌鸦、喜鹊或是寒鸦。红灯又亮了。在爱丽丝旁边的那辆车内，一个女人边锉指甲边讲电话，她的手机夹在耳朵和肩膀之间；女人似乎有点烦躁，也许她对着电话说了声再见，一副疲倦的、慢吞吞的模样；然后是换挡，踩油门，驶离主路。爱丽丝则继续驶向高楼林立的报社、教师会馆以及旅游大厦[2]的方向；一辆有轨电车穿过十字路口，站台上一名年轻女子正在手提包里翻找着什么，她显然在寻找一样重要的小东西。

而弗雷德里克，与此同时，正待在旅馆的房间，他的窗外就是河水。他于半小时后见到了爱丽丝——这个他素昧平生，多年来全不知晓的女人。对他来说这是什么感觉？爱丽丝很想知道。像一场游戏吗，重要吗，还是无关紧要？或许他根本就不在意任何事情，或许他仅仅是有点好奇，仅此而已。

她试着去想象他旅馆房间的模样：一个单人间，一张宽敞的大床，窗边有把扶手椅，上面铺着酒红色毛毯；他的小旅行箱放在搁物架上，他的外套挂在搁物架旁边的衣钩上，那是一件海蓝色家居服；门旁的墙壁上，一张地图镶嵌在黄铜相框里，上面显示着火灾紧急逃生路线——一个小小的红十字，"你在这里"——确实，有很多条逃生路线；挂在门把手上的标牌写着"请勿打扰"或者是"立刻清理"；隔音窗，嘈杂的空调；床头柜的灯旁放着一部电话，便笺本和铅笔杆

---

① 法国剧作家阿尔弗雷德·雅里（1873–1907）的戏剧代表作。作者被誉为超现实主义的鼻祖，开创了荒诞派戏剧，在他的作品中曾出现诸多同性恋主题和人物形象。

② 教师会馆和旅游大厦都是柏林市中心的地标性建筑，两者均位于柏林市米特区。

上印着旅馆的名字；一块黑巧克力，包装纸交替着黑和金黄两种色泽。“到大厅后我会打电话给你，”爱丽丝说，“没问题吧？”

马尔特最终还是搬离了策伦多夫的房子，那栋拥有走廊、猫咪以及蒲公英的房子。他独自生活在位于克罗伊茨贝格区铁路大街的单间公寓里。弗雷德里克不在这里，他正在别处求学；他们保持通信，但很少见面。马尔特的公寓空荡荡的，仅有一张床，没有桌椅；挂衣杆上是一排金属框衣架，最外侧挂了件蓝衬衫，再往里是一条黑裤子；一盏铸铁灯，一台录音机，一些磁带，一台收音机以及一台唱机，它们全都堆放在地板上，书籍也凌乱地堆成一摞；此外还有档案夹，一对哑铃，影集，若干唱片……这就是马尔特的房间，他们说，马尔特流露出如此糟糕的迹象，他有意结束这一切——真的有人说起过这件事吗？或者他真的跟别人说过这个想法吗？爱丽丝把车挤进河边的街道，没看任何交通指示灯。她呼出一口气，双脚松开了油门。大约四十年前，马尔特的母亲心急如焚地敲门，马尔特却始终没有应声。后来看门人用铁撬棍强行打开了房门，但已于事无补，一切都太迟了。太久以前的事情了。

他是如何自杀的？用止痛药，或者是别的什么小药丸，也许是巴比妥盐酸[①]——它的发音同“莫利”一样悦耳。那个时候，巴比妥盐酸还是非处方药，现在已经不是了，爱丽丝只知道这么多。这就是结局，这就是爱丽丝所能想到的。在旅馆外的禁停区域，一些浅浅的细线横亘在地面上，爱丽丝的车就停放在这里。她把手提包放在膝上，用手指揉了揉跳动的眼皮。此刻的弗雷德里克，依然待在他看得见河流的房间里，等待着电话响起，而马尔特最终没能成为任何人的黑暗之光。那些线条就像蜘蛛网一样纤细，它们停止了她的思考。爱丽丝打开车门下了车。

① 用于镇定或催眠的药物。

在爱丽丝自己的房间里，有一幅画倚靠在窗边的墙壁上。画上是一只猫头鹰，它正在螺纹般的阴影前伸展双翅。这是马尔特的画作。她不能说他画得是好是坏，这一点儿也不重要。有时她会坐在桌旁，她真的很想好好看看这只猫头鹰。然而，她总会不自觉地将脑袋转向一边，然后起身去做别的事情了。

时钟挂在旅馆前台的上方，它金色的指针指向十二点。空气里有种皮革和家具擦亮剂的味道，前台的玻璃碗里放着薄荷糖。爱丽丝说："你好，麻烦联系一下34号房间。"她把左手搁放在前台桌面，以便被对方注意到。她的右手拎着收拢好的雨伞，有水滴掉落在瓷砖地板上——她听见了水滴声。接待员有只耳朵是畸形的，扭曲地拧成一团；他的头发像是被指甲刀剪过般参差不齐，唯有翻领上佩戴的铭牌闪烁着熠熠银光。他好一会儿也没有理会爱丽丝，他正专注于一本大账簿，极其认真地用铅笔圈圈画画——爱丽丝看不清他具体在做些什么。两个女侍者正在早餐室清理餐桌，她们把盘子弄得咔哒作响，她们用短柄手帚清扫桌面，她们重新收纳被弄皱的报纸。那种杂乱无章，那种不耐烦的气氛，还有女侍者停不下来的忸怩笑声，一切都显得糟糕透顶。就在这时，接待员一边咕哝哝自语着，一边朝爱丽丝转过脸。

"请帮我联系一下。"爱丽丝说。

"没问题。"他语调轻柔、无比耐心地说道。仿佛他只是想给爱丽丝一点时间，给她足够的时间，好让她考虑好一切。改变主意，离开——爱丽丝想——但我从未想过临阵脱逃。抱歉，现在撤退已经不现实了。她面无表情，左眼皮一阵痉挛；她若无其事地把左手从柜台撤回，只留下一个随即消失了的微湿痕迹。接待员合上了账簿，把铅笔放在一旁。他拿起电话听筒，就像置身默片一般，拨了号码并把听筒递出柜台给爱丽丝。爱丽丝生气地拒绝了，几乎是推开了伸出电话的手，几乎碰到了他。

"告诉他爱丽丝来了。"她轻声说。他皱皱眉，把听筒放在正常的那只耳朵上，等着电话那头的人先开口。没人在吗？需要找人破门而入吗？是否弗雷德里克还需要多一点的时间，好改变主意，改变整个决定。毕竟他不必非见她不可。

爱丽丝知道，弗雷德里克正坐在扶手椅上，身旁的电话突然响起，他肯定吓了一跳。虽然他一直在等待这通电话，但正因如此才会被突然吓到，他的心脏咚咚直响——爱丽丝如此徒劳地假设着。

“爱丽丝来了。”接待员说，几乎是在解释。他照她的意思做了，一边听电话一边点头，嘴角浮现出别扭的微笑。随后他挂掉电话，看着爱丽丝，又仿佛对她视而不见。“这位先生这就下楼，马上。”他说道。

爱丽丝不知道该待在哪儿。她站在大厅正中的电梯前，右边是前台，左边是早餐室。环绕着电梯的是步行梯，宽敞的台阶，扶手围栏由黑木和金黄色斜条组成。弗雷德里克会坐电梯还是走楼梯呢？两者都通往大厅。电梯停在四楼；电梯门上方的电子屏久久地停在“4”的位置。大厅里铺着黑白相间的瓷砖，地面刚被拖干净不久，唯有爱丽丝的鞋痕以及雨伞滴落的水痕清晰可辨。一个老太太手推小车经过前台，里面堆满了又皱又脏的衣物。窗外是移动的雨伞，天色似乎又暗了一些。旅馆接待员打了个哈欠，就像一个疲倦的孩子；他剥开一片口香糖放在嘴里，若有所思地咀嚼着。早餐室里的女侍者趴在桌子下面；她们整理桌布，鲜花，肉桂棒，干橘片；她们撞到了脑袋，然后用双手理了理辫子。

爱丽丝把手提包从右肩换到左肩，把雨伞也换到左手。她想起她的祖母，祖母终其一生的梦想就是坐在一个大房子里，坐在她专属的节庆餐桌旁，面前是上等的瓷汤盘。当她拿起盖子，她会看到白色的碗里有只黑色多足虫；结构复杂的多足虫伸展开身体，迅速地动了动触须，那是金属丝般的卷须。在秋天，祖母喜欢把坚果树的落叶堆放在一处，那些坚韧而粗糙的叶子，散发着泥土和油彩的气味。第二年，新的果实就长了出来，它们形容干瘪但数量可观。坚果被铺放在窗边的报纸上，中午时分，它们干瘪的外皮会被太阳晾晒个把钟头。祖母用绳子将一株向日葵幼苗同几把油漆刷绑在一起，好让它生长得更牢固些。午睡后，她会下楼来到厨房，在楼梯上，她的青铜手镯和扶手栏杆发出轻微碰撞的声响。她迷信香蕉具有强化神经系统的功能。到了晚上，她玩拿破仑单人纸牌游戏，如果“拿破仑”最终没有出现，她就会感到沮丧，代之翻阅一本法语语法书来弥补内心的失落，泛黄的书页摩挲作响，直至她困倦得睁不开眼；然后她会在黑暗中摸索那盏铸铁灯的开关，那盏灯从前曾属于她的母亲以及母亲的母亲，后来一度属于马尔特，再后来再次属于她，而现在属于爱丽丝。爱丽丝的祖母是在医院过世的，尽管她当时明确问过医生，希望医生同意让她死在家里。在她生命的最后几小时，她固执而耐心地说个不停，但是爱丽丝一个字也没听懂，因为护士拒绝把祖母的假牙安回嘴里——说她可能会吞下牙齿导致窒息身亡。祖母就是这样离开的。后来爱丽丝接过一个塑料袋，里面装着祖母的羊毛衫、鞋子和青铜手镯。第二天，医院为她提供了前去停尸房做最后告别的机会，但她拒绝了。

关于爱丽丝和弗雷德里克之间的会面，祖母肯定不会发表任何看法的。既不支持也不反对，不论是对爱丽丝还是对弗雷德里克。爱丽丝想，晚年的祖母真是个谦卑而快乐的老人。这时，弗雷德里克顺着楼梯走下来。也是一个老人。他拥有极为妥帖的白发，几乎闪着光泽，这让爱丽丝有点惊讶。她原本把他想象成一个年轻人的，如同四十年前一样的年轻人。她觉得弗雷德里克的年龄应该停滞在马尔特死去的时刻。他的故事在那里停滞，而她的人生从那里开启。她向他示意，神情间流露出一丝愧疚。弗雷德里克松开了最后一磴阶梯的扶手，来到她的面前，他认真凝视爱丽丝的脸——爱丽丝知道他会感到失望，失望于她和马尔特在外貌上竟毫无相似之处。与此同时，爱丽丝也永远无法知道弗雷德里克四十年前的容貌了。他们站在走廊里，光线——阴影——再到光线，它们在弗雷德里克的脸上交替出现。不管怎样，他们总算见面了。他们握手，碰触之间带有鼓励的意味——他们能够给予彼此的，也许只剩下鼓励了。

“嗯，现在，我们就近走走吧。”弗雷德里克微眯着眼睛说。他的语气充满慈爱，然后他又同样慈爱地微笑道，“真不错，你带伞了。”

他们一起沿河走。水中漂流的游船上，导游们的讲解声被风儿吹得支离破碎，“……一旦站在这里，过去、将来和现在都不过是今天而已。”他们撑伞而行，爱丽丝把伞举在弗雷德里克的头顶，他比她矮一点，即便如此，他的脸还是会不时被雨水淋到。他们走得很慢，他拎着一个塑料袋，西服外面没再罩外套。如果没有这把伞，爱丽丝觉得他甚至会溶解在雨水里，就像水彩颜料般溶解、流动，变成几种不同色调的蓝：海之蓝，风信子之蓝，绣球花之蓝。一辆特快列车从桥上咆哮经过，鸽子四散飞起。信号指示灯显示着“驶出”或者“到达”。河水轻轻拍打着船舶的舷墙，冲来垃圾、纸张和瓶瓶罐罐。建筑吊车在“眼泪的殿堂”[①]旁缓慢移动。弗雷德里克说：“这次来，我打算去波德博物馆。”他停顿了一下，“但不是现在。我准备下午去。”他并不是在邀请她同去。

在一家光线暗淡的咖啡店，他们面对面坐着，他们是这里唯一的客人。爱丽丝喝茶，弗雷德里克也喝茶，不加糖，不加奶。柜台后面的女侍应生正在看书。应弗雷德里克的要求，她关掉了收音机。在收银机的电子显示屏上，一块冰晶迷幻而缓慢地旋转着。爱丽丝不时凝视弗雷德里克：他稀少轻柔的白发，他反光的眼镜片，他精心刮过脸的黝黑肤色；他谈吐间流露出不倦而自负的神色，同时拥有孩童般的受伤神情。他有吞咽障碍，频繁咳嗽。他的手看起来很柔软，他的指甲仔细修剪过，他图章戒指上的图案是一枚朝阳，或者夕阳。

① 建于1962年，也就是柏林遭围墙分隔的第二年。这里是东德人要到西德的出境大厅，也是西德人进入东柏林与亲人会面的关卡。两德统一后成为保护建筑。

爱丽丝很想知道马尔特如果活到今天，看起来会是怎样的。怎样的心情，怎样的轮廓。她的这个同性恋叔叔，没有子女，未曾结婚。一张斑痕累累的木制长桌，油彩的气味，松脂的气味，清漆的气味，木炭棒的气味，手卷烟，像棉纸一样稀薄的浅色透明烟纸，又黑又干的烟草。一股微微刺鼻的气味长久附着在他的指尖，右手的食指和中指已被染黄。自杀倾向。他会清理好纸张、茶杯、烟灰缸和木炭棒，为她腾出桌子。爱丽丝想，我真想见见他，相思成疾的他；为他带去简短的，愤世嫉俗的安慰话语；给他某种暗示。她吃惊地意识到，她是想念马尔特的，他的离去已经渗透至她的生活，哪怕只是一种幻觉，一种遁入虚无的投射。

"你父亲还好吗？"弗雷德里克问。他边说边从爱丽丝面前走到窗前。等了一会儿——"没错，没错，你父亲，克里斯蒂安，马尔特的哥哥。"

"他很好，"爱丽丝想也没想便脱口而出，"他很好。"

"那'爱丽丝'呢？"他指的是爱丽丝的祖母，他似乎忘了眼前这个女人也拥有同样的名字。也是，两者是不同的，对弗雷德里克来说，这两个名字确实不同。

"'爱丽丝'已过世多年。"爱丽丝说。尽管她内心起伏，但话到嘴边仅仅是简短、生硬的语言。她谈论着"爱丽丝"，却不是在谈论自己，这种情况还是头一遭。她的祖母大约二十年前就去世了。"难以置信，"爱丽丝只好重复了一遍，"'爱丽丝'二十年前就去世了，但她并非久病缠身，直到最后一刻，她的身体状态都不算太差。"

"那真不错。"弗雷德里克说，"她非常和蔼——你的祖母——一个和蔼、明智、耐心的女人，超乎寻常地充满毅力，想想她曾经历的艰难时光吧，还不仅仅是关于马尔特的。"

爱丽丝的祖母并不和蔼，也没有耐心。弗雷德里克的形容一点都不准确。但爱丽丝没有反驳他；她并不了解作为马尔特母亲的"爱丽丝"，也没有见过那时的她——在清晨，这个女人从瓦德胡特街那所房子的走廊信步走出。猫咪在她的脚边发出咕噜咕噜的声音，它的毛乱蓬蓬的。祖母半个世纪前的双手，她当时的声音，马尔特的声音，她的身姿，温柔笑语，所有琐碎而美好的意象。当她的孩子终于长大成人，她病倒了。马尔特和克里斯蒂安卖掉了瓦德胡特街的房子。

这一切不复存在了。只剩那张猫头鹰画作，三把椅子，那盏铸铁灯，那些唱片，那对哑铃——又过了些时日，这些东西也不见了，它们被冲刷而去。“这是怎么一回事呢？”爱丽丝每年都会这样问她的父亲，在他们去往墓地途经那所房子的时候——他们每年都去祭祀马尔特，他们会把装着蜡烛的红色塑料烛台放在那座被忽略的坟墓上。他们每年也都会在那所房前作短暂停留，爱丽丝会顺着窗户往里看——起居室，陌生人的家具，还有后面的花园，但她完全看不出个所以然来。还有一次，他们被允许坐在走廊里，仅此一次。站在这样一所房子的外面究竟是怎么一回事呢？你在这里长大，但现在里面却住着别人。她的父亲抬起手：“我又能说些什么呢？”

“克里斯蒂安知道我们见面吗？”弗雷德里克问，与此同时示意女侍应生过来。女侍应生用余光看到了他，她站起身，但直到她继续读完一页书才合上书本。

“不，”爱丽丝说，“没人知道。但并非出于任何特殊原因，只是因为——这是我自己的事，无关他人。”弗雷德里克点点头，他也这么觉得。

“好了，现在请为我结一下两杯茶的账单。”

女侍应生站在他们的桌旁，就好像不是因为弗雷德里克叫了她，而是别的什么人差遣她前来终止他们的会面似的。她左手拿着收银包，右手保护般遮住左腕，遮住收银包。出于礼貌，爱丽丝弯腰去取她的手提包，但弗雷德里克还是付了两个人的账单和小费，几乎没有看女侍应生一眼。女侍应生夸张地扣合了收银包，硬币哗啦作响。“好的，”她说，“祝您愉快，但愿雨会停。”

“我带了东西给你。”弗雷德里克说。那是一个蓝色的，鼓囊囊的小型档案夹，就装在他随身携带的塑料袋里。他把档案夹放在面前的桌子上，但没有将它打开。

“是马尔特的信。这些是马尔特生前最后几年里写给我的信。你可以看看。你想知道的东西应该都在上面了。事实上，所有的一切都在这些信件里。”

“确实如此。”他看着这个蓝色的档案夹，就好像他打算再考虑一下。随后他把档案夹装回袋子里，又把袋子推到爱丽丝面前。爱丽丝的双手一直放在膝上。

“这些信一直存放在银行的保险箱里。现在我老了，或许哪天我会昏过去，然后再也不会醒来，到时候或许谁也不会发现我。”

他站起身来，把椅子推回桌边。他的声音听起来毫无感情。或许他想用这种方式让自己觉得好受些。

他说：“我想，你看完后还可以把它们还给我。”

他们都知道这事不会发生。

“我会再还给你的。”爱丽丝肯定地说，“谢谢你。”

她又说：“对了，我到过那儿。有一次我曾从那儿经过。”

“哪儿？”弗雷德里克问道，“经过什么？”

“铁路大街5号，”爱丽丝说，“马尔特曾住过的房子，他应该就是在那里写下了这些信。”

“没错，”弗雷德里克说，“它看起来如何？”他对此似乎真的有些兴趣，即便他的行为举止仍保持着安全距离。

“很奇怪，”爱丽丝说，“该怎样形容呢——我当时有点紧张，就好像我在跟踪和窥视别人似的……”

她曾在那所房子的街对面伫立良久。她看着它，它和其他的公寓房没什么两样，建于十九世纪七十年代，外部被翻新过。她回想起这个事实——整整一年，马尔特从那个门槛里走进走出。某一天，当他又一次走进去，却没能再走出来；他是被抬出来的，一张被单覆盖着他的身体和脸。但她更喜欢去想象这样的情形——公寓大门突然打开，而他走了出来，双手揣在夹克衫口袋里，向天空投去寻根究底的一瞥。她想知道自己是否能够认出他——凭借他前额的疤痕，一对招风耳，老爱丽丝般的眼睛，以及他平日里的姿态。她肯定能认出他来，她涌起一阵悲喜交加的情感，即便公寓大门依然紧锁，没有一个人从这里进出。但这并非没有可能，任何事都是有可能的：雷蒙德或许会从这所房子走出，或者是罗马尼亚人，或者米沙[①]——随着他离去后时间的不断逝去，他反而更像是还活在这个世上；每一件事似乎都和另外一件事有所关联，如此看来，那枚子弹也就不足为怪了。在公寓大门的正前方，躺在铺路石缝隙间闪闪发光的东西，正是一枚完好无损的金色子弹。顾不上左右看车，爱丽丝径直穿过马路走向公寓大门，她弯腰捡起子弹，从两颗铺路鹅卵石之间，从那填充着柔软细沙的凹陷处。她把子弹装进了衣兜里。

“你知道吗，”她说，“我突然觉得他根本没死。我觉得他一直居住在铁路大街的房子里，这些年来一直如此。如同我最终发现了些什么。你懂我意思吗？”

“嗯，至少我能想象。”弗雷德里克说。

“我发现了那枚子弹，躺在门外的子弹，”爱丽丝说，“一枚九毫米帕拉贝伦子弹。”

“它属于你，”弗雷德里克说，“就是这样。”

“没错，属于我。”爱丽丝说，“但我想知道原因。”

“你会找到答案的，”弗雷德里克说，“你，会，的。”

后来他步行穿越大桥，河水的味道同过去一样糟糕，普鲁士铁鹰一如既往地立在桥头，振翅欲飞。没有人注意到他，除了爱丽丝。她看着他走远，现在他自由了，毫无负担了，此前拎着的东西已经转交

---

① 雷蒙德、罗马尼亚人、米沙均为《爱丽丝》一书中的人物，分别出现在不同的故事中，他们彼此并无直接关联。

给爱丽丝，那是马尔特过往岁月的信件。雨已经停了。弗雷德里克渐行渐远，他一度停下脚步，抬头看向建筑吊车，不知是在思考些什么；然后他继续前行了。不是他先联系爱丽丝的，是爱丽丝联系了他。“马尔特之后，还有别人吗？”爱丽丝曾这样问他。“没有了，”弗雷德里克回答说，“马尔特之后，再没有别人了，仅仅有一些身体上的关系，但那完全不一样。”他似乎觉得，这并不是什么了不起的事情——关于他在马尔特之后再没有爱上别的人这件事情。

一辆拖车从旅馆方向的窄道驶来——在那个旅馆里，接待员将沉甸甸的黄铜钥匙递出前台，交给新来的客人；女侍应生脱掉了围裙，在洗衣房的日光灯管下梳理着她们的头发——拖车从容不迫地从窄街转向河流东岸，它正拖着爱丽丝那辆小型日本汽车。还有车里的印第安捕梦挂坠，加油站收据，发夹，坏掉的雨伞，野餐垫，旧报纸，米里茨湖[①]的沙子，花生壳，糖纸，以及阿司匹林。副驾驶座位上的塑料卡片是吉普赛人留下的——在一片新建住宅区的边缘——他曾仰望天空，弗雷德里克也曾那样仰望天空，然后他消失无踪，再也不会出现了。爱丽丝的目光紧追拖车，她一时起念，懦弱地跟着它奔跑起来，但即刻便再次因为高跟鞋绊了跟斗。

爱丽丝紧紧握着装有马尔特信件的袋子，顺着楼梯向火车站走去。现在她该做些什么呢？立刻读信，或者等等再说，或者索性永远不碰它们。信件的内容其实并不重要——一切都不会改变。但总会多出些什么吧——多出一枚光环，它将萦绕在内心深处某个未知的地方，恒久地盘旋照耀。爱丽丝攥紧了手中的袋子。毕竟我是其中之一——她想——迷失于如此华美、冰冷的火车站大厅，这冬日的火车站大厅。在如此汹涌的人潮当中，旅行随时随地都在发生。

选自尤迪特·海尔曼短篇小说集《爱丽丝》

---

① 米里茨湖，位于德国东北部的梅克伦堡高地。

李一楠，2016年5月开始发表小说，作品散见于《江南》《广州文艺》《湖南文学》《青年作家》《新疆文学》等。现定居美国华盛顿特区。

蓝绣球

李一楠

今年夏初的一个周末，我开车去同城的一位朋友家。这位朋友在此地居住了十余年，要搬家去芝加哥了。一路上我看着车窗外滑过的风景，心情竟有点复杂，毕竟，我们做朋友这十年间，我到过她家多次。他们居住的小区和那栋房子的里里外外，对我来说早已熟悉，我这最后一趟的拜访，便也有了种告别的意味。

我们约在早晨十点钟见面。车子开进费尔塔斯住宅区后，视线里扑面而来的是一片连一片高大的树木，稠密处，蔽日连天。和树木一比，掩映在树影里的一栋栋几十年甚至上百年老的房屋，倒毫不起眼了，就像一群上了年纪的人，在热闹的地方沉默着，往后躲。在老房子们的周围，多数人家都植有多姿多彩的花卉，其中最引人注目的，要数那一蓬蓬正当季绽放的绣球，有蓝、有白、有粉。有好几次，我都疑心那些硕大又沉重的花朵，会从微斜的园子里跌落下来，滚动到路面上，被车轮碾碎。这个念头当然只是一闪而过。

朋友家红砖墙面的房子，不大，伫立在一块地势略高出路面的斜坡上，被四分之一英亩的草坪围绕。我站在门口等候她来开门时，想起我第一次到这里来的情形，是整整十年前，一个冬日。朋友和我当时都还很年轻，她又新婚不久，穿一件桃红色的毛线衣，来为我开门。门打开一点，她歪着头，就笑，说快进来进来，外面冷吧，说着就亲热地拉我进门。那语气和神色，流露出一位刚刚安定下来的新妇的幸福和满足，在那个寒冷的冬日，显得亲昵又家常，甚至还带着些温暖床被的气息。这气息当然源自我一念之中的隐秘联想，那个年龄的我们，不外乎男人和女人。那是我们大多数人在这个异国他乡刚刚安顿下来的时候。我回想着当年那一幕，一扭头看到她家门前右侧窗户下的那株绣球，蓝色的，非常漂亮。不过我记得去年它好像是粉色的？我并不十分确定。

朋友为我打开门时，手机贴在耳边正在和谁通话。她说的是英语，好像是和芝加哥那边的房屋购买有关，我猜想，对方可能是他们在当地的经纪人。她关上房门后，一面带我往客厅里走，一面微蹙着眉头，神色专注地对付着英文对话，并没有看我。我侧头看她。她好像又瘦了一些，并且好像睡眠不足，一对大眼睛下的黑眼圈十分明显，也没有化妆，脸上多处暗黄的色斑相当明显。看着依然不太有精神的她，我想，这一场搬迁一定搞得她更疲累了。这天她家里只有她一个人，她先生带着四岁的儿子去参加当地的一个露营活动了。

她把我领到客厅后，继续打着电话，但用一只手打开冰箱，拿出提前切好存放在冷藏室里的水果拼盘，又转身从食物储藏间里取出了两样饼干类的餐前小点。她示意我先吃点果点，自己则走进书房关起门来。

我一个人静坐在她家客厅的长沙发上，四下打量。他们这栋房子已经卖掉了，但从客厅和厨房的情形来看，还没有到最后的打包阶段，家具和各样物件都还安安静静地保持着原样，似乎对即将到来的搬迁毫无知觉。像她家这样位于老住宅区的房子，后院的风景通常都不错，生长了多年的树木和花草总是十分茂盛葳蕤，这个，是住在新房子和公寓里的人最为羡慕的。此刻，透过厨房通向外面露台的那扇玻璃推拉门，我又看到枝叶斜倾扑向露台的那棵樱花，想起它早春时开着满树繁花，缤纷落英铺了半个露台的情景。将目光从外面收回后，我环视她家的客厅。最显眼的是沙发对面的那面墙上，新添的一张放得很大的全家福，是他们一家三口，在户外拍的艺术照。我走过去仔细端详着那张照片。面对镜头，三个人似乎都笑得十分开心，但也许是心理作用吧，我总觉得朋友的笑容有些勉强。这样的一家人，就要搬离这栋房子了吗？我承认，连我都替他们感到有点惋惜、不舍。

几分钟后，朋友终于打完了那个电话，走出来，直说抱歉。果然，她说是在和芝加哥那边的房屋经纪人通话。一堆的事情，真是乱如麻，她蹙着眉头说。我安慰她，说事情多可想而知，慢慢来，一件一件处理。她淡然地笑笑，没接话，抬手拢了拢掉到额前的一缕头发，起身，去厨房烧了开水，端来上好的绿茶。我们还是喝茶吧，我心神欠安时，总想用茶水镇定自己，她说。

她在我对面坐下来。我端起茶杯抿了两口，笑望着她，说，你怎么又瘦了？是不是又找工作又准备搬家累的？

她说，唉，是又不是。一言难尽吧。

我想等她具体说说。但心里其实又不抱多大希望。

她微低下头，似乎想了一想。犹豫之后，果然说还是算了，不谈那些了。说点别的吧。你最近还好？

安德鲁长得好快啊，从照片上看，又大了不少，我说。

安德鲁是她儿子的英文名字，中文叫念念。

她扭头也看向墙上的那张照片，怔怔地说，是我们去年秋天回国时拍的。

我们说起了这次搬迁。她说，她先生要去芝加哥找工作时，她最初是极力反对的。其实她也很喜欢芝加哥，在她眼中，那是一个糅合了现代化气度与丰富的历史人文底蕴的独特的城市，她先生做对冲基金，在那边也的确有更多更好的工作机会，但是，她很不愿意搬离此地。这栋房子，还有伊恩，你知道的，她说。我心里“咯噔”了一下。她提到了伊恩。这两样搬不走的东西，果然是她心里最大的症结，和我料想的完全一样。

那，这些家具都搬走吗？想了想，我又问。

嗯，大部分都会带上的。但有些东西念念爸不让我带，比如厨房里的那个宜家餐桌。他说宜家的东西我们早就该扔掉了。但你还记得吗，那年，我们最初购买的几件新家具运到这栋房子后，你们大家过来，我们在那张桌子上吃火锅。当时，桌面上已经摆得满满当当的了，我却任性地一定要将那瓶我一早从超市买来的鲜花也一同摆在桌子上，念念爸和你们都说我小资情调得离谱了，我却不听。结果，一帮人毛毛糙糙的，没经验又心急，顾此失彼中，打翻了滚烫的锅底和那花瓶，桌面上的油漆被烫坏了一块，花瓶也“咣当”一声重重摔碎在地上。你们都一齐看向我。当时，我没有发作。我硬装着没事，让聚会继续了下去。但你们走后我大哭了一场。

我们走后你竟然哭了？我好不吃惊。我真没想到会是这样。

是啊，哭了好久呢，她说，唇边划过一丝轻微的苦笑。庆贺新居之时摔碎了花瓶，带给我的是一份挥之不去的不祥之感，她继续说，念念爸百般哄劝我，说桌子和花瓶都可以再买，他做金融我当码农，我们的工作前景都很可观，以后不会缺钱，但，我心疼的不是钱可以再买来的东西。我心里有了一种说不出的惧怕感。

我看向那张餐桌。我回想起来了。好像那次火锅和花瓶事件后，她就在那桌上铺上了一块桌布，颜色和图案随季节变换，但那桌面上，好像再也没有摆放过玻璃花瓶。每次我们去，围坐在那张桌前聚餐、喝茶、嗑瓜子、聊天，甚至打扑克，但再也没有在那上面吃过火锅。当时，我只感到她是一个心思缜密的女人，对事物每每有执念，却根本没想到在表象之下，潜伏着的是近乎于一只怪兽般的不祥之感。我端起茶杯又抿了两口，想让自己的思维缓冲一下。我望一眼坐对面的她，忽然意识到这天她竟然对我一口气讲了这些。这种敞开心扉充满着诉说意味的交流，我们过去时常有，但前几年因她态度的转变突然中断了，我曾深感遗憾、困惑，甚至难过，但始终没有勇气和她正面谈谈。从这一点上看，我不但不如她心思细密，还相当怯弱。我在想这天她态度突然有点变了，是因为即将到来的搬离和告别吗？还是因为……别的？她坐在那里不再言语，平静的表情之中却流露出一种说不出的意味，望着我，好像一眼就看透了我的心理活动。我笑了一下，笑得有点局促、尴尬。很显然，我一时还有点不太适应她的这种微妙的转变。

她提议我们到外面的露台上坐坐。她家的这个悬空木制露台和房子等宽，左边一角的帆布遮阳伞下，安置着一套黑色的铸铁雕花桌椅，后院的最边缘和一片树林相连，左右两边邻居家的露台也都清楚可见。在初夏这时节，那后院近一半的花圃都被半人高的玫瑰花丛占据了，玫瑰的品相和颜色多样，开得疯狂极了。我说，你家这玫瑰花又开了……我这样说，想起的是他们刚搬进这里的那个春天，有一次，我和她蹲在玫瑰花前让她先生为我们拍照。A型血的她，是个有点完美主义倾向的人，我们拍了一张又一张，换了多种角度和背景，她却总觉得还不够好，就让她先生重来。这几朵花这里再来一张嘛，她略为撒娇地央求他道。我便也跟着一起受折磨，要知道，我并不是一个有足够耐心的人。对着镜头持续而僵硬地笑，我的注意力便集中在了对面手持相机的那个人身上。确切地说，那还是个很年轻的男人，穿一件白色的T恤衫，一条松松垮垮的牛仔裤，个头高，人却瘦，显然还只是个刚脱离了学生气的青愣的身体，又黑又硬的短发是她动手剪的，有着明显的坑坑巴巴，但他却好像并不在意，他深度近视镜片后面原本率直的目光，那一刻只焦距于镜头里他摄取的人和景，确切地说，只是我身边那个用心摆着姿势的持续笑着的女人，他新婚的妻。拍照终于结束后，我和他都悄悄舒了一口气。

三个人随后一起去肯尼迪艺术中心，观看俄罗斯舞剧团来演出的《战争与和平》。我们都是第一次走进那个著名的艺术中心，发觉与其内部的金碧辉煌相媲美的，是身边缓缓走过的人流，人人皆礼服盛装的隆重与从容，让我立刻自惭形秽，我和她也知道要穿上好看的衣服，但挑选的却是家常毛衣里面最好的一件，而她先生还是一身夹克、牛仔。临出门前，她只顾着修饰自己，忘记了在那个场合，男人也是要讲究穿戴的。衣装的不得体，以及作为很少数的东方人的面孔，都令我们表情尴尬，手脚不自然，走着走着我与她便下意识地拉起了手，像是要相互鼓励、“壮胆”，但随即就意识到了这种行为的不妥当，赶紧松开。但即便那样，她依然央求她先生为我们两人以身后人流涌动的大厅为背景，拍了一张照片，她神情稍稍有些拘谨，但面色鲜亮光洁，在一件淡青色高领毛衣的映衬下，也楚楚动人。中场休息时，我们走到临着波多马克河的露天平台上。以前每一次开车进入市区，行走在大桥上，总能看到河对岸肯尼迪艺术中心的全景，它的倒影映照在水中，微微荡漾。而那一刻，我们站在那个“对面”的河边了，身后紧贴着音乐厅长方形的灰白色建筑，对面是桥那边城市另一面的远影，春天的柔风拂过湖绿色的河面，一架波音飞机从头顶飞过，像是飞自附近的里根机场。我望一眼我身边的朋友。她双手扶着平台的围栏，眺望着河面与天空，表情专注而凝重，脑子里好像飞动着许多问题，都关乎他们的眼下以及不远或者遥远的未来，我能感到，她是个对生活很有些设想和规划的人。而一晃，竟然十年过去了。十年之后，以同样的姿势手扶着自家后院露台围栏的女人，表情中显然已没有当年的那番虔敬和郑重了，相反，身体消瘦，神情疲累，心里郁积着一番纠结，因为她说，是啊，这些花又开了，可你知道吗，这些天来，有时晚上睡不着觉，我脑子里净想着怎么把它们和其他的树木花草都带走。我觉得我都要得强迫症了。

我们坐在那张小圆桌前继续喝茶。她双手交叉抱于胸前，目光漂浮，望向后院。那一刻，她的神情又被一片淡淡的游离与冷漠笼罩了。坦白地讲，这是我最不喜欢看到的一种表情，近几年来，尤其在那件事情发生之后，它幻化成了一股暗流潜伏进了她的身体，在不经意间便有流露，但这天，她好像很快就意识到了这一点，转过头来，对我尽量温和地笑笑，随后赶忙低头添水，用手上的忙碌掩饰着什么。我再一次觉察到了她这天态度上的变化。我们是在这边读研究生时的同学，起初关系一直算亲近，彼此会分享只属于闺蜜间的一些私房话语，她的怀孕、流产，我的恋爱、失恋，经历过的一个又一个男人。但应该就是那件事情发生之后，她的态度渐渐就变了，见面时不愿意再敞开心扉，只说一些比较客气的表面上的话。其实后来，她又怀孕，产下了健康活泼的安德鲁，在众人面前，他们组成了快乐知足的一家人，曾经一度降临那个小家庭的悲剧已渐渐淡远，她也总是一副累并幸福着的妈妈样儿，我还以为随着她生活情状的改变，我们又会回到曾经有过的亲近亲密，但事实显然并非如此。五六年过去了，在我面前她始终都像个携带着心理阴影的人，那种距离感和不愿再袒露心扉的设防，多少是伤到我的。要知道，研究生院时代的那批同学，毕业后有的去了纽约、加州，有的甚至回国当了海归，留在本地的，原先我与她是走得最近的两个人了。

我当然也没忘记那场悲剧。是那个冬天，一月底。雪一连下了几天几夜，是二十年间本地最大的一场雪灾。他们居住的老住宅区，基础设施陈旧，断水断电，大雪封门。从超市买来的三个发电机最终都耗干了电池和天然气之后，在雪下到第五天的夜里，他们带着伊恩住到了地下室。他们三人挤在地下室的一张床上，盖着所有的棉被，用身体相互取暖。她和伊恩的爸爸都知道，因为断电，停止了平时赖以生存的所有医疗器械已好几天的伊恩，捱不过多长时间了。他们便把他小小的身体紧搂在怀里，一分一秒地感受着时间的逝去。雪停之后的那天中午，我在公司上班，突然间就想到了她。就拨通了她的手机。她的手机响了一两声，就被挂断了，我以为她正在公司忙着，不便说话。我根本没有想到的是，我打去电话的那一刻，她正站在伊恩的葬礼上。他们在郊外的那处墓园，正埋葬他的身体。雪地里新挖出的一道洞穴，收留了他。他们填满那个洞穴后，把一束白色的百合放在上面。太阳出来了，渐渐融化的雪水，慢慢地渗进土里。那竟是她能给予她的孩子伊恩的最后一点东西。我的电话就在那时候响了，她当然看到了，但挂断了它。后来每想到那一幕，我的心都伤痛不已。我想，我和她以及她那个叫伊恩的孩子是心有感应的。但是她一直都没有回复我，只是后来给大家发了个纪念伊恩的图片专辑。我打开那个视频专辑，看着孩子活着时候的一张张照片，和最后被百合覆盖的小小墓穴，悲伤得浑身冰凉。在纪念专辑的最后，她用一行白色的字留下了一句话：“所有人都试图劝慰我，说伊恩去了天堂。但你和我一起哀悼悲伤。”我的泪瞬间就汹涌而下。那个因早产而严重智障又身体伤残的孩子，只活了三百多天，我见过他。那天她把他从被各种仪器环绕着的儿童围床里抱出来，说：“伊恩伊恩，阿姨来看你了……”表情从容，语调轻柔，脸上挂着微微的笑意，却始终低垂着眼睛，目光全在他的身上。我分明觉得，她那始终低垂着的眼睛，让我看到了她的慈爱，也流露出了她的回避，她在回避我的目光，也在回避所有其他的目光。我一下子便看到了她内心深处的煎熬与挣扎，还有其他，要知道，她曾是个对生活多么郑重又投入的女人。随后，我哭着给她的手机留了一段话。但她始终都没有回复我。最初的一段日子她谢绝见人，两三个月之后我和其他朋友一道又见到她时，她神情平静，但绝口不提那件悲伤的事。又过了一段时间，在众人前她已经能说能笑了，但只要我们单独在一起，她就像一只缩进背壳里的乌龟，把真情实感全都隐藏了起来，把“爱莫能助”这四个字扔给了我。

我们在露台上继续坐着。她又说起了搬家的诸多细节。她说，给安德鲁在芝加哥那边的幼儿园已经找好，押金都交了，但孩子说他并不愿意搬家，也不愿意转去别的城市的幼儿园。小孩子都是这样的，他们适应得会很快，我说。她听了无奈地摇头，说，唉，我们怕是太爱这个孩子了，唯恐……这种患得患失的为父母之心态，对他其实可能是很不好的。见她又主动触及到了孩子这个话题，一念之下我都想提到伊恩之事了，但略一犹疑，还是克制住了自己。这次见面，她的掏心话的确比过去几年加在一起都多，她始终紧绷着的一种姿态似乎也正在慢慢松解，但我还不能确定她这个微妙转变的深层原因，或者，是不是一定有这种转变我都并不十分肯定。她望了我一眼，目光中又流露出些许询问的意味，而这一次，我自己的目光却有些躲闪。显然，我们之间的情感阻隔实在有点太久了。最后她说，你知道，小孩子也不傻，有些东西是怎么也带不走的，他们从小就知道是这么回事，谁也没有教他，但他就是知道的。

在我们说话的当儿，朋友家右边邻居家的露台上出现了一个人。是个戴副眼镜的个子瘦高的中年白人男子，灰白微卷的头发稀稀拉拉，凌乱地耷拉在额前，支棱在头顶。他站在露台边上，朝远处望望，好像是出来临时透一口气。他一扭头，看到了我们，就朝我们摆了摆手，算是打招呼。朋友压低声音对我说，你还记得他吗？隔壁邻居家的丈夫，麦克，在“美国在线”工作的那位，我是说当年。

我一愣，没想到是他。

我当然还记得她家的这位邻居。应该是他们刚搬进这栋房子不久吧，那个春节，他们夫妇在新居举办了个“暖房”与庆祝中国新年的派对，邀请了各自的美国同事，三几家美国邻居，还有少数中国朋友。单身的我是一个人出现在派对上的，这位麦克也是，他太太和孩子那天去了马里兰的亲戚家。在派对上，麦克吃了很多朋友从中餐馆叫的中餐，说他很喜欢，还喝了不少酒，脸色很快就又红又白，倒是很有血气的样子，让我猜想他应该还不到三十五岁。那年春节是在二月底，北美气温暖和，有早春迹象，朋友家却还开着暖气，暖烘烘的室内温度烘托着客厅和厨房各处点缀着的红灯笼、气球，和大捧鲜花，及满屋子热情洋溢的笑脸，过节的气氛十分浓郁。朋友那天穿了件纯中式的玫红色上衣，张罗应酬，喜气洋洋，我看着心情竟有点复杂，那一天，我承认一贯自觉潇洒不俗的我，是有一点羡慕她的。我感到了燥热，就独自走到后院的露台上，没想到随后麦克也出现在那里。他不说话，只悄无生息地站到了我的身后，一双大手摁住我的肩头，像是要为我做按摩，又像是要往我的衣领里面探索，同时，一股热乎乎的辛辣的酒气从他口中喷到了我的脖颈间，黏住了我的皮肤。我吓了一跳，回头，惊叫了一声。正在那时，朋友也来到了露台上，撞见了那一幕。麦克！她厉声制止他。麦克回头，见是女主人，便急忙躲闪。随后他小声说了一句：对不起，我喝得有点多了。说完径直走到了露台的另一边，面向他家房子的方向，好像在查看那边的什么情况，而这边，刚刚什么也没有发生过。我惊得说不出话来，和她面面相觑。她用中文低声说，倒霉，怎么碰到这样的一个邻居男人？麦克听不懂，但从她的语气里一定能听出来她的厌恶。他离开露台走回屋里时，从我们身边经过，身体里带出的一股刺鼻的酒气，挥洒在夜空中，我第一次发现酒和男人的身体混合在一起，不只是性感，它还会制造出令人不堪的气味。我与她都皱了皱眉。此刻，她显然也想到了当年的那一幕，说，谁能相信，离那个时候都快十年了，我们那时候都多么年轻，包括麦克。我笑，说，是啊，那时候我多么白纸（单纯），要是放在现在，我或许还要逢场作戏一下呢，和某一个已婚的男人调个情，又怎么了？说罢我俯身，往我们彼此的茶杯里又添了点水。

朋友说，嗯，时间真是一个奇怪的东西。比如这麦克，我早就对他没有了提防之心，相反，我相信他人其实根本不坏，在我们最艰难的那个时刻，我是说，在那个……葬礼上，他和其他几位邻居居然代表大家去了，像家人一样从头到尾陪着我们。当时刚刚雪霁天晴，那么冷，他站在墓地，也没戴围巾或帽子，瘦高的个子瑟缩着，稀稀拉拉的头发在寒风中颤抖，身体也好像在抖个不停，鼻子发红，原本就含混的目光在眼镜片后模糊不清，猛一看好像比我们还悲伤，真是的，我心里倒有些抱歉起来……但是很奇怪地，就凭那一点吧，那一天的陪伴，我对他的感觉就渐渐改变了。前两年“美国在线”大批裁员，为其卖命多年的人如他都未能幸免，他突然闲下来了，就时常出现在自家后院，不是修整草坪，就是修剪树枝，似乎只有干着这些体力活，与自家庭院里的花草植物亲密接触，他才不发慌。也就是在那个时候，有一天，他主动敲门，问我们要不要一株绣球。他说他们家绣球花太多了，想匀给我们一株。我一向很喜欢绣球，就欣然答应。他便帮我们移植，从头到尾，没让念念爸或我动一下手。随后还常常过来看看，提醒我们何时该剪枝，何时该施肥。那就是我们前院窗户下的那株绣球。绣球喜阴，在半阴半明的地方才长势良好，并且花色会随土壤里的酸碱度而改变，或蓝或粉。如果想改变土壤成分，最简单的做法，就是在土里埋根铁钉。这些都是麦克告诉我们的，一来二去，从那段时间起，他倒有点像我们家的专职园丁了，关照的花卉，从他的那株绣球扩大到了我们前后院的其他种植。

应该是受他的影响吧，我也越来越爱自己园子里的这些花草树木了，对它们越来越精心，可就在这时，偏偏要搬走了，真是……怎么说呢，有一点很奇怪，说出来你不用误解，我的意思是，搬到芝加哥之后，再面对庭院里的花草，想着该何时剪枝、何时施肥时，我想我会想念麦克的。

我静静地听着，听完了她这一番长长的告白。

在听她讲述的时候，我就在想，时间可真是一个好东西，它带来的不仅仅是流逝和衰老。我暗中长吁了一口气。突然好像有很多话想要对她说，但一时竟有点语塞。

怎么了，我哪里说的不对吗？她有点惴惴地望着我。

我笑了，说，你知道吗，过去这些年，你对我说的心里话加在一起都没有今天这么多。她一愣，说，是吗，我都没有留意过。我望着她，略微迟疑后，将她放在桌面上的一只手握了一下。哎呀，我们上次握手是在什么时候？上一世纪了吧，她说，也笑了，但脸微微有点红了。

她低头看了一眼手机上的时间，说，居然已经快中午了，我们俩也该吃点东西了。要不，去那家“半亩园”吧，我已经好多年没再去过了，突然有点怀念我们几个最初总去他家的那段日子。

我欣然同意，说好。

她从车库里将车倒出来，我站在她家前院等候。我特意走过去看他们窗户下的那株蓝绣球。它的高度到我的腰部，碧绿的并不光滑的叶子，衬托着大朵绣球形状的繁花。我发现远远地看去，它们其实并不像花，但又其实，那一朵朵硕大又滚圆的绣球，是由一个个微小的四瓣花组成的，淡雅的蓝色有种静谧时光般肃穆的美，朋友也一定很喜欢，不然，她或许早就在它的根部埋下铁钉，试图改变它的颜色了。我忽然就想到了其他。

马兵，山东大学文学院教授，文学博士，青年评论家。系中国作协会员，中国现代文学馆客座研究员，山东省作家协会首批签约评论家，大益文学院签约作家。

“善良的上帝在细节中”

马兵

据说，纳博科夫在课堂上给学生绘制过《尤利西斯》里的都柏林地图，《安娜·卡列尼娜》里俄国火车包厢的图样，还要求学生搞清楚《变形记》里的格利高尔变成的究竟是只拱顶甲虫还是扁平蟑螂。这个偏执的细节爱好者在他关于《洛丽塔》的创作谈中，忍不住提醒读者注意他精心拣选出来的那些看似琐屑细微遍布于小说中的意象、物件，甚至只是“通向山间小路的山谷城镇的叮当声”，纳博科夫却坚持将它们称为“小说的神经”“秘密的要点”，乃至“全书情节的隐形架构”，他用全副的热诚证明了福楼拜的那句名言：“善良的上帝在细节中！”而对细节的留恋和经营也恰是本期对垒栏目的两篇小说给予我们最深刻的印象，在某种意义上，富有生活和生命质感的细节也是构成这两个小说的“神经”，并形成了文本和情绪的内在“隐形架构”。

尤迪特·海尔曼的《马尔特》选自她曾获得荷尔德林文学奖的第三部小说集《爱丽丝》。2003年，海尔曼的一个作家朋友邀请她去意大利加尔达湖的居所参访，当她到达的时候，朋友却突然去世，给海尔曼期盼的旅程留下了无可弥补的空缺，这也是她第一次经历友人的亡故。正是这次经历让海尔曼有了创作《爱丽丝》的冲动，她要写下生者对死者的访问，通过这种越界的追访，她要排遣自己的忧伤和失落，让自己从抒情的感伤中走出，借对死亡的体察获得另一种内倾的生命形态，一种对存在意义的固守和沉思。《爱丽丝》共包括五个短篇，分别以五个死去的男人命名，马尔特是其中的第四个男人，而贯穿五个故事的追访者是位四十多岁的女性，她就是爱丽丝。阅读这个小说集，会让人想起本雅明在《讲故事的人》里陈述过的那个著名判断：经典的故事总是围绕着死亡展开。死亡得以让我们在小说有限的容量中看到一个人的起始与终结，看到他们生命的停滞与在人世的回响，看到他们留下的空白如何在生人那里制造悬疑和意义。

单就《马尔特》这一篇小说来说，其实并不能全面地体现海尔曼在小说结构和主旨上的命意，不过已足以让读者领略她那独特的既悱恻又混沌的叙事风致。马尔特是爱丽丝的叔叔，他们从未曾谋面，因为大约四十年前，在爱丽丝诞生前三个月，马尔特自杀了。作为一个同性恋者，他的死亡成为家族的禁忌，家人怀念他，但关于他的死因，所有的见证者都语焉不详。爱丽丝困惑于此，于是辗转找到了马尔特当年的同性恋人，此时已经是个颓然老者的弗雷德里克，而她希望在后者那里获得什么，她自己也不清楚。事实上，上述我们约略勾勒的这些情节在小说中是以一种能见度甚低的方式呈现出来的，大量的笔墨则是关于细节的。那些融混的细节，还有那些在时光的永逝与稠密空间的挤压之下滋生的犹疑和追觅，在故事的主线之外布成了一个生活之阵，是小说题旨和生命力的真正来处。

在预备与弗雷德里克相见的那个深秋，爱丽丝似乎格外明敏，以至于她开车前往宾馆的任何一处停顿，都充盈着对各种物品和声音感觉的印象，它们扑面而来，充塞在爱丽丝小小的日本车中。比如在主路上遇到塞车时，爱丽丝看到：“在一家咖啡店窗外，一个女人脱掉了毛衣，但她的辫子在衣领处给绊住了——毛衣里是一件褪色的粉红色衬衫——她的腿还盘绕在高脚凳的支架上。在一座建筑大门外，一个工人关停了混凝土搅拌机的滚筒，然后摘掉手套。在一辆停靠在路边的出租车内，司机正在睡觉，他的脑袋低垂在胸前。”而“在爱丽丝旁边的那辆车内，一个女人边锉指甲边讲电话，她的手机夹在耳朵和肩膀之间；女人似乎有点烦躁，也许她对着电话说了声再见，一副疲倦的、慢吞吞的模样；然后是换挡，踩油门，驶离主路”。这些一瞥之间的印象如此鲜明而具体，它们似乎与故事的主线没有什么必然的联系，它们无法提供关于马尔特的蛛丝马迹，可是它们又如在目前，不但带给读者一种强烈的现场感，甚至裹挟着读者一起与正焦虑着该与弗雷德里克谈些什么的爱丽丝共同置身在生活之流中。一方面，这情境放大了她的心结，她对马尔特之死的倾心本来就构成她与他人甚至是家人的根本区隔，她想通过寻访和对记忆的叩问来为那段家族的空白赋意，但这个隐衷外人无法知道也不关心；另一方面，周遭的喧嚷是我们所有人最基本的日常经验，而一瞥而过的那些陌生人叠印成的生活景片代表的则是一种扰动的生生不息的力量，也许每个人的成长中都有有待破解的悬置或空白，但在彼此的叠印错综中，生活在总体上对待每个人是公平的，那些与爱丽丝无关的人始终和她“共在”——假如那个锉着指甲讲电话的女人也在遭遇生命中的一次失落或寻觅的话，那么邻车里张皇四顾的爱丽丝也一定会被她在一瞥中留摄记取。因此，我们或许也就明白，为什么小说在接下来的每一个情节里都会堆叠大量类似的细节了，这一幕一幕的生活即景放大了爱丽丝的寂寞感和交流困境，销蚀她个人世界的稳定性和完整性，但也随时随地地填满她，照拂她，甚至是拯救她。无处不在的聚合的细节不断给爱丽丝提供这种自反性的情境，就这一点而言，细节确实更像是这个小说的神经末梢。

英国的批评家詹姆斯·伍德在他的《最接近生活的事物》中谈到细节问题时，有这样的表述，由于习惯成自然，人们会越来越钝感，缺乏对身边事物的观照，这使得我们不得不生活在一个“持续退却的世界”，而作家的任务就是要把人们从“这种缓慢的退却中拯救出来，把意义、色彩与生命力重新还给大多数平凡的事物”。《马尔特》或者说《爱丽丝》作为某种小说样本的地方也当在此。爱丽丝围绕每一个亡者的访问都是双向的，既关乎亡者的尊严，包括理解他们在世时的精神困境、疼痛感，以及死后的名声，人们对逝者的误解或缄默等等，也关乎爱丽丝自己的成长，这些艰难的探访让她有机会从钝感的程式化的中年生活中复活自己渐渐被蔽抑了的灵的属性。在《马尔特》的结尾，爱丽丝拿到了弗雷德里克保存多年的与马尔特的通信，她并没有立即阅读的冲动，因为她并不是要穷究一个死因的真相，而是要通过对死亡的寻访最终完成对自我生命里空洞与空白的克服。

相比之下，李一楠的《蓝绣球》虽然不像海尔曼那么依赖细节对情节的引导，但也是篇在细节上用心的小说。

从情节的角度看，《蓝绣球》着重写了两件事情：一件是朋友小儿子伊恩的夭折，一件是朋友邻居麦克当年有过酒后乱性的行为但后来变得良善亲切。而串联这两桩事的是朋友对我长长的告白，也因为是友人间的告白，朋友与我经常会在记忆中打捞十年交往的各种片段，在故事的主干之外延展出去，形成密密的记忆之网。小说粗看起来有些不讲章法文脉，也瞧不太清楚起承转合的落笔处，而是如散文一般，拉杂而谈，让叙述的溪流在每一个记忆的低洼之处随便地漫漶而去。但仔细斟酣，这种散淡又是作者有意为之，她把最核心的两件事置于一堆芜杂的回忆之中，就是为了要掩映它。因为所有我们生命里富有关键意义的事件，其意义都不仅在事件发生的那一刻，而更在日后漫长的岁月里对我们性情潜移默化的诱导，可能是滋养也可能是销蚀，并在生活无数其他的情境中潜伏着。换言之，小说里的伊恩之死并不是小说书写真正的重心，作者更想探究的是它之于朋友心理隐性的影响，它如何留痕，如何治愈，又如何隐隐作痛，岁月的消磨又如何让朋友领悟生命流转的奥义等等。因此，虽然朋友在告白中依然不时有沉陷悲伤情绪中的片刻，但总体上小说对死亡的叙事是节制的，反思性的。同样，麦克在十年前的晚宴间隙对叙述者的无礼，各自在朋友与“我”心目中投下不同的暗影，像某种不会强烈发作的隐疾，总在暗处施于肌体别样的疼痛。十年来，朋友与“我”若即若离，亲密的关系就这样被情感的茧隔膜着。而她在搬离之前找“我”叙旧的告白，对于彼此都有“破茧”的意味。如果硬要做一点攀附，李一楠的这个小说是可以放到新移民文学的大框架下讨论的，相比于我们所熟悉的移民文学形态，李一楠回避了离散经验中惯常的主题，而在微观的层面，在“最接近生活”的细处，对已经中产化的新移民群体的精神之痛与惑做了别致的洞察和书写。

从细节上来看，作者对细节营构的耐心首先体现于对绣球花的描绘上，小说题目已经暗含了借物写心的意指，作者自然也做出了抒情的照应；再者，小说的细节还体现于那种散谈漫叙中对朋友无心之语和细小神态的留意；还有，邻居麦克在朋友心目中转换形象是因为他在参加朋友夭折的儿子葬礼时，那悲伤的真情流露的细节被朋友捕捉到。当然，我们也不会忘记小说中穿插的去肯尼迪艺术中心看剧的那一幕，小说在此处的写法与前述的《马尔特》几乎是不约而同的，它们同样与故事的主干无关，却让小说内在的生命质感得以周全地体现。

我对小说的疑问在于“蓝绣球”这个核心意象，小说开头和结尾形成对蓝绣球意象的和谐呼应，而它的象征意义也是很显豁的。但是问题也恰恰在这里，小说以之为题，在我看来，有一种过强的预设诗意升华的自期，小说所精心处理的微妙复杂的移民经验反而被这个有着馥郁诗性的题目简约化了。对于一个要探究幽微精神世界的作者，更难的不是诗性而是中性——“善良的上帝在细节中”，有时我们也许不必点破题旨，就让伟大的善意的细节自己去发声吧。

小说
Novel

鱼禾，毕业于复旦大学中文系，中国作家协会会员，河南省作家协会副主席。已出版散文集《私人传说》、读书随笔《非常在》等六部。有大量作品刊发于《人民文学》《十月》《天涯》《青年文学》等期刊。散文《驾驶的隐喻》获第11届十月文学奖。

雀跃

鱼禾

1

这个小套的房号六年前就拿到了。那是市直一级机构第三次团购，房价低于市场价，名义依然是照顾“刚需”，兼顾住房条件“确需改善”的职员。在分房领导小组办公室，我扫了一眼单位拿到的房号。小区的大平面图和各种户型结构图我早就看过了。不出所料，这一天来选号的单位全是什么协什么社什么联之类，拿到的房号，位置都在犄角旮旯。

我所在的单位就是被称为“清水衙门”的那种单位。很多人不知道这单位是干吗的（确实这单位几乎吗也不干），更多的人根本不知道有这么个单位，提起来，只知道某银行的大蓝牌子旁边有个“那啥社”。不过，再小的“衙门”至少也有个门面，而“那啥社”为了补贴开支，楼下的门面房几乎全出租给了银行，只剩下几米宽的地方勉强挂了块门牌。“那啥社”名字复杂，所以门牌只能镌得瘦长，打眼一看，像是银行挂出的什么理财告示。因为门牌不容易找到，所以但凡有人登门，只得告诉人家，你找某某银行的大蓝牌子，那旁边就是。

在分房子这种事情上，“那啥社”能凑个边角就算有面子了。分房领导小组办公室的人对选号结果也表示同情，安慰道，这真没办法，“电脑选号”就是看运气。是啊，我说，实在不该用电脑，电脑比人势利多了。

“那啥社”内部排队结束，大套没轮到我。这是意料之中的事。切蛋糕的时候总是僧多粥少。更何况在“那啥社”这种地方，饿僧太多了。即便在饱僧多的地方，只要有什么利益分享的机会，我总是被排到一大拨老资格后头。我总结过，这差不多是个规律。年轻的时候排到老资格后头，现在一把年纪了，比我老的家伙一拨一拨退休，自以为算个老资格了，可是一到这种时候，总是有潜伏的老资格如雨后春笋般恰逢其时地冒出来。我这才明白，资格是钻挤出来的，不是数年头数出来的，有年纪大的老资格，也有年纪不大的老资格，不管是哪种老资格，只要是资格，关键时候都可以化为沉甸甸的利益。

“那啥社”也不例外。谢顶严重的政工师档案年纪跟我差不多，工龄却比我多了十三年，于是挑到的房子也比我大了一倍。我掐指一算，我二十多岁才参加工作，人家十来岁就参加工作了。我从起跑线上就输人家一大截了。政工师谦虚地说，作为政工师，对自己的基本要求是时时处处发挥正能量，本来有些话不该跟组织提，不过按照人事规定的工龄推算办法，自己的工龄的确应该从十一岁开始计算。还有个出纳，年纪在“那啥社”算是大婶儿级，可是人家管过人事档案，管了些年头，人家就逆时了，眼看就要退休的人了，年龄忽然变得比我还小，年龄小了，工龄却没有跟着小，到了排队领房号的时候，山还是山，水还是水，人家还是大婶儿级。大婶儿的房子自然也应该比我大，这有什么可说的呢。

每到这种时候我是不争的，因为，如果不是这几个，就一定是另几个，总有人会想出法子来，排到我的前面去。插队加塞的理由五花八门，仿佛是一夜之间从天而降。你能挡得住雨后春笋冒尖吗？不能。

那就随他去吧。

我觉得我多少还是沾了这一把年纪的光，没至于落到一穷二白的境地。最惨的总是那拨一年到头像驴一样干活的小年轻。开始，排在最后的小年轻还窃笑，觉得这些老资格都是白费心机，因为条款上写着，家里房子超过两套就不能排队了，而他们的房子都在三套以上。小年轻盼着这些“不怕撑死”的老资格都被规定挡到队列外头去，自己就有希望排上号了，哪怕是一小套，位置不好户型不好，总算有个自己的窝了。可是一转眼，老资格名下的房子纷纷不见了，有的转给了儿女，有的转给了外甥，有的一口气卖掉了两套，“正能量”则索性跟老婆离了婚。总之，到了排队的时候，老资格变戏法似的又进了“刚需”或“确需改善”之列，稳稳当当排到了前头。几个小年轻气得差点吐血，却也拿人家毫无办法。工龄计算以档案为据，白纸黑字，铁证如山，连组织部档案审查都没能抓住破绽，谁还能翻案不成？“正能量”委屈地说，因为老婆坚决不同意自己继续从事政治思想工作，而自己认为应该服从组织安排，牺牲家庭实属迫不得已。如此这般，你再怀疑人家有猫腻,那不是犯了小人之心么？凡是能占尽便宜的人，总有法子堂而皇之，能占的都占了，却是一点儿把柄不会留下。我只能嘴上刻薄几句，哟，你们未成年就参加工作了呀，自幼参加工作忠心固然可嘉，但是这样一来，不等于说我们社会主义制度下还有人像旧社会的黑心资本家一样使唤童工么？偷偷使唤也罢了，党和人民也可以睁只眼闭只眼，可是你们还把这种劣迹公然记入档案，还明目张胆的拿出来排队霸占房子，这不是赤裸裸地抹黑么？

老资格就是老资格，我说得人家臊眉耷眼，人家也不跟我计较，不管什么时候见了我都是笑微微的，一副和蔼可亲的样子，让我觉得自己特不厚道，特不是东西。我也曾决心要温柔敦厚一点，可是事到临头，我的刻薄秉性总是自然发作。有时候别人不过是顺手占了点小便宜，但只要不幸被我撞见，准会被我刻薄得体无完肤。时间长了，弄得人家挺不待见我的。

为此我妈经常数落我，你说你这么大人了，一句话说出来非得招人恨，嘴上占个便宜当吃还是当喝？不得罪人不行啊？别人都知道得便宜卖乖，你倒好，没占什么便宜，还没落着人情，两头亏空，就落一个嘴上痛快。

我妈和所有的妈一样喜欢乖孩子。像我妹妹翟小糖，遇着什么好处都能眼疾手快一把抓住，完了再上下左右说上一圈好话，嘴上抹了蜜似的，恭维得别人都不好意思不让着。我妈觉得那样做人才划算，说几句好话又不值什么。可是我秉性像我爸，临事不会打算，用她的话说，总是干赔本搭工夫的事。为这个赔本搭工夫的秉性，我妈跟我爸嚷嚷了一辈子，我妈觉得我爸做了一辈子冤大头，连累她也跟着吃亏。翟小糖也常说同一套话。但我爸到底也没改成她们喜欢的那个德行。

我被我妈数落得挺惭愧的。我跟我妈说，并不是随便哪个人想得便宜卖乖就能做到，这得有天赋，问题是这种天赋你并没有传给我呀。

2

本来我挺喜欢跟翟小盐聊天的。这货见闻驳杂，聊起天来煞是有趣。可是这阵子不一样了，这阵子因为一套小窝棚，翟小盐突然变成了一个碎嘴婆，只要跟我见面，基本上就是叨叨一些关于房子的陈谷子烂芝麻。

她要我帮她把一些“易碎物品”拉到新家来。碎就碎了吧，我说，都这么久不搬家了，还不趁机扔扔破烂儿。翟小盐泡了一壶茶，然后动手把那些瓶瓶罐罐上缠裹的旧布揭下来，一个一个摆好。那可不行，翟小盐一边忙活一边叨叨，我把这些东西搬了好多回了。我算算，天呐，我把它们高高低低搬了十一回了。

没错儿，她说，这是我第十一回搬家了。

我只管低头喝我的茶。翟小盐叨叨的时候根本不需要接话，甚至听不听都没关系。这阵子她有点太紧张了，让她叨叨一下减减压也好。

除了我，也没有别人更适合听她叨叨了。我的义务就是听着，偶尔打个岔，以表示自己在听着。

搬十一回，想想头都大了。翟小盐灌了一盅茶，继续摆弄那些瓶瓶罐罐。你知道的，这跟我早年换房子换得勤有关系，后来呢，跟换单位换得勤也有关系。

我说，一样换单位，别人都是费劲费心往上走，你倒好。

她像是没听见，兀自展开继续自己的话题。那时候咱们多可怜啊，四处租房子，还老得搬家，我记得有一年我搬了三次，对吧？是三次。感觉真特么跟要饭的一样，所以你看，我从来不存赘物，就像过去的商丘人不积攒家当——攒再多，黄河大水一来，全交待了。流浪者都不会有置办什么东西的想法。我早先让房子，就因为心软，见不得那些穷酸孩子每个月从工资里头抠出一大半来租房子，看见他们那个惨兮兮的德性，我就想到咱们当初搬来搬去的日子，感觉特惨。

不过，心软不是什么优点。她摆好了那些瓶子，下结论似的说，是弱点。

我跟她的交情就是在那些四处租房的日子里建立起来的。我跟她同年进入同一个单位，又和她，还有一个教书法的同事方文，分在一间职工宿舍，她结婚以后没房子，就在一个叫鹿砦的城中村租了一间十六平方的小屋。后来学校的职工宿舍没了，我和方文没地方住，也托翟小盐在她房东那里租了一间屋子。再后来，方文考博去了外地。从此我就成了翟小盐每一次搬家的见证人。当时的城中村租户驳杂，我不大敢一个人在外面租房子，基本上是她搬到哪儿，我就跟着搬到哪儿，直到我们先后跳槽，换到了不同的单位。每搬到一个新地方，翟小盐必定留我喝杯酒。我呢，送一把鲜花作为吉利。

翟小盐刚刚把她第一次搬出鹿砦那间小屋时我送她的花瓶，摆在了厨房的窗台上，里面插上了我送的一束马蹄莲。花瓶太小，跟马蹄莲的修长疏朗不相称，看上去摇摇欲坠。我想，我该给她送个高一点的花瓶了。

她厌恶搬家，这我知道。没有谁不厌恶那种居无定所、搬来搬去的感觉。不过，这一次搬家她却是急不可待。毕竟，她住在金水河边那套三居室里有十几年了。她住到那里以后市直一级机构又有过两轮团购房，她名下的指标，一次让给了单位没排上号的无房户，另一次房价已经蹿升，她因为在离异财产分割时把存款给了那个男人，一时半刻拿不出足够的钱来。这个拧脾气的人从不借钱。当然你也不要跟我借钱，她说，我钱不多，舍不得借给你。

翟小盐的新居所在的小区叫西湖上都，是西湖置业专门对机关单位开发的楼盘，有甲乙丙丁四个区，八千户。小区名字和所有的新住宅区一样，因为寓意太多，所以只好勉力拼贴，带着一种不风雅毋宁死的奋斗相。尽管翟小盐的房子只是一套百十平米的窝棚，她却上心得不要不要的，好像这是天大的一件事。为了催促天然气，她不知给我打了多少电话。我亲爱的许总，翟小盐冷嘲热讽，西湖上都人民领钥匙都一年了，请问你们伟大的天然气什么时候送到啊？翟小盐说着说着就来了气,你们这些占着茅坑不拉屎的国企讨厌不讨厌啊。每一次，我都只好替“伟大的天然气”听着。不是我们这些占什么不什么的国企故意的。小区配套的资金缺口到现在还没补上，我们这边是管委强压着供了气，为这个，管委和公司的头头们，当然也包括我这个只管技术不管事的总工，都额外享受到了在“特区”购房的待遇——当然这个也不算违规，因为，在哪个区购房都是购房。只不过，“特区”名义上是老干部住宅区，所以楼层都在十二层以下。事实上这些小高层却是留给某些特殊人物的专区。知情人便称这一块特殊区域为“特区”。从外面看，“特区”跟其他几个区差不多，看不见的地方却有天壤之别。“特区”最大的套内面积接近三百平方，为了不显眼，每户分上下两层，可联通可切割；同样是一百八十平方的大套，其他区公摊达到三十多个平方，“特区”公摊只有十平方；配套的车库和地下室有二十多平米，且是半地下，地面有通风口；小区容积率低，绿化布局中有大量移栽过来的常青树和楼后草坪；连物业公司都是内设，从服务到收费，跟别的小区全不一样。这个账，管委自然是要买的——不就是天然气么。

天然气开通的第二天，翟小盐就搬过来了。她绝对想不到，这个小区真正要命的问题还不是天然气，而是供电。现在大家还能正常用电，谁都没有注意其中的隐患。我想了想，为了不扫兴还是不跟她提这茬了。供电局可不稀罕房子。最有名的电力小区就扎在市政府附近，全部是近三百平方的子母户型，合着用是宽敞的四室三厅三卫，拆开用是三居加一居，比西湖上都“特区”的房子设计更绝妙；户外环境更是独一无二，南临号称“伊城名片”之一的河滨绿地，北临伊城面积最大的城市广场，从楼上往下一看，伊城市政府周边的绝佳景观就像电力小区的内花园。所以，即便是西湖上都“特区”的房子，供电局也不稀罕买。资金不到位，人家就是挺着不铺电缆。到现在，西湖上都还只有物业临时供电，电路负荷有限，眼下人少还能将就，将来入住的人一多，那就有戏看了。

这些事，翟小盐根本不上心。这一批公务员住宅就是她原来所在的单位主建并且主导分配的。翟小盐当年选择撇下那个肥差调到“那啥社”的时候，家人朋友无不表示惊讶。别人是实在没地方去才到这么个地方挂着，她居然在晋职时自己挑了这地方。我也觉得她是脑子进水了。翟小盐不以为然。清水衙门怎么了？她反问，我在原来那地方也是只拿工资不碰别的，一样是清水，倒不如明明白白的清水。

她还是太天真了。利益并不见得都是浑浊的，很多利益不用伸手，你只要“在那儿”，利益就是你的。不知她注意到没有，依然“在那儿”的人们，包括她过去的副手，她带过的办事员，如今也都拿到了大套。而她所在的“那啥社”，连犄角旮旯的小套都成了抢手货。

不管怎样，我说，“不在那儿”，总是要付出代价的。

“在那儿”也是要代价的。翟小盐说，点头哈腰不是代价？日复一日，年复一年，一路混过来，人的肝胆都泯灭了，变得像一只只知道挖墙脚屯粮食的仓鼠，死都不明白是自己作死，那不是代价？

3

二〇一一年我拿到房号的时候，这个院子还是一片被锈迹斑斑的蓝铁皮围起来的荒草滩。当时伊城西区的房价还没有蹿起，最好的楼盘平方均价也不过在五六千之间。但因为荒草滩位于著名的旃然镇，东临西流湖，西接即将途经伊城的南水北调主干渠——伊城人当然想不到几年之后这片地还有一个巨大的利好，那就是伊城被划为国家中心城市之后，市直机关即将全部搬迁到这个地块附近的植物园以北——所以，这块地也和市中心的黄金地盘一样，被几家有背景的开发商争得你死我活。

二〇一一年初夏，我和陆仁家站在这块看不出一点前景的荒地上的时候，心里不禁暗暗一凉。但我早已学会了在任何情况下找理由安慰自己。这房子多好，便宜，临湖，虽然偏了一些，可是安静啊。当然我也知道所谓安静就是人少，人少是因为这地方没什么吸引人的好处。好处一多，哪还有安静，密封罐里都能进去苍蝇。不过，二〇一一年初夏当我站在这一大片即将建造我的新家——尽管不是我一个人的家——的地块上时，我一如既往地安慰着自己，正像无数次因为不懂得钻营而被挤占利益之后我对自己所做的一样。

我茫然四顾，企图找到那条传说中的旃然河。据说那是三千六百多年前流经此地的一条古河流，因流经之地的土壤富含赤铜，所以河底是红色的。我看不到任何河流。但我仍然努力安慰着自己，这是个好地方啊，这里曾经河水汤汤，茂林修竹，几千年前出过一些慷慨高士。虽然后来这地方再也没出过高士，不过却出了一样倾城美食——“旃然猪蹄”。“旃然猪蹄”只用本地小伢猪，猪蹄个儿匀肉瓷，皮色红艳，正应了“旃然”二字的字义；所用卤煮香料是祖传秘方，煮出来的蹄肉浑香不腻，筋道利口，是绝好的酒搭子。伊城的吃货常常从东郊跑到西郊，特为来买一兜子猪蹄大快朵颐。逢年过节，伊城人为了买到旃然猪蹄不惜排起几里的长队。排队的人按号等待，每个号限购四只，没有号，插队也没用。排队的人里有些个酸货，因为等得无聊，顺口编了一段仿乐府给大家解闷儿：旃然有佳肴，绝世而独标。一吃摧人眉，再吃折人腰。宁不知摧眉与折腰，蹄子难再挑。这顺口溜在吃货嘴上传来传去，竟传成了名段子。后来，只要是专卖旃然猪蹄的窗口，橱窗上都会用红漆刷上这么一段。再后来，旃然镇经济工作总结会的文件上也引用了这一段已在坊间广布的赞美，来佐证旃然镇饮食业兴旺发达的盛况。

至于西流湖，它可是伊城第一宝贝。西流湖面积大，水量大，上游联结着伏羲山大峡谷源源不绝的清泉水，多年来一直是伊城人的水缸。但这也不妨碍一到夏季，很多人偷偷在里面游泳。传说有个自认为水性不错的老先生也跟着儿孙凑热闹，去西流湖游了一回，结果因为体力不行，呛了水，从此只要别人逗他，西流湖的水怎样啊，老爷子就嘿嘿一笑，咦，好喝，好喝。去西流湖游泳的多是半大孩子，也有成年人，尤其是旃然这边的人，他们吃的是自己打的深井水，所以不仅到西流湖游泳，还在游泳的时候撒尿，撒完了还故意嚷嚷给全伊城的人听，啊哈，今天又在伊城人民的大水缸里加了点佐料。所以我从来不相信老乡们淳朴善良之类的鬼话，这些在伊城人民的水缸里撒尿的坏种，都是描述中的淳朴善良之流。不过我也不觉得他们比我们更坏。他们跟我们一样，跟大热天没有冷藏的茄子一样，有点蔫巴，有点串味，但也没有坏透，勉强还算个茄子。要是有一两个茄子坏了，那是茄子长坏了，要是茄子一个个都奔着坏去，那就是天气问题了——在一个热气蒸腾细菌繁殖旺盛的季节，哪个茄子也没能耐单独保持新鲜水灵。

二〇一一年初夏，这块地上的荒僻景象让陪我来看小区位置的陆仁家笑坏了。我想，要是他当时能预测到这地块的房价即将在二〇一七年迅速蹿升到当时的三倍，估计也就不那么嚣张了。二〇一一年初夏，毫无预估能力的陆仁家对着这块地冷嘲热讽，就这儿啊，哈，别是骗你们玩的吧，现在骗子太多了。我说哪能呢，骗谁也不会骗到机关来呀。陆仁家听了我的话哈哈大笑。你是不是觉得机关特牛逼啊？他指着临时围墙上喷漆的公司名字说，傻孩子，告诉你吧，就是这家公司，上个月还有人到市政府告他们，说房款交五年了一块砖还没砌。指着他们给你盖房子？恐怕得等到七老八十，等到你坐着摇椅慢慢聊。

陆仁家一旦逮着机会嘲笑我就特别快乐。他眉飞色舞，高兴得不行。我记得一家杂志寄来的稿费单不小心被他看到过，稿费单上的汇款数字是 3121 块，那个数字让他乐了好一阵子。他做住宅设计，常常在单位的事情之外自己接私活儿，熬一夜，五六万的外快就到手了。他喜欢在摆弄那些能给他带来外快的设计图摆弄累了的时候，拿那张稿费单上的数字当作课间休息的佐料。他用拇指和食指顶起眼镜，揉着睛明穴说，3121 块，我的好孩子，了不起啊。我发现一个人在揉捏睛明穴的时候大笑，表情特别狰狞。我告诉了他这一点。我一边告诉他一边迅速估算了一下，同样是熬夜，他熬一夜所得至少是我的二十倍，于是我就住嘴，再也不说那些废话了。价格就是硬道理，人家的确是贵得多呀。

二〇一一年初夏，当我和陆仁家站在那一片弥漫着污泥和腐殖质气味的荒地边缘时，我根本不关心陆仁家一再嘲笑我是出于什么动机，我关心的是这片荒地什么时候能高楼万丈平地起，呼啦啦就建成了。我领钥匙，装修，通风，搬家，然后呢，把父母接过来住。我没想到我需要等六年。父亲没等到，父亲去世五年了。陆仁家也没等到，我和他来这里看过地块后没多久就分开了。二〇一一年初夏，这个男人的高声奚落让我再一次确认我们在彼此的世界里有多么不足挂齿。于是我对陆仁家说，既然咱俩谁也瞧不上谁，那就散了吧。他愣了几秒钟，随即愉快地答应了。

4

翟小盐搬家的日子定在夏历三月初二，公历三月二十九日。这是天然气开通的第二天。翟小盐说，这日子两边都占三月，吉祥。

像十几年前她每一次搬家一样，我依旧帮她招呼。我电话搬家公司。那边问了两边的楼层，都搬什么，从哪儿到哪儿，然后报价，五百。翟小盐在旁边心虚地说，你告诉他们，书有点多，不过我都捆好了。我说，先说好，书有点多。对方根本不在乎书，话说得很干脆，五百块全包。我放下电话。翟小盐有点不相信似的说，就五百？光这一百多捆书得上上下下跑多少趟，又是人又是车，就五百？

二〇一七年三月二十九日，也就是农历丁酉年三月初二，上午九点，搬家公司的车准时开到楼下。翟小盐到楼下招呼，我在楼上。搬家公司名头挺大，也就来了两个人，其中一个高大壮实，一句话不说，上来就动手打捆搬书，另一个矮胖，神色诡谲，腆着肚子，像个专门往人家车上贴罚单的协警。矮个儿不动手，满屋子晃悠。等大个儿扛起东西下楼，矮个儿四下扫视着说，都说搬家不怕大，就怕碎，你这么多东西，可麻烦。我说，不都事先说好了吗。矮个儿说，那是，既然说好了就得给你好好搬，这样吧，你给加个午饭钱。我说，加多少？矮个儿说，五十。我说，好。矮个儿又说，这个钱最好先给我，其他等会儿再结。我给了他一百块。矮个儿把钱揣进兜里，看看门口，居然找了五十块给我。我还没腾出手接钱，矮个儿迅速把钱塞给我，低声交代，我跟你说，姐，这个钱到车上千万不敢提，车上有视频监控，老板知道了要罚的。我说，谁稀罕提。矮个儿解释，这五百块钱，我们干活的只能抽三成，老板得七成，我们挣不了几个钱。矮个儿又朝门口看看，神色鬼祟地说，这个钱也别跟其他人提了，这趟活儿我是负责的，保证把东西给你搬好。我忍不住笑，说，你比你老板还厚道。

很多搬家公司都是这样，一个人只要有几辆符合标准的货车，就可以注册个公司在网上揽活儿，揽到了活自己是不干的，只是讲个价钱，然后转给别人，接活儿的人再找几个干活儿的做帮手。这矮个儿肯定是接活儿的。本来他再多要点，把那个钱分给大个儿，我也会同意，可是他没有，他一个人多得了点零钱，像是占了多大便宜一样脸上喜滋滋的。我想起翟小盐经常用来表示不屑的那个词：不像样。

新住处有电梯，卸车挺快的。屋子里满地都是东西——箱子，包裹，大大小小的盒子，高高低低的书垛，横七竖八，一片狼藉。我跟翟小盐都累得够呛。我们打开两罐啤酒，坐在地板上喝，像两个在沙场上劫后余生的伤兵。

整理那些东西用掉了她整整一周时间。翟小盐说，这次搬家才陡然发现，一个家哪怕只有一个人，居然也能囤这么多东西，东西太多了，多得让人惊惶。

翟小盐说，原来搬来搬去只觉得麻烦，搬了也就搬了，这次不一样，搬过来以后，感觉就像拔了一棵年深日久的大树。

翟小盐说，她有一种伤了元气的感觉。证据之一是，近来有个词——“悲”，常常毫无端倪突然出现，让她觉得挺不吉祥的。

翟小盐说，清明节祭父回来，她又去了老房子一趟。她在空荡荡的房间里转过来转过去，把那些空抽屉一只一只拉开又关上。拉开丫头房间的一只抽屉时，她发现里面还漏下个活页小册子。小册子只用了一页，丫头按日期画的格子，分上午下午，格子里填着名冠词、语态时态之类的外语补习任务。翟小盐说，丫头的字像她的性格，看起来很乖，不像我。我站在那里，努力回想这些字是她哪一年写下的，当时她有多大，我有多大，父亲在哪里，在做什么，和谁说话，说了什么，在当时，该用哪种语态去描述父亲的活动，does，doing，was doing？

在无根无梢的浮想中，那个词——悲痛——也突然浮现。有些情绪是被词语唤起的，翟小盐说，就是那样，我先想到那个词，随即，有一种莫名的悲痛，滚雷一样在心头碾过。

5

我有一种伤了元气的感觉。二〇一七年四月五日，我站在老房子里，在丫头的房间，拿着那本活页小册子，想起那一天正是我跟她爸爸分手的日子，想起，却也没有半分懊悔，就像想起我曾经在这里摔碎了一只碗。多年来我第一次想到在那个日子背后的特殊意义，这说明我不怎么在意那个男人，说明我是个无情无义的东西。我也想起了二〇一一年秋天那个阳光灿烂的上午，那个尘泥遍地一片狼藉的校园，那种被竭力按捺的冰凉懊悔的心情。

二〇一一年夏天父亲开始接受化疗，女儿高考结束，而我在忙着写一本关于女人的书。本来计划写十六个。可是写到第五个——丹麦的伊萨克•迪内森，我就写不下去了。"伊萨克"这个名字借自圣经故事。那个在耄耋之年被上帝赐予一子的老妇名叫伊萨克。伊萨克是大笑的意思。但是这个写作的伊萨克，她从非洲回到丹麦的时候已经年近半百，在非洲独力经营数年的农场因一场大火而破产，情人飞行遇难，她则因曾感染梅毒失去生育能力。一种熟悉的、仿佛来过很多次的悲痛，在我打开这些女人的个人史的时候席卷而来。我觉得自己正在陷落。我决定就此打住。不写了，我对编辑说，再写下去我可能会像她们其中的一个那样跳湖或者吞药。

二〇一一年秋天我在送女儿到那所普通高校报到之前赶完了书稿。女儿的宿舍在新校区。宿舍是新建的，工程似乎还在扫尾。宿舍区泥浆尘土，狼藉一片。我的车开不进去，只好一件一件把行李从路边扛到宿舍。二〇一一年秋天那个阳光灿烂的上午，我拎着行李走在尘土飞扬的校园里，心中的悲凉汹涌不能按捺。是我造成的。女儿刚上幼儿园我就放弃高校教职，执意跳到了一个忙忙碌碌的机关单位。新上任的局长有一种壮志凌云的架势，像一架不知疲倦的永动机，什么五加二白加黑，一会儿要带领中层干部到后小院拉电缆，一会儿要带领全体员工在市委楼前面翻草皮。我不幸是那个单位的办公室主任，只得硬着头皮支应差事，平时加班是家常便饭，周末和节假日也不得休息。等我好容易逃出那个单位，女儿已经上初三了。

我在那个阳光灿烂的秋日上午兀自懊悔，很多孩子和他们的父母从我身边说说笑笑熙攘而过。那么多的孩子，那么多的父母，他们簇拥而来，没准儿还在为能进入这么一所学校兴高采烈。我是谁，凭什么觉得该比他们强呢？又或者说，大家都在可悲的境地之中，我是谁，凭什么觉得该独自幸免呢？

当年那个豪情万丈的局长在步步高升的路上养成了顺我者昌逆我者亡的脾气，混成了在伊城跺跺脚都能房倒屋塌的头面人物，可是有一天，人们在办公楼的电梯出口看见这个霸王面如死灰双腿觳觫，抖抖索索地被两个制服架走了。像很多年龄越来越小的官员一样，他本来早已过了退休的年纪，可是他把年龄改了又改，改得比自己的工龄只多了不到十年，于是继续在任上飞扬跋扈，直到有一天被架走。他把年龄改得跟自己儿子差不多的时候，伊城正流行一则化妆品的广告，词曰，某某胎盘素，让你今年二十，明年十八。于是，这位年龄越来越小的领导被人称为“胎盘素”。胎盘素在里面一夜之间白发苍苍。这似乎是个规律，他们进去以后，很快都会变得白发苍苍。究竟是不能再染发因而暴露了本相，还是跌顿过甚所以一夜之间愁白了头发，谁也说不清。他可能终于意识到自己老了。在几次自杀未遂之后，胎盘素向监狱管教提出，能不能给个机会，让他像个普通老百姓一样活下去，为此他宁愿把自己当反面典型，义务为大家上廉政课。管教哑然失笑。这似乎也是个规律，他们都热爱给别人上课，都以为“像普通老百姓一样活着”就算接受惩罚了。世事不可预料。当年，胎盘素在市委楼前和几百个员工一起大汗淋漓地翻草皮的时候，其实已经五十多岁了。这个人已经过了知天命的年纪，却不愿意承认自己的年纪，他把头发染得漆黑油亮，把年龄改成了四十二，抖擞精神，在炎炎烈日下“亲自”干着体力活儿，大汗淋漓地巴结人。可惜胎盘素最后混进了监狱，要不然，我想，再过几年他又会妙手回春，把自己变回五十岁。

二〇一一年初夏第一次站在这片弥漫着污泥败草气味的荒地上时，我心里幻想着万丈高楼平地起，一切都还没有发生——父亲身上的肿瘤还没有发现，女儿的高考还没有开始，我进入这个单位还没几年，在这个所谓的文人圈里的交道正在渐渐铺开，而胎盘素当时意气风发，正领导着伊城的城建和机关后勤，当然，也领导着这一大片荒地上即将建设的庞大小区的主建。当时，那作为“西湖上都小区主建工作领导小组”组长的人一抬手，“特区”之外六千多户人家预交的购房款被挪作他用。施工方垫资垫到忍无可忍，于是刚刚封顶的工程中途停建，直到我的父亲去世，直到我和陆仁家分道扬镳，直到胎盘素进了监狱。眼下，丫头在千里之外读研，我独自在这里搬家，父亲已经去世五年，那个站在荒地上对我大肆嘲笑的男人在记忆里面目模糊，当时互相不知底细的新同事又已经熬成了彼此钩心斗角的旧同事，当时左一套右一套买下房子的人靠着房租过上了寄生虫般的日子，胎盘素依然欲死不能……我总觉得乱梦颠倒，不知是哪里出错了。

每当我想到这些事，那种熟悉的悲痛就兜头袭来，一瞬间让我浑身冰凉。甚至也不必想起什么，不必有引发，悲痛就在心头萦绕——就像空气里的霾，悲痛已经不是什么特别事件，而只是无数的“日常”之一。

6

元气大伤的感觉持续了一个星期。翟小盐说，直到那天晚上，我和每天晚上一样，睡前去关阳台的窗户。就在那时候，我一眼看见了几道清亮亮的光从窗格里投进来，投在淡灰色地板上，一格一格，明白安详。我走到窗前，抬眼一看，一轮又圆又大的月亮当空悬着。我看见了久已不见的“月亮地儿”。我说的是“月亮地儿”，不单是有月亮，单有月亮是不够的，还要有什么，我说不清楚。我登时想起了那些闲得发慌的古人写过的句子——它们正如阵雨前的云团层叠涌来，交错翻腾。那些读书时代曾经反复抄写的诗歌，我以为我早就忘掉了，但是在那个月光朗朗的晚上，它们仿佛突然从沉睡中醒转。

翟小盐说，我没有太多的贪念，我唯一贪恋的就是能经常看看天，所以做梦都想有一套带大露台的房子，可以身陷闹市而依然能够看看天。这不算过分，对吧，很多人，像我们家翟震，翟霆，翟小糖，他们都有这样的房子，只可惜他们并不知道享受待在露台上看看天的福分，我常常觉得他们把房子当成了猪窝，无论房子多么大，都只会在里面吃喝拉撒睡，唯一比猪高级的地方在于他们还会整晚整晚地看电视。我觉得在这一点上他们都不如待在老家平房前头的院子里的翟小麦，虽然翟小麦傻乎乎的，可是，一个人安心守着老院子，满足于教教书、看看天，并不对这些富贵了的兄弟姐妹感到羡慕，那就是有福的。

翟小盐说，丁酉年三月十五的晚上，我看见月光从阳台的窗格里淌进来，淌到了浅灰色地板上。我想，我有很多年没有在自己屋子里看见过“月亮地儿”了。十几年前，我住进那套三居室没几年，我家所在的住宅楼就被四周陆续建起的高楼夹在了中间，月亮被挡在高楼后面，照不进我的屋子，没有像眼前这样流水般的月光，从窗格里淌在我的地板上。我在看到月光的一瞬间心情清朗。我踱到另一间卧室。透过飘窗，月光正洒在床前。那时候，古人的句子已经从交错翻腾的状态中沉淀下来，变得清晰。不得不承认，古人才是会享受的，不是吗？他们的趣味还没有受到工业制造和机械式便捷的污染，他们不假思索就能够判断，唯有这些简单明了的东西，这些自然生发之物，能够应和人的七情六欲，能够给人永不泯灭的安慰。

翟小盐说，你看，能让人定下心来的，往往是某种寻常事物，与生俱来，司空见惯，不需要努力创造，不需要争取，只要你略微用心，就能够获得它的安慰，不离不弃，天长地久。

我仿佛看见那个月圆之夜的翟小盐一个人坐在床边，看着地上的月光嘴里念念有词，为自己终于拥有了这样一个可以在屋子里看见月光的小房子感慨不已。尽管我觉得这种书生气挺可笑的，但是，每当翟小盐脸上出现这种与成年人的身份不吻合的愚痴,我总是怦然心动。我是说，我心口会陡然纠扯一下，觉得这很好，也觉得这好里面含着几分可悲——我在某些成年人身上看见这种与年纪严重脱节的逃逸气质，这种气质总是让我觉得不对劲，觉得他们似乎受了蒙蔽。

翟小盐说,没错儿,就是这些简单明了的东西,这些自然生发之物,能够呼应我们，安慰我们。可我们偏偏很难遇到，就像我们知道这世上必然有个心心相印的人，却总也无缘遇到，动不动就遇到的只是路人甲路人乙路人丙；我们也知道这世上必然有一个或几个可以相知之人，但是也往往要到人生过去大半，甚至垂垂老矣，才忽然在不知什么旮旯里，看见了还有那么一个得意或不得意的人，原来是可以聊聊的。于是这样的遇到，总是难免让人感到可悲。其实在这一生中，在许多不能觉察的时刻，可能我们和这样的人已经遇到过，就像和这满月的遇见——只要不是被云层遮挡，每个月十五它都会出现，但是我们放任自己颟顸无知,竟无一刻对它注目,于是,那遇到也等于没遇到,那相遇也就被虚掷了。

有一瞬间我被翟小盐的傻话迷住了。我匪夷所思地想到了她家兄弟姊妹的名字。我问她,为什么叫翟小盐的是你,为什么你是那个咸的?

翟小盐一愣，随即坏笑道，因为我性感啊，呵呵，咸的。翟小盐说，其实是按重要程度来的，那个年代主食最重要，所以老大叫小麦，然后是调味品，调味先得有盐，我行二，就轮到我是盐了呗，后头是奢侈品，有了更好，也可以没有，所以老三叫小糖。

我说，我以为翟小糖后头会有个翟小油、翟小醋。

翟小盐大笑。胡扯,后头是男孩,格局立刻上天了,翟震翟霆,听听,轰隆轰隆的，厉害多了吧？翟小盐神神道道地说，你觉不觉得名字对人有心理暗示？我是咸的，不可口。翟小麦呢，有面食般的淳厚。翟小糖就不一样了,你看,翟小糖跟谁都甜丝丝的,是吧,可招人待见了。翟震翟霆呢，强大是够强大，可惜脚不沾地，缺几分俗人心肠。

翟小盐的几个弟弟妹妹跟她完全不一样。翟震翟霆，一个是某著名私企的高管，一个自己做矿产生意，都是身家不俗的大忙人。而翟小糖一边挂着公职，一边在伊城左弯右拐，低进高出，前前后后白赚了五六套房子。这件事让翟小盐瞠目结舌。她真是太会算计了，翟小盐说，这是怎么办到的啊，天呐，她真是太会算计了。

7

人挪到一个陌生的地方居住，总会有一阵子精神失常。我的失常表现之一是，总在午休的时候梦见地图。梦里的地图不是我们这个时代的地图，而是活动中的历史地图——它们像视频一样有连贯的画面变动。

我先是梦见一群宽袍大袖的古人——那应该是西晋末年，我的记忆自动为一幅幅地图添加着字幕——那一帮宽袍大袖的王公贵族富商，他们从都城洛阳，从司州、徐州、兖州、弘农、新安……倾家而出，他们的马车和马匹在从中原到江浙的长路上荡起滚滚红尘。梦中的迁徙景象有时是远景，长途奔袭的人们像一群在细线般的长路上爬行的蚂蚁；有时候是特写，他们的宽袍大袖在风中飘扬如旌旗。

在熙熙攘攘的人流中，我总是看见我的兄弟翟震和翟霆。他们并驾而行，身后的大车上装满了他们的妻妾子孙。梦境提示了他们的名字，他们的名字竟然是金盏、玉碟。他们的马车碾过翟小麦悉心维持的麦田，把正在灌浆的麦子碾压成泥浆。翟小麦坐在田垄边嘤嘤哭泣。马上的金盏玉碟高冠博带，志得意满。我拦下他们的车马，骂他们背弃了父亲的姓氏，只知金玉，不知水土。我先是冷笑，笑得眼泪哗哗，然后我就真的哭了。我说，父亲已经亡故，你们不知道吗？你们的妻妾子孙车载斗量，可是父亲只有一个，不是吗，不是吗，不是吗……我的梦境逼真而精确，我清晰地记得我的话，我用了“车载斗量”这个不合适的词，并且以莫须有的罪名斥责了他们的富有。我不知道这种深刻的怨气是什么时候开始积累的，但是显然，我和他们之间已经有了鸿沟。

比“车载斗量”更精确的，还有和史上的南迁路线相吻合的地理标志，尽管梦境杂糅了年代——雄浑荒凉的长江，精致繁华的运河，浩荡的太湖，旖旎的苏州。他们奔逃的轨迹一如水流顺势南下，在华东原野上时而合并时而分岔。而中原那些无处可逃的人们，正成群结队地筑起坞堡。一座座土灶台似的坞堡遍布整个华北平原。络腮胡子的匈奴人，黄胡子的鲜卑人和羯人，头上有角的氐人和羌人，正从不同的方向涌来。胡子和犄角的汪洋肆意涌流，华北像一片崩解中的岛屿。

地图的变动由我手里的鼠标控制。我的右手食指把转轮向前推动，地图上时光倒流，胡子和犄角的汪洋后退，旌旗般的宽袍大袖在滚滚红尘中回到洛阳，几个醉汉躺卧竹林，长乐宫威仪棣棣，阿房宫的大火死灰复燃，大火中投进万卷书简。我的手指停住。又有一队人马从黄河南岸出发，指向东南。他们是什么时候出发的，看不清楚。我又动了动手指，时代迅速向后翻动。西周、东周、秦、汉、三国、六朝……那些名称像流星一样明灭。五代十国的纷乱已过，是北宋了。清明时节的汴河，远归的大船上载满了饿叟般的太湖石。东京梦华转眼散尽。皇帝放下他的石头和园林，放下人流熙攘的京都，又一次逃到了南方。人们蜂拥南下。这一次他们跑得更远，他们跑到了钱塘，跑到了岭南。在他们离弃的故乡，进犯的金人喘息未定，蒙古人又杀将过来。

每到蒙古人出现我就会醒来。在午后的艳阳下我依然想着那个时代。在这些打马而来的蒙古人里，可能有我的祖先。他们眉目细长，面如满月，左手勒马，右手持刀，他们打马而过的大路上尘土飞扬，空气里弥漫着浊酒的浑香和蒙古长调的寒凉——我知道这纯属梦境的牵强附会，烧杀抢掠的时候不可能饮酒，也不可能有缓慢悠长的蒙古长调，他们打马而过的大路上，空气里弥漫着的应该是血腥，是十面埋伏那暴风骤雨般的节奏。

二〇一七年的暮春，我躺在临窗的地台上，在午睡过后犯着癔症，在匪夷所思的幻觉中成为蒙古人的后裔。臆想中的斯人避开了残酷与不堪，在酒香和乐声里，足蹬长靴，纵马飞奔。在午后的阳光下，有一种野蛮的活力被臆想迅速催发。我的倦怠一扫而空。我翻身坐起，洗漱，饮茶，然后坐到书案前，打开电脑。

我的手指在键盘上跳哒如飞。在某些特殊时刻我才能由衷体会对于击打键盘的热爱——那是对打马飞奔的模拟，是虚构的撒野或出逃。唯有在这样的击打之后，块垒才能如烟消散。

8

翟小盐坐到我对面。去年这个时候，我正在充当设计师，在这个小窝棚的平面图上精心勾画，琢磨着怎么把我的书全弄过来，而又不占太多的地方。

我注意到了。她的书只用了一面墙，书架顶天立地。我迅速估算着她的客厅容量——南北长不足六米，东西宽大约四米，这边的层高我知道，铺过地板以后有二米七左右的净高。她即使把客厅的墙面都塞满，也就是五六千册书。她只用了最长的一面墙，四米多，盛得下大约四千册书。

这么说她居然处理掉了一批书。

不对，翟小盐站起来，伸手抚触着那一排书架，从走廊到窗前，然后转身，得意地伸出指头，比了一个“八”字。是八千册，她说，书架尺寸是我设计的，格架深度三十二厘米，可以里外码两排。她像个老地主仔细计算着自己的粮囤。所以，它的容量是你估算的两倍。

算计真是件好事，有利于充分利用资源，有利于节约。翟小盐说，这种品质，唯有像我这种人，手里的资源不多，才有机会磨炼出来，却不幸一直被我鄙视。一定是上天看见了我这种贬低算计的狂妄，所以才要限制我的收获，以便让我了解算计的动机，了解算计里面包含了多少不得已，包含了多少无害的辛苦。

翟小盐靠在书架上，神色颓唐。

当然，她说，上天也要让我了解我的不得体，让我悔改。

9

说不清由于什么，每到周日晚上，我会回到老房子去住。老房子空荡荡的，看上去有几分恓惶。除了必需的家电和日用品，房间里别无赘物。我常常整晚靠在拐角沙发上看着电视墙发呆，似乎借此才能补回因为搬迁而丧失的元气。

电视墙上挂着一幅字，方文的隶书“长乐”。方文是我原单位的同事，在一个宿舍住过，后来，她和我一样受不了学校的死板和“不务正业”，考博去了外地。方文的字有多年的临帖和研习做底子，再加上有书卷养着，一笔一画都见功夫。十几年前，我调入机关，得到一套位于顶楼的房子，方文趁着假期，带了一幅字来燎锅底。我的新房子比方文他们在高校的房子宽敞得多。但是方文很不给面子，说，放着自在不要，跑去那种地方，你以为你擅长弄权吗?

我不在意。反正每次跳槽总有人觉得我莫名其妙。很难说这些单位哪个好一点或坏一点。我没有长性，只要换单位的念头一起，就非换不可。在没有什么合适的单位可换的日子里，我会考虑换房子。后来换房子也成了太艰巨的事，我便不时重新摆放家里的家具。陆仁家曾对这种瞎折腾大加嘲讽。你之所以这样，是因为这些东西容易左右，你动动心思,甚至动动指头,它们就会变得像样一点。他说,但是对别的,对那些你看不惯的东西，包括对我，你根本无能为力。我觉得陆仁家其实是理解我的，尽管理解并不等于就能接受。而方文说的是，你以为换个地方就会好一点? 别做梦了,换地方最多给你一个“一切都会好”的错觉。

她说得对。我这个不合作的人,换地方或者不换,都不会“在那儿”,从而也不可能“一切都会好”。

方文肯定想不到这幅字会在我的墙上挂十七年。它像长在了这面墙上，成了这面墙上的一块石头。“长乐”两个字看久了，字义慢慢被忽视，在观感上成为镶嵌在玻璃框内的墨色图画，跟画框下面的电视机，左侧的空调柜机，右侧喷绘放大的家庭照，成为一组构图平衡的室内小景。照片上的我们不到三十岁，女儿四五岁，父母头发尚黑。看上去大家都很满意。

他们并不知道，就在拍照的前几天，我因为拒绝在财务处送来的一沓数额惊人的账单上签认经手，因而得罪了胎盘素。他已经夸过我“有志气”了。谁都知道，这是他表示警告的惯用语。我和另一些不肯就范的人一起，隔三岔五被胎盘素在会上“不点名批评”。在机关，“不点名批评”实在是一种绝佳的兵器。虽然不点名，但训话者自有手段，让在座的人们知道所指。又因为不点名，说的事便无需考证，轻重都有余地。我陷在座位上听着胎盘素的污蔑，常常想起骂街泼妇。他们真像啊——他们含沙射影，指桑骂槐，从不指名道姓。他们东拉西扯，用语娴熟，泼脏水泼得游刃有余。被泼的人根本无从证清。

从那时起我慢慢养成了口不臧否人物的习惯。我离开那个被称为“肥差”的地方的时候，一位老机关表示祝贺，说，总算是有收获——受了这么多跌顿，你好歹成熟了，学会了深沉。如今，我看着比我年轻一截的孩子，也常常这样想，这些神神鬼鬼的功夫，等他们受够了跌顿，也就领会了。会有一些新的毛孩子，来继续领教这一套深不见底的功夫。他们会一茬一茬地成熟，学会深沉，然后退休。功夫到家的，会一直“在那儿”，兢兢业业，密切合作，会渐渐成为“老资格”，成为在天上掉下的馅饼面前排在队列前头的人，成为公摊极少、天宽地阔的“特区”住户，只要运气不太坏，也会成为没有进去之前的胎盘素，今年二十，明年十八，成为逆时生长而左右逢源、不老不死的一群。

“长乐”两个字写得圆润平稳。隔了这么多年看回去，方文的字竟一点也看不出青涩。我忽然觉得方文在很多年前就“成熟”了，她一直走在冷僻的路上，与“在那儿”保持着距离。而前前后后给我送过十一束鲜花的小许，也早已“成熟”了，自从跳槽到那个地方之后，她就一直“在那儿”，不曾有过犹疑。“长乐”用了隶书，显得心平气和。我真喜欢这样的吉祥啊。可惜在这个从青年住到暮年的居所里，我一直匆匆忙忙，不曾有一回对它凝目注视；“长乐”两个字像著名的汉时宫阙一样，只是一个画在纸上的符号，并没有唤起我的同情。我看着已经微微起皱的“长乐”，想起和方文、小许刚刚住进一间教员宿舍的时候，想起那时候我的年纪、她的年纪、小许的年纪，想起方文以这幅字相赠时我们喝的那场酒，小许送给我的第十束鲜花，以及那种意气风发、仿佛能够成就许多愿望的心情。

我们都曾是“有志气”的。

我窝在沙发上动弹不得。一时觉得被人们反复说起的“流年”，实在也是个令人悲痛的词。

周洁茹，江苏常州人，现居香港。有长篇小说《岛上蔷薇》《中国娃娃》《小妖的网》，小说集《我们干点什么吧》《你疼吗》《到香港去》等。

抽烟的时候买一颗药

周洁茹

1

他突然就不回我微信了。崔西说，怎么哀求他他都不回，半个字都没有。

你疼吗？我说。

疼。崔西说，额头上起了一根青筋，抻着疼。

抻它干嘛，我说。

不抻也疼，崔西说。

我说，你们上床了？

他照样在朋友圈晒他的日常幸福，大幸福小幸福，崔西说。

我说，你们上床了。

想不通啊。崔西说，他怎么没事了似的。

他是没事了啊。我说，你还有事？

太疼了，崔西说。

那要有个过程就不疼了？我说，他先是微你少了，然后是不微你了，最后才是不回你微了，就不疼了？

你的他就给了你一个过程？崔西说。

我沉默。

你不疼？

我保持沉默。

你疼吗？

我说，要不要去吃湘菜？

哪儿？崔西说，哪儿有湘菜吃。

黄埔啊，我说。

黄埔在哪儿？崔西说。

就是红磡。我说，一个地方。

那你为什么不说是红磡要说黄埔？

我说，我也不知道我是为什么。

乡村爱情都是套路，崔西说。

也不要这么说好吧。我说，乡村就没有爱情？

乡村有爱情吗？崔西说。

要不要去红磡吃湘菜？我说。

2

我在黄埔站迷了路。这是一个新站，我老是想着要来打个卡，然后我就卡在这儿了。四个出口，我把每一个都出了一下，最后我从A出口出来，大太阳下走了一圈，又回到了D出口。我站在D出口，给崔西打电话。崔西是早就到了，餐馆倒是我找的。

往前走。崔西是这么说的，一直一直往前。

我往前走，往前走，撞到一面墙，左右都没有路。突然想到金牛星座，撞到南墙都不会停下来，他会一直撞，一直撞，撞到墙倒。

我就站在大街上大笑起来。

我又走了十五分钟，太阳下面，重复的路和重复的路，才找到湘菜馆。透过玻璃窗我看到崔西已经把菜都点好了，但她撑着头，很疼的样子，肯定是菜上得太快了，人还没到，菜先到了。

我又绕了半圈，找到餐馆的门，凹过去的一个门，装饰了假的绿植，还有一块小黑板。这个门放在哪儿都不奇怪，只是放在香港，这可真是太奇怪了。

我进了门，朝崔西走去，她坐在最里的卡位，撑住头的手都没有放下来。餐馆的服务员完全没有搭理我，我就瞬间落入了中国内地，这个餐馆，和这个餐馆里的一切。

他突然就不回我微信了，怎么哀求他他都不回，半个字都没有。崔西说，普通朋友也不至于这样吧。

我看了一眼桌子，豆干炒辣椒，不知道什么肉炒辣椒，辣椒炒辣椒。

我坐了下来，说，可以要个不是炒辣椒的菜吗?

剁辣椒? 崔西说。

所以就是上上个月，你说你要去爬山那一次? 我说。

不知道你在说什么，崔西说。

过了四十岁就不能上床了，你不知道吗? 我说，一上就死。

崔西说，你们上床了?

加单! 我伸手。剁椒辣椒!

服务员站在柜台后面，不高兴地看了我和崔西一眼，动都不动，于是我怀疑我的单并没有加上去。

我开始吃炒辣椒，一点儿也不辣。我把它翻了个个儿，看不出来品种，反正是不辣的那种。

乡村黑魔法，崔西说。

我说，你就是跟乡村扛上了是吧。

崔西说，你的他就不是乡下的?

我说，是啊，不是乡下的吸引不了我们啊。

他们都是那么长大的，我又补了一句。

我从小穿的裙子都是从香港寄去上海的，崔西说。

我觉得我得说我的裙子都是从巴黎寄过来的才能压过她。我只好说，就是，我们就是这样的。

他们是怎么长大的？

他们在田里干活，我说。

那为什么我们要爱上他们？崔西说。

因为他们不一样，我说。

我们身边全是和我们一样的人，崔西说。

所以我们不爱和我们一样的人。我说，我们讨厌我们。

还不如爱和我们一样的人。崔西说，总还有一条底线。

什么线？我说，谁都没有线。

你疼吗？

不疼。我说，我吃了药。

那你还要点主食吗？崔西说，米饭还是面条。

我说随便。

你这一生都是随便的吗？崔西说。

我只好说米饭。

加单！崔西伸手，两碗米饭！

服务员站在柜台后面，不高兴地看了我和崔西一眼，动都不动，于是我肯定我们的单都没有加得上去。

出门的时候我发现小黑板上写了什么，可是我看不懂，我把脸凑近了小黑板，仍然一个字都不认得。

我们为什么要来吃湘菜呢？崔西说。

3

我头疼了一夜，都起了撞墙而死的心。

早上收到崔西的微信，她拍了一张她和病床，白床单。

你自杀了？我说。

是啊。崔西说，吃药了。

我说，什么药。

所有瓶子里的药，崔西说。

我沉默，多说一句都可能让她把所有的药重新再吃一遍。

要不是有的药片太大，让我呕了一点。崔西说，就真的不用再活过来了。

我保持沉默。

他们偏要救我，崔西说。

你想不通之前先想想我好吗？我说，你要飞了我怎么办，我也去飞啊。

这不回来了，崔西说。

那是我们都在用力，好不好。我说，所以我昨夜头疼到死，原来是你在吃药。

医院居然派人看着我，崔西说。说完拍了一张那个看守的背发给我。

你再想要吃点什么，给我打个电话先啊，我小心地说。

打电话问你吃哪个药好？

这个我们再商议，我说。

嗯。崔西说，就是说一声，我还活着。

保证不死了，她又强调了一句。

做人要有信用，我说。

拉钩。

拉钩。

可是我想逃走。崔西说，可是有人看着。

逃到哪儿去？我说，逃回家啊？回家还得做饭。

也是。崔西说，想想真的不再兴奋什么了。

兴奋什么？

活着。

谁活着兴奋啊。我说，活着是长跑，呼吸慢一点。

好吧。崔西说，我练练。

4

头疼持续了四天三夜，直到崔西放出来。

约在一家韩国店，著名的把饭和鸡放在一起炒的店，不排队都吃不到炒鸡炒饭。

我在韩国店前面的满记停了一下，外卖了一份榴莲班戟。我也不知道我为什么要买榴莲。

等待外卖的同时，我要了一杯冰咖啡。

外卖到了十五分钟，我的冰咖啡还没有到。我只好觉得让崔西一个人排一下队也好。

又一个十五分钟，冰咖啡来了，冻成一颗一颗，叠在杯子里。服务员放下就走了，我在想要不要等待冰块融化，或者就直接把热牛奶浇下去？为了喝到咖啡，我还得喝牛奶？他们为什么不直接给你咖啡呢？即使你要的就是咖啡，他们不倦地追问，要加水吗？要吗？不要吗？你确定吗？你真的确定吗？

非常巨大的一口锅，除了鸡炒米饭还有年糕。崔西坐在锅的后面，脸比锅还小，昏黄灯光，看不出来她的脸色。

我坐了下来，说，米饭和年糕？

也可以要面条。崔西说，如果要了面条就只有面条，没有年糕和米饭。

所以米饭和年糕是一起的，我说。

一起的。崔西说，都是米。

米和面不是在一起的。我说，要这么想，你就好了。

我就喜欢面，崔西说。

可是你从小是吃米的。我说，我们都是这么长大的。

所以我喜欢面，崔西说。

他们当米是甜点。我说，面才是他们的主食。

我愿意。崔西说，我又没有问他要过婚约，就是这样，他都害怕。

不是害怕。我说，是省事。

乡村爱情都是套路，崔西又说。

又来了，我说。

你想想看，他们真的是从一无所有，奋斗到今天，位置有多高，心就有多狠。

什么狠？我说，人人都是狠的。

我们不需要狠。崔西说，我们就失去了狠的能力。

我们生出来的时候就多抓着一把金子吗？我说，我们的金子也用得差不多了吧。

我们也没有奋斗的能力。崔西说，我们没有了金子，也没有能力，只好去死。

你能不去精神病院吗？我说。我是这么说的，从医院直接送去精神病院，这是限制人身自由，人应该有死的自由。

当然我不希望人主动去死，我补了一句。

不行啊。崔西说，自杀的人都要进去几天才能出来。

里面怎么样？我说。

里面还有人吃感冒药自杀的，崔西说。

有用吗？

没有。

那干嘛还要吃？我说。

就是。崔西说，你吃的什么药？

我沉默。

你吃了多少？

一颗，我说。

有用吗?

没有。

那干嘛还要吃? 崔西说。

我说我不知道。

过了四十还要吃吗? 崔西说。

不要，我说。

那干嘛还要吃? 崔西说。

可能还是会有一个可能吧，我说。

那你想要吗? 崔西说。

我说我不知道。

你再不生小孩就生不出来了。崔西说，你还吃药。

你就生得出来? 我说。

他不要跟我啊。崔西说，他有老婆小孩的，怎么还会要跟我。

你跟别人不行吗? 我说。

已经来不及了。崔西说，我已经生不出来了。

那你就要吃药吗? 我说。

崔西给我看她的手机，我以为我会看到她的那个男人，可是不是，是一个超市的天花板，飘着一只气球，鲸鱼，粉紫。

刚才拍的。崔西说，医生开给我抑郁的药吃到起幻觉。

真的是一只气球。我说，不是幻觉。

很多不同的药。崔西说，我不吃。接下来我还得定期去看心理医生。

保险公司包吗? 我说，我的保险公司不包，我只好自己治自己。

我的包一点。崔西说，我以后好好做一个机器人。

两个机器人，我说。

我也不吃药了。崔西说，什么药也不吃了。

别说出去。我说，我最严重的时候是吃了一块抹布。

好吃吗?

没知觉了。我说，但我知道我的这个行为已经是到我的极限了。

那你下次吃点干净的，崔西说。

手里有什么吃什么了。我说，当时手里要有个榴莲我也吃了。

杀了我吧。崔西说，榴莲。

我把外卖往她的方向推了一推。

试试看。我说，如果你能吃得下去，你也就能活得下去。

那天醒来我只是大哭，干嘛要救我？干嘛要救我？！崔西说，护士就去叫了医生，医生就去叫了一个精神病医生。

不要回望。我说，再多一遍回忆，记忆会深化。跳过。

药片下去我就笑了。崔西说，想想一点也不伤心。奇怪吗？

那就当是被引诱的吧，我说。

就是被引诱。崔西说，黑魔法。

我叹了口气。乡村也有爱情，我说。

乡村有爱情吗？崔西说。

5

买单的时候我发现他们也收我九十分钟的钱，我就对收账单的人说，你们店长呢？

他说我就是店长。

我说你是知道我几时来的是吧。

是的。店长说，我领的位。

我的朋友九十分钟。我说，我比她迟三十五分钟，为什么我们的钱是一样的。

店长说可是你们是一起的。

我说可是我们不是一起来的。

店长说我不管你们是不是一起来，我也不管你们是不是一起走，我只管你们这张桌子开始有人的准确的时间。

差多少钱？崔西说，九十分钟和六十分钟。

一百块，我说。

给他算了。崔西说，你差钱吗？

我差钱。我说，不是刚说过我们的金子都用完了吗。

这是钱的问题吗。崔西说，你这不是在撞南墙吗？墙不倒你就一直撞？

我给店长看我的手表。

我待了十分钟对不对，我说。

我不管你待了几分钟。店长说，我们只有九十分钟和六十分钟两种。

加上我跟你说话的这一分钟半。我说，加上我的朋友多待的三十五分钟，我们一共待了四十六分钟半对不对？你为什么收我们两个人都是九十分钟的钱。

你的朋友坐下来的时候我给她选了，九十分钟还是六十分钟，她选了九十分钟。店长说，选好了就不能改。

可是我们不想待了！崔西站了起来，生气地说。

你待到九十分钟好了。店长说，我又不会赶你。

我们也没有吃东西。崔西说，我们什么都没吃。

你们吃好了。店长说，我又没让你们不吃。

6

回到家，我刷了一下微信，他当然没有给我微信，但是他在朋友圈说他咳嗽了。咳嗽真是太痛苦了，他是这么说的。这当然不算是晒幸福。

于是我马上下楼去买了咳嗽药，然后约了一个代购在地铁站。

一定要今天寄出吗？代购说。

一定，我说。

下大雨哎。代购说，我今天要住在香港。

那我只好自己过关去寄了，我说。

这个件很重要吗？代购说，晚收到一天都不行？

晚一天他就会多痛苦一天，我说。我当然没有说出来。

我直接上了地铁，去口岸，只带着那盒咳嗽药。

出了关我才意识到没有带人民币，我几乎要返回去拿钱，心都沉到底。又突然想到可以微信付快递费，才把心又提了上去。忽上忽下，心还真的疼了。

下大雨，简直是倾盆大雨，所有的水都郁结在街面上，排下不去。我等了一会儿，实际上我完全没有等，我就进入了大雨中间。顺丰店在海关大楼的对面，我还得穿过一个露天天桥。

如果我是一个机器人，我就是自动开启了自毁程序。抹布肯定不是我的极限。

必须要把寄件人的名字写上。快递说，不写不能寄。

什么时候的规定？我说。

一直是这样的。快递说，每个人都要。

于是我写了一个A。

身份证拿出来对一下。快递说，你叫A吗？

水滴不断地从我的头顶一直滚到脚跟。我一直不相信动画片里能够画出一圈水渍，可是真的是一圈水渍。抹布绝对不是一个极限。

身份证上什么名字，寄件人就得写什么名字，快递说。

我不是不愿意写我的名字。我说，我是真的觉得我不配写我的名字。我当然没有说出来。我默默地写了一遍自己的名字，每一个字都有点不认识。

我可以等到雨停，既然药也寄了，可是我也没有等，我回到了海关大楼，过了关，一个小时火车，回家。雨更大了，好像就没有停过。然后我发烧了。

四天三夜，我当然又没有等到一个微信。高温状况下我数了又数，一，二，三，四。

一个月前，快要过闸口，他给了我一颗药。我回到家才想起那颗药，他的微信也跟来了。

乖，把药吃了。

怎么会有药?

我刚才出去抽烟的时候买的。

你怎么知道这个药?

我当然知道。

你不止我一个女人?

我当然只有你一个女人。

那你怎么知道这个药。

我当然知道。

你肯定还有别的女人。

我没有别的女人。

那你怎么懂得买药?

天，别折腾了好吗。

我怎么折腾了我吃药我还折腾?

乖，把药吃了。

我把那颗药吃了，然后他再也没有出现。我跟他的对话记录就停留在那一天。

我总算把药还给他了。我想的是，就不那么疼了。

随笔
Essay

丹增，藏族，1947 年生于西藏比如。代表作有《神的恩惠》《江贡》《太平洋风涛》《童年的梦》等，先后获得中国优秀短篇小说奖、2012 年《小说选刊》双年奖、亚洲华人文学奖、民族文学 2014 年度奖等奖项。

谈天说茶（外一篇）

丹增

有人说酒是恶魔之血，喝一杯可能有益健康，喝两杯可能获得快感，喝三杯会使自己丢脸，喝四杯人就会发疯。那茶呢，第一杯色味俱佳，清香扑鼻；第二杯渗透人体，生津止渴；第三杯，通体安泰，醒脑提神。喝一年，清心明目，安人魂魄；喝终身，温柔敦厚，机缘相伴。入口饮品中，说到酒，多半摇头，佛家更是把酒视为万恶之根，十戒有酒，缩减到五戒，“杀盗淫妄酒”，仍然有酒；说到茶，则是亲密的生活伴侣，千年的健康之友。

中国是世界上第一个发现茶、第一个饮食茶、第一个研究茶的国度，中国人把茶从亚洲推广到世界，使茶成为与可可、咖啡一起风靡当今全球的三大无酒精饮料之一。公元前十世纪，周武王伐纣后，西南巴蜀小国把自己生产的茶叶作为方物进贡。公元前六一年，汉宣帝神爵元年，一个叫王褒的人用文字描述了西南一些地方用茶祭祀祖先、治疗疾病、招待客人、馈赠亲友的情景。公元八世纪，关于茶的第一部专著《茶经》诞生了。其作者陆羽是唐代著名的茶学家，被誉为“茶仙”，尊为“茶圣”，祀为“茶神”，是吃茶艺术的权威。《茶经》详尽地记述了茶的历史、种类、功效、加工、饮法，甚至饮茶用具。无锡的惠山本不是什么风景名胜区，但由于陆羽把惠泉誉为天下第二泉，从古至今无论懂茶的雅士高人，还是外行的村夫游客，都纷纷慕名前来品尝惠泉茶，慧山因泉水而出名，泉水因陆羽而出名，清泉加绿茶因惠山而出名。

古时候，茶树又被称为“槚”，所谓“槚，苦茶也”；茶叶又叫作“茗”，把茶叶称为“香茗”“灵茗”。中国的茶文化是一门高雅纯净的学问，“矮纸斜行闲作草，晴窗细乳戏分茶”，“寒夜来客茶当酒，竹炉涌沸火初红”，“戏作小诗君莫笑，从来佳茗似佳人”，这些关于茶的千古名句，无不洋溢着淡泊清心、雅致潇洒的诗意情怀。这样一个情境已镌刻在中国的人文记忆中，那就是：无论春夏秋冬，无论丽日烟雨，聆听着悠扬美妙的古琴古筝，摆弄着小巧玲珑的茶壶茶杯，浸泡着醇香袭人的陈茶绿茗，凝视着杯中或碧绿色或琥珀色的茶汤，清静、淡雅，超然物外，仙风道骨。喝茶一为止渴，二为赏鉴其色、香、味，三为领略茶文化的乐趣和蕴含。茶文化贯穿着茶之种、茶之制、茶之器、茶之饮。在福建喝工夫茶，一问茶叶的产地，二赏茶具的精巧，三闻茶的清香，四品茶的甘醇，形式大于内容，过程重于结果。当然，繁文缛节的日本茶道，更无疑是从中国传去的，是古代中国工夫茶的非物质文化遗产。

千百年来，生活在雪域高原的藏民族与茶结下了不解之缘，堪称嗜茶如命，他们把茶融入了生命，融入了生活，融入了文化，还积累了丰富的饮茶经验，创造了独具特色的茶文化。藏族民间有个谚语：“宁可三日无肉，不可一日无茶”，说的是，茶不仅是日常生活的必需品，更是高原生存的必备条件。古时西藏不产茶，茶叶何时进入西藏，还有待考证。古代汉语把茶叫“槚”，藏语时至今日还把茶叫“槚”。藏族民间流传着这样一个故事，吐蕃松赞干布的曾孙都松芒布杰，继位后得了一场重病，请了很多名医，想了很多办法，都没有得到医治。一天，他正在王宫里一筹莫展，众臣也焦虑不安，这时一只口衔绿树枝的飞鸟停在王宫的窗台上。藏王十分惊奇，待鸟儿飞走后，派人取来树枝仔细端详，西藏高原从来没有这样的树枝，他摘下一片绿叶，嚼在嘴里，满口醇香，病也轻了许多。于是他派出很多使者，四处寻找这种宝树，最终被一位大臣在东方汉族地区，在一个绿波荡漾的密林中找到了。在一只聪明轻捷的马鹿和一只稳重矫健的大象的帮助下，将宝树运回雪域高原。都松芒布杰看到直挺挺的树干，深绿的叶子，问："这叫什么树？"大臣回答："汉地人叫槚，泡着喝能治小病，煮着喝能治大病。"这个故事记载在五百年前出版的藏文典籍《甲帕伊仓》中，这与当代茶学家庄晚芳等人编著的《饮茶漫话》中的故事十分相似。传说古代神农尝百草，日遇七十二毒，得茶而解之。三国时期，孔明带领百万大军西征云南，先遣部队到达云南的西双版纳，许多士兵得了眼疾，有的双目失明，孔明心生一计，命令将士用大锅煮茶叶，用茶气熏蒸士兵的眼睛，然后喝下煮茶的汤水。果然，所有的眼疾都很快治好了。由此当地人把茶叶树称为孔明树。这些记载与故事都说明，茶叶最早不是用来生津止渴的饮品，而是用来治疗疾病的良药。

元代，学识渊博、精通医术的藏族高僧塔巴杰中，三十岁时，怀着一颗慈悲之心，以惊人的求知欲望，离开西藏前往巴蜀、滇南，一边游览名山大川、朝拜佛教名寺，一边学习考察与藏民族息息相关的茶叶。他目光注视，心灵感知，亲身体验，掌握了大量有关茶叶的第一手资料。四十岁后返回西藏，撰写了藏族第一部茶经《甘露之海》。书中详尽巧妙地介绍了茶之类、茶之具、茶之烹、茶之礼、茶之益，是古代藏族传播和发展茶文化的权威著作。

蜀滇是茶的发源地、生产地，但千山万水、艰难险阻挡不住几近狂热需求，被称为黑色黄金的茶叶，从川滇源源不断地进入青藏高原。历史上，中央王朝最初派往拉萨的官员，馈赠当地上层的礼品多数是茶叶，茶成了不可多得的稀世珍品。随着中原地区对马匹需求的增大，出现了"茶马互市"，藏族人赶着大批马群，到边州交换茶叶。后来，分散的贸易方式，被官府统管起来，分别在兰州、雅安等地，设置了十几个茶马交易中心，对茶马价比、交易数量实行统一管制。川茶最早进入西藏各地，当时茶马交易中心的茶基本是蜀茶，随着川茶不断运来，储备茶的仓库需要不断扩建，茶马交换的规模不断扩大，茶叶从西藏王公贵族的独享饮品，扩展到普遍大众的喜爱饮品。中央政府随之加强了对西藏的管理，藏区的宗教领袖、土司头人，纷纷入朝觐见，授官职封爵位，他们进贡马匹之外，还有红花、麝香、氆氇等土特产品，得到的赏赐品除茶叶之外还有锦缎、丝绸、瓷器，获得的大大多于进贡的。他们将不便携带运输的物品在市场交换成茶叶，朝贡互市变为茶马互市的另一种形式，巩固了西藏地方和中央政府的臣属关系。滇川的茶商看到了西藏的茶叶市场，他们专门制作了运输方便、形状耐看、品质分级的茶叶，取名叫“边茶”“紧茶”，把茶叶囤积到固定市场，单纯的茶马交易变成了边茶贸易。后来，西藏大的寺院、贵族、商户，组织起庞大的骡马运输队，越过积雪的高山、湍急的江河，在世界最艰难的路途上长途跋涉，把茶叶运回西藏。元明清三朝形成了从滇川到西藏的“茶业之路”“茶马之路”“茶马古道”，多条贸易通道。茶马贸易兴盛时，仅从拉萨出发到雅安的商队，每年藏历三月出发，少则百人千匹骡马，多则千人万匹骡马，浩浩荡荡，风雨无阻，防着盗匪，风餐露宿，日复一日，年复一年，一趟来回约一年有余。内地商人，也看上了藏地药材、皮毛、马匹等特产，擅长经商的滇人赶着马帮把茶、糖、铜器，运到拉萨，因往返路途太远，就在西藏租商铺、建客栈，与上层社会的贵族、巨商交上朋友。滇茶有悠久的历史，茶质得天独厚，但烘焙技术较差，丽江的木氏土司，知道纳西族和藏族同有嗜茶的习俗，在滇藏接壤的宁蒗、永胜、维西建立了茶马互市贸易市场，鼓励商人到西藏经商茶叶。清初，纳西族的商人李悦经营以茶叶为主的滇藏贸易，成为著名富商。清末滇茶在西藏的销量超过川茶，当时来往于丽江和拉萨的藏族商人马帮一万多匹，双程运量约两千吨。可以说，茶是藏汉友谊的纽带，民族团结的象征。近代，英国在连续入侵西藏时，看到茶是汉藏离不开的因素之一，茶在西藏是个摇钱树，也是笼络人心的食饵，就策划了印茶入藏的阴谋。他们既虎视眈眈，又贪得无厌，以探险家的名义组织了马队，把印茶从印度的大吉岭运到拉萨，途经锡金、亚东，只有十多天的路程。

企图用印茶垄断西藏市场，截断西藏与内地的联系。印茶性热苦涩，色泽又黑又浓，制作松软易碎。就在茶贵如银的年代，藏族宁愿舍近求远，再累再苦也要赶着马帮到普洱、雅安、丽江，驮回汉茶，用行动有力地抗击了英帝国主义，谱写了一曲藏汉团结一心、英勇抵御外来侵略的爱国赞歌。

雪域高原，巍峨壮丽，气宇轩昂，是苍穹下的净土，是大地上的丰碑，令人无限神往，但要在这地势高峻、气候寒冷、空气稀薄的地方，生存、生活、繁衍，一要有抵御高寒缺氧的身体素质，二要有迎接自然风险的生活智慧。藏族民谣，“茶是命，茶是血”，“人人离不开茶，天天离不开茶”，道出了生息在高原上的藏族对茶的需求。辽阔美丽的藏北草原，海拔四千五百米，不能生长粮食作物，曾是野生动物的乐园，生活在这里的藏民，依靠天然牧场逐水草而居。他们生产的是高脂肪、高蛋白的牛羊肉、奶制品，生活中必须靠茶刮油，靠茶解腻，靠茶助消化。沟壑纵横的藏南谷地，曾是西藏农业文明的发祥地，海拔三千四百米，不能种植大稻高粱，他们种植的是高原特有的青稞，由青稞加工的糌粑是他们的主食。糌粑无论怎么食用，都离不开茶水相伴。在西藏，糌粑、酥油、牛羊肉和茶叶是饮食的四要素，也是生活的四要素。西藏蓝天、绿地、清泉，牛羊如果说是喝矿泉水吃虫草长大的，那有些夸张，但它们不吃添加剂是真的，青稞生长在最干净的土壤里，绝对没有污染是真的。茶叶含有丰富的维生素、茶多酚、咖啡因、芳香油，茶是饮品中的精品，食品中的绝品。藏族名谚说：“吃了肥肉靠茶叶消化，身体疲倦靠茶叶解除，得了感冒靠茶叶治疗，缺了氧气靠茶叶补充，脑子糊涂靠茶叶清醒。”

藏民族把生存当作文化，把生活当作艺术。藏族文化表现在，融入内心的修养、无需提醒的自觉、约束行为的自由、养成习惯的善良，在日常表现出来的是豪放、诚实、热情。风情习俗是民族文化的标识和徽记，西藏茶文化折射出民族生存繁衍中的心理、性格和风情特征。任何一个陌生人走进藏胞家，首先敬你一杯色泽淡黄、香气扑鼻的酥油茶，如果你是来做客，还要给你献上一条洁白的哈达。客人要懂得茶礼，吹开浮油慢慢喝，让主人不断添加；喝茶不能发出声响，不然会被认为没有教养；不能一饮而尽，不然会被取笑为毛驴饮水；不能只饮一碗，不然会被认为断交成仇，必须保持着碗常满、茶常温。主人要懂得，客人用的碗不能有裂纹，不能有缺口，倒茶不能泼洒，续茶不能溢出。亲友出门远行，一家人或全村人提着酥油茶前来送行，献上一条哈达，喝上三杯酥油茶，一路吉祥如意。婚姻中从男方家提亲、择日订婚，到迎接新娘、举行婚礼，缺了茶酒哈达一事无成。起居礼俗中，建房奠基，破土动工，上梁立柱，封顶竣工，乔迁之喜，茶酒哈达是必须礼品。新起灶，点火煮的第一锅是茶；搬新房，先入屋的第一件物品是茶；求贵人帮忙，要送的礼物首选是茶；每逢藏历新年，在佛龛前摆放的是茶、盐和酥油。藏族还把茶叶当作圣物，每一尊新塑的佛像，装藏时除了金银珠宝、五谷圣物，还必须的宝物是茶；每个藏民家里的积福箱，除了家族历史相传的宝物，还要装上一块茶叶。藏族把茶和盐比喻为友谊和爱情的象征，有一首歌这样唱道："来自汉地的茶，来自藏北的盐，在酥油桶内相聚，融合而成的酥油茶，芳香又甜蜜，那是圆满俱佳的姻缘。"三百年前，一位高僧写了一篇颂茶词，说："茶是人类的救星，以节省自己的时间，延长人的生命，人与人相互照顾，茶与水需要融合，最好的水在最高处，茶叶越过千万山，要与碧水结缘分。"在草原上放牧的，在田野里耕种的，在商道上赶马的，在山路上朝佛的，到了午时，搬来三块石头，支起大小茶锅，舀上清泉溪水，煽起皮风袋，茶气飘四方，人们开始围着茶锅席地而坐，谈笑风生。这是一道亮丽的高原风景，无不渗透着茶文化的精神享受，即便这种简易的熬茶，它的水源选择、煮茶火候、石灶方位都是精心筹划过的。这时煮茶讲究的是，火候要够，柴烟要高，茶沫要足，茶气要浓。

藏族人除了白天骑在马上、夜里睡在床上之外，都和茶在一起。任何外地到西藏旅行的人，无论在农村、牧区或城镇，随处都能看到茶的身影、闻到茶的飘香。除了酥油茶，城镇最盛行的是甜茶。锅里煮上红茶粉，要看色泽变金黄，加进牛奶看浓度，不稠不淡再加糖。甜茶曾是西藏城市上流社会的奢侈饮品，后来成了城市居民喜爱的饮料。拉萨是个被阳光宠坏的城市，从游牧到农耕，从帐篷到楼房，从马背到城市，一个个历史的脚印，在雄伟的布达拉宫脚下，化作古老美丽的都市风景。城市不大，人口不多，但别的城市有的这里都有，别的城市没有的这里也许有。藏族有句谚语，“烦恼罪恶耗竭健康，喝茶快乐祛病延寿”。上世纪八十年代初，人口不到五万，但拉萨城里的甜茶馆就有一百多家，每个茶馆、茶室宽敞明亮，炉灶古朴典雅，藏式桌椅精雕绘彩，标准的茶具独特雅致。喝茶的有机关干部、企业老板、城市居民，还有社会闲散人员，三教九流无所不有，但是进了茶室，一律平等。这里喝茶的氛围，不像内地普通茶馆，左一碗右一碗，一杯接一杯，好像刚从沙漠里回来的样子；也不像内地个性茶室，丝竹悠悠，神神秘秘，不温不火，清清凉凉。这里的客人喝茶，好像是在读诗、品画，又像是在谈心、辩论，在漫不经意、舒心惬意间品着茶、说着事。茶客，无论是熟人知己，还是陌路新识，都共同聊着海阔天空的事，说着有用无用的话，这里是新闻中心，国事家事，世态人生，正史野史，悲欢离合；这里又是交易中心，察货验货，讨价还价，玩笑逗乐，无拘无束。邻里闹个纠纷，朋友伤个和气，只要到茶馆喝上半天茶，仇怨自然烟消云散，重归于好，握手言欢。在内地，早期熟人见面问候一句“你吃了没有”，藏族人见面从来一句话“来喝茶”，有句古话：不能敬你以茶，而还之以水。这里也是男人的世界，藏族传统习俗中女性是不进茶馆的，这个历史的烙印如今依稀可见。

“能行千里的好马，必须配上金鞍，来自汉地的好茶，必须盛在宝碗。”藏族人除了住房，最讲究的是茶具。茶锅茶桶，茶壶茶碗，号称四大茶具。造型美观的铜锅，轻巧方便的铝锅，精致光亮的陶锅，熬出醇香的清茶。最小的铝锅能装一升水，煮出的茶够两个人喝。最大的铜锅口径两米宽，深度一米八，熊熊火焰烧开滚烫的开水，十多斤的砖茶放入水中，熬成琥珀色的茶汤，可供千人饮用。据估计，这样的茶锅在西藏的哲蚌寺、色拉寺、甘丹寺和青海的塔尔寺，有数十个。涮锅都得搭上梯子，人才能下到锅底，据说有的进了世界吉尼斯纪录。茶桶是酥油茶的加工工具，茶汤、酥油在桶内搅拌而成酥油茶。红桦木、青栗木、核桃木是制作茶桶的首选材料，不易开裂，适合当地干燥的气候。藏北普通牧民家使用的常常是简易的竹筒，粗壮的主干，打通竹节便能成为酥油桶。我曾在色拉寺看到一个最大的酥油桶，高近两米，粗近两人合抱，打酥油茶时，茶筒靠在粗大的柱子上，还要用牛皮绳捆上。木桶边垒起稳固的站台，身材魁梧、光着臂膀的喇嘛，双手紧握带有活塞的木柄，拉开架势，上下提拉，使劲捣舂，极具舞台效果，这是世界上绝无仅有的景观。至于茶壶茶碗，最高档的是金杯银壶、银杯金壶，普通的是铜壶铝壶、玉碗瓷瓶，五花八门，琳琅满目。说到喝茶的瓷碗，在《甲帕伊仓》中记载，当初茶叶不但治好了藏王都松芒布杰的病，而且成为上流社会的时尚饮品，既然茶叶来自汉地，那里必有盛茶的宝器，又派出使者到中原朝觐皇上。得知藏族如此敬重茶叶，皇帝便派出最好的工匠，帮助西藏生产陶瓷茶具。我在布达拉宫看到的最早的瓷茶碗上的图案是：鸟儿衔茶、金鹿背茶、长寿罗汉。藏地最普通的茶具是木碗。藏族人喝茶，最讲究的是夫妻不共碗，子女不共碗，每人一个木碗，人走碗随，形影不离。藏族情歌中就有这样的句子："我的情人，丢也丢不下，带也带不走，情人是木碗多好，可以揣在怀里。"百年前，上至官界要人，下至街头乞丐，都随身带着喝茶的木碗。拉萨的达官显贵腰上挂着两样物品，一边是木碗，用来喝茶的；一边是小刀，用来吃肉的。缎制的碗套从七品到三品式样不同、做工不同，从碗套可以识别官阶，每次开会或办公，不管急事缓情，首先不慌不忙地从自己的碗套里拿出木碗，从从容容地喝上三碗酥油茶。拉萨四周的大寺院，他们各自的茶碗形状也不相同，哲蚌寺的一律是钵式木碗，甘丹寺的一律是梯式木碗，还有苍古尼姑寺的是平底木碗，看茶碗就知道是哪个寺的僧人。伴随着藏地饮茶的历史进程，饮用不烫嘴、盛茶不变味的木碗，成为外出时的必备之物。现在木碗的制作越来越精美，式样越来越华丽，推动了西藏工艺品的发展。一些藏族的说唱艺人，也有自己专用的木制茶碗，小的大如羊头，大的几乎和牛头相等，一个五磅热水瓶的酥油茶全倒进去还装不满，这不是因为他贪，而是一种文化现象。近代西藏最好的木碗来自藏南措那达旺镇，那木碗薄如瓷碗，轻如纸杯，绵如薄铝，是用硕大的树瘤抛光打磨做出来的，看木头的纹路分木碗等级，当年一个猫眼纹、磷火纹的木碗价值七八头牦牛。小孩起名之后，老人就送一个木碗喝茶用；老人凌晨起床，主妇把盛满酥油茶的木碗端到床前；老人离开人世，家人把他盛满茶叶和食品的木碗抛进江河。

我到云南工作，下了飞机，住进酒店，第一件事，请服务员泡了一杯普洱茶，这一杯茶成为了我在云南的第一次盛宴。从此，滇茶成了我日常生活中最亲密的伴侣，“不可一日无此君”。我在云南已经生活了十六年，以虔诚的心朝觐了六大茶山，古老的茶树一到春天，繁茂着自己青春的枝叶，茂叶风声瑟瑟，紧枝月影重重。新建的茶山，一棵棵茶树一棵挨着一棵，排成一条条绿色的彩带，一层层绿色的波纹，温柔恬静。从远处看，那个绿涛像阶梯般搭在山上，绿浪沿着阶梯拾级而上，深入云端。每次穿行在茶园中，风把茶园的云雾吹得千姿百态，随着迷雾的浓淡，茶树变幻多姿，轻纱般的云雾笼罩着茶山，若隐若现，仿佛是海市蜃楼。如果采茶的时节，那些胸前挂着银饰、头上戴着花帽的姑娘，采摘嫩茶的巧手似蝴蝶翻飞般在茶树上起落。我也走过茶马古道，一条条蜿蜒于群山间的古道，用光滑的青石铺筑，石块、石条、石板，百里、千里、万里，石路像一条不见首尾的巨蟒，卧伏于起伏连绵的崇山峻岭中。这条路有时像悬在半空中的栈道，有时像直通天上的云梯，有时像穿越峭壁的羊肠小道。茶是历史，路是历史，历史是人类进步发展情形的记录。我的生命在一条艰险的空间，勇敢闯冲过，靠的可能是这条历史。

葬礼

人是唯一会想到死的动物，也是唯一能把死的结局创造成艺术的动物。如果能坦然接受死亡，人的一生没有什么放不下的东西。生命是人唯一的财富，活着能主宰生命，死亡能显出生命的价值。死和生一样，是生命的一个过程，是大自然的一个奥秘。在人生旅途中，死亡是最后一个面对的现实。死，其实是伟大生命在庄严地宣告：请记住，我曾经活过。

葬礼是人类现实生活和道德、文化、哲学不可或缺的重要内容。葬礼文化的历史、现实必须伸进光明的、深邃的精神天空，指示着生命的真谛、宇宙的奥境。

藏族人祖辈世居雪域高原，世界屋脊。耸入云端的群山，终年不化的雪峰，填满沟谷的冰川，雄浑澎湃，激情高昂；雪花、雪气、雪丝漫天飞舞，浅吟低唱。藏民族把圣洁的白雪，视如洁白的哈达，象征吉祥如意。

能充实藏民族心灵的是闪烁着星星的苍穹，在这里能看到天在地的下面，地在天的中间，这块土地高得接近天堂，正是这天和地的逼仄才反衬出生命的高大卓然，也学会了对生命的无限热爱，这是雪域高原的永恒。藏族纯洁、高贵、慈祥的心灵，使生活充满着甜蜜、喜悦、神秘。藏族最初的生命观，是人从自然中来，在自然间享受，最终回到到自然中去。全世界所有宗教都起源于对人的生死存亡的思考，是对人的肉体从现实消亡后最终归宿的解释。绝大多数宗教的生活哲学是从生到死，为了生而考虑死的理论，只有佛教是从死到生，为了死而思考生的理论。

藏族人不忌讳谈论死亡，因为死亡是人生的最后一次告别；不惧怕死亡，因为死亡是人生最后一次礼仪。人们接受死亡的能力，来源于对生命的认识。普遍看来，肉与灵犹如烛与火，人死如烛灭但灵魂依然存在，如烛火相传，生死轮回，灵魂不灭。肉体时间一长，好似破烂不堪的旧衣服，灵魂最终脱窍而出，寻找新的生命旅程。

儿童畏惧黑暗的到来，成人害怕死亡的临近，这是人类普遍的心理。藏族将人的生命过程赋予了自信的智慧，对死亡赋予了艺术的内涵。生死轮回文化，使死亡仅仅是通向彼岸自由之路的关口，是短暂的睡眠，是应尽的义务，是重生的开端。因此，死亡没有痛苦，没有恐惧，只有圆满。灵魂不灭的文化，为走向彼岸的人，设置了不靠神佛安排，全靠自己的因缘，寻求来世的幸福和今生的安宁。善有善报，恶有恶报，因果报应告诫人们，慈悲为怀，利乐众生，死亡是通向没有毕业的学校，为下一个自己设计生命的单程路径，死亡作为新生的过渡，哪还有什么紧张、不安乃至慌乱。

送别的仪式只是道德的责任。人生是短促，但不是一支点燃的香，而是一支高擎的火炬，把它燃烧得十分光明灿烂，把善良、真诚、大爱洒在了人间，相拥的人们以同样心思将亡灵体面、尊严地送入轮回的轨道。先走的，后来的，保持着文化的传承和脉源的延续。对先走的告别是为了记住永生的信念，对后走的启示是求生先要活好。

送别的仪式有塔葬、土葬、天葬、水葬。在拉萨城中的红山上，坐落着雄伟壮丽的布达拉宫，这是一部古老的历史史诗，也是一座辉煌的艺术之宫。在幽暗、宁静的殿堂里，冒出缥缈的藏香火烟，镶嵌着灿若满天繁星般珠宝的灵塔，晶莹夺目，观瞻的人流络绎不绝。无论是金质的、银质的、铜质的，塔内都有一尊穿戴华贵佛袍，头戴五佛冠，端坐在香料坐垫上的肉身。千年的文明，千年的智慧，使这些肉身千年，面部表情不变，皮肤弹性不变，经脉走向不变。更不可思议的是，有的肉身长出指甲，嘴角长出胡须，头上长出毛发，这是一个不争的事实。能有这种送别礼遇的在藏区不过百十来人。

被称为藏族文化发祥地的山南泽当，能看到耸立在山头的第一座宫殿——绒布拉康；坐落在乃东平原的第一座佛殿——昌珠庙；几个世纪没被人碰触过的原野上，有一块三十亩大的农田，一条条犁沟，散发着沁人心脾的泥土气息，枯萎的草根，细碎的草牙，在犁沟间伸展、隐没，这里号称是西藏第一块农田。从这里沿着穷结河谷步行三十公里，眼前展现出规模宏大、气势夺目、风景壮丽的古墓群，方形的陵墓犹如独尊的山丘，坡形的陵墓恰似从地面直拔起来，沿着山梁步步升高，成片的陵墓与山势浑然一体，互相掩映，互相衬托，互相连接。山峦雄伟、俏丽，又粗犷、幽邃；陵墓平静、庄严，又空蒙、荒芜。这样的古墓群，在山峦起伏的藏北草原、江河纵横的贡布林区、雪峰连绵的阿里高地都能见到。历史是人类文明情形的记录，古迹是人类精神朝向的记忆，这些陵墓中的长眠者，也许曾经是雪域高原怒喝一声能风起云涌的人物。时光荏苒，岁月悠悠，这些陵墓没有变成断垣残壁，瓦砾散落，陵墓旁还建起精巧别致的庙宇，无数大小不等的酥油灯伴随千年的日落月升，似满天星光隐约闪烁；成群的、独行的陌生人如同转经筒上的坠子，绕着陵墓转经、祈祷；随处可见的石堆上，焚起松柏香烟，石头是总往下落，只有火焰总是向上升腾，这也许是对先辈智慧的敬意。藏族将慈悲和仁爱作为第二个太阳，既要照亮自己，又要照亮别人；既要照亮过去，也要照亮现在和未来。这种送别仪式，已经过去了几百年，今天遗址变为风光，历史不再会叹息。

今天藏族送别的普遍仪式是天葬，这是人类历史中独有的、神秘的、震撼的、难以理喻的告别方式。如果要用最精炼的语言说出天葬之谜，那就是：大地是生命的祭坛，雄鹰是天路的坐骑，宇宙是灵魂的居所。精通一切经书道术的龙树，面壁静坐明心见性的达摩，云游四方显密精通的莲花生，都双脚站在现实，眼光放在来世，传播无我的生命自然观。人以自然方式降生，以自然方式生存，以自然方式消逝；生命是自然安排的，生活是自己主宰的，不能怨天尤人，而应心怀坦荡，随遇而安，随缘生死。

大地是生命的祭坛。在藏族的生态观中，形似水晶宝塔的八座雪山构成了雪域高原。千姿百态、难以计数的雪峰、山峦、山岭，分隔着盆地、谷地、平原、草原。西藏又把上部叫阿里三围，是石山、雪山部，是藏羚羊、藏野驴生活的区域，它们与居民相伴，以轻捷活泼的姿态、聪明精细的神气、温雅的身段、妖冶的动作，给人带来美的享受。中部叫卫藏四翼，是岩山、草地部，是高贵的猛虎、骄纵的斑豹生息区，虎豹凶猛也许会给居民带来威胁和恐怖，但大自然惜爱投入怀抱的一切有生，如果这里没有虎豹，居民多么寂寞，土地多么荒凉。下部叫多康六冈，是草滩、森林部，这里万禽齐鸣，万鸟飞翔，这里随时随地能见到成群结队的禽鸟舒展着翅膀，时而高翔，时而低回，时而落到地面喧哗，天空中充满着急促的振翅声，密林中响彻着嘈杂的啼鸣声。这三部地域，江河纵横，湖泊遍布。与岩石同寿的泉水，清澈透明，清流触石的溪水，浪花飞溅。江河波涛汹涌，气势恢宏，湖泊水光潋滟、碧波荡漾，这美景都被藏族人披上了威严神圣的面纱。神山、神湖、神泉、神庙、神石、神树，就像藏族民歌中唱的那样："天空，彩云纷纷扬扬，那是大神小神又聚又散；大地，雪花飘飘洒洒，那是大神小神又说又笑。"碧蓝的天空布满神，迷人的雪峰藏着神，静谧的山谷住着神，连那千千万万个水平如镜的湖泊都是神的居所。

这地球的最高处，离太阳最近的雪域天界，散落着难以计数的天葬台。七百年前，西藏第一座天葬台诞生在距拉萨一百多公里的直贡梯寺。寺庙因修建在高耸入云、形似卧女的直贡山上而得名。七百年前，山上山下全是黑幽幽的树林，山在树林里，庙在丛林中，披着绿装的美人山，响彻着小鸟的啼鸣声、野鸡的飞翔声。透过树叶的缝隙看四周，东面秋天红的火红的山，像是站着的观音菩萨；南面冬天白的雪白的山，像是站着的毗卢遮那佛；西面春天青的靛青的山，像是站着的金刚佛；北面夏天绿的碧绿的山，像是站着的妙音女神。据说在这四座山的周围，有锁骨、狂笑、吉祥、火焰等八大沉寂、神秘、绚烂的森林分区，夜里虎啸熊吟，白天豹吼鹿鸣，野鸡成群，羚羊结队。在崖峰峭壁的山洞中修行、在古朴清幽的密林中修炼的高僧觉巴•纪登工布，在圆寂前向世人宣布："我得到了佛的加持、神的启示，这里是一直进入天国而获得永生的吉祥地，要修建一座天葬台。”名声显赫的高僧觉巴•纪登工布长期的苦修，手心结有法轮，脚心结有螺印，不断的苦练，能识破一切幻术，能施展无比神通，成为噶举派直贡分支的创始人。当他的法言传遍雪域高原，人们开始在生命的终结时仰望着天空、俯瞰着大地、便捷地直达天庭时，远在印度的世界第一座天葬台斯白采的守护神，感天动地，便派来四位身怀密法心咒、心怀顺缘福寿的仙女前来相助。四大仙女托着从斯白采请来象征守护神意志的巨石，驾着彩虹来到直贡梯寺。无畏的生命当作贡品，巨石恰似飞龙盘珠，碧瓦雕檐的祭坛，既像天上的神仙府，也像人间的帝王宫。当四位仙女准备告辞返回时，觉巴的魂灵划破天空，越过千山万水像一道金线直达印度的斯白采，恳求守护神，将四位仙女永住直贡梯寺的天葬台，引领众生走向天界。盛情难却，四位仙女化作金刚般坚硬、鲜花般美丽的四根石柱，顶天立地、风雨无阻地站立在天葬台的四周，向每一位走向彼岸的人报谢恩泽，注目致敬。

公元七六二年建造的西藏第一座寺庙——桑耶寺，坐落在山南扎朗县雅鲁藏布江对岸的广阔沙滩上，寺庙背后有一座远处看重重叠叠、山峰连绵，近处看只有一座拔地而起、陡升上去的状如宝伞的秀山。无论文明进入早期的自然崇拜，原始的图腾崇拜，还是现代的灵魂崇拜，这里始终是满山吐翠，百花争艳，像一座神话般的世界，令人心旷神怡。六百多年前的一天，山顶细雨蒙蒙，山腰白云缭绕，山下阳光四射，一条巨大的彩虹，闪烁着绚丽的色彩，高悬在桑叶寺青甫山的天宇。就在这一天，西藏第二个生命的祭坛——桑叶寺天葬台降落在这里。从此，西藏一个接一个生命的祭坛，凝聚着天空的阳光、大地的温暖，像朵朵盛开的八瓣莲花怒放在高原大地。近旁，要么是高高飘扬的五色风马旗，要么是佛乐悠扬的古寺佛庙，要么是雄伟壮丽的白塔，他们共同的美丽传说是，连接斯白采天葬台的那条金线和从斯白采飞来的那块奇石。

雄鹰是天路的坐骑。飞翔在喜马拉雅雪线之上的鹰，能听到天堂的佛乐，能看到人间的苦难。山鹰、苍鹰、雄鹰、老鹰，强壮的体形，巨大的翅膀，尖锐的爪子，是自然界的大型猛禽。鹰飞翔在碧蓝的苍穹，俯视着雄伟的山河，峻峭的山峰在它的脚下，坚硬的翅膀划过厚重的云海，横扫轻纱般的迷雾，大地上的人把它当作坚强、勇敢的象征。鹰在火红的太阳下，湛蓝的天空中，既能闪电般地俯冲，又能纹丝不动地停留，也能静静地打旋滑翔，这一神秘莫测的身影，引领着雪域高原的人寂静深邃地沉思。在佛教经典中，鹰被称作“婆栖鸟”，是天空中的百禽之王，无畏的鹰能解脱众生的烦恼。佛经名著《大庄严论》中记载了毗尸王割肉喂鹰的故事。相传，有一天，毗尸国王看到一只苍鹰在高空中追逐一只飞翔的鸽子，鸽子看到王宫俯冲下来，飞到国王面前，躲进国王的腋下，国王割下自己身上的肉喂给追赶的老鹰。在佛经中称鸽子是火神所变，鹰是帝释天为了试探毗尸王的慈悲而幻化。这一广为流传的故事就像鹰在天空中盘旋时，发出的悠远、清脆、嘹亮的叫声，传遍雪域高原的山山水水、千家万户。鹰土黄色、重重叠叠的羽毛，恰似披在高僧身上的法衣，藏族人把鹰视为慈悲为怀、默默诵经的比丘，高贵景仰的神鸟。西藏生机旺盛的崇山峻岭中，有岩窝、山洞、石缝，成千上万不计其数的鹰就像披着法衣的修行者，双脚当胸跏趺，身穿补丁法衣，口诵偈语密咒，打坐修行。自然界，无论烈日暴晒，乌云密布，狂风骤起，暴雨倾盆，闪电雷鸣，鹰静如磐石，稳如铁塔。人生来的目的是需要完善，以致最后臻于完美。纯洁的生命像火焰一般燃烧，生死交割，披露无源无末的另一个世界，那是一座巍峨的天宫，一个美丽的仙境。鹰就像天宫派来的使者，带着你不灭的灵魂，托起你泉源般的欲望，忠诚地、有求必应地实现所有人的美好理想。两千年前的西藏象雄苯教文化中，有一个鹰创世的故事。当光明与黑暗分明的时候，出现了冰霜与露珠，这冰露逐渐变成了池塘，水面如同镜子，这露珠滴到池塘，孵化出一黑一白两只鹰，两只鹰的结合产生出无数个色彩，由此出现了生灵、产生了神灵。鹰由此被视为苯教原始信仰中人神的创世之神。千百年来，在藏族人的心目中，鹰是战神的标志，力量的源泉，生命的象征。青藏高原，难以计数的鹰，几乎谁也没有见过自然死亡的鹰，传说当鹰完成使命需要消逝的时候，会朝着光芒四射的太阳，像利箭一样飞去，直到火镜般的太阳把形体融化，然后进入天国。藏族先辈传说的，君王攀着天绳，高僧虹化升天，可能从这里得到启示。鹰不仅在东方是一种神秘的力量、不屈的精神，在西方同样是高贵的、威严的象征。东欧不少国家自称为山鹰之国，那皇冠上的鹰唯我独尊的神气、国旗上的鹰傲视苍穹的雄姿，无一不是崇高真理、蓬勃力量不加掩饰的表白。

宇宙是灵魂的居所。藏民族在离太阳最近的独特环境中繁衍生息，逐渐形成了自己独特的宇宙观和世界观。在大小寺院悬挂的色彩亮丽、画面恢宏的《天体运行》唐卡，在墙廊上绘制的极富动感、迷离炫目的《须弥山》图画，“三大寺”学经辩论、争夺名次必读的佛经《时轮经》，都讲述了藏族远古时期的天象观和藏传佛教宇宙观，以及科学的天文历算学说。佛教对宇宙万物的本源除“业生成”说和“众缘和合”说外，密续部还提出宇宙万物“生于气，住于气，毁于气”的“气生成”之说，认为“气是生命之体，神为气之能”，“气”属于物质。密法中转世的主体并非纯精神体的“灵魂”，而是元气和元神合一的金刚体。佛经《俱舍论》中提出“色界”是由物质的最小单位元子组成，而每个元子又是色、香、味、触和土、水、火、风八种物质元素组成。说的明确就是所谓“色界”是有形有色的物质世界。佛经中提出“元子”论，起码比希腊哲学家伊壁鸠鲁早两百年。外观俏丽挺拔、室内宽敞明亮的藏式寓所，也融合着宇宙观的文化。卧室、客厅沿墙画的红、黄、蓝、白、黑五色横线，象征火、风、水、土、空五种构成宇宙的元素，五色交错运行，不仅形成宇宙，也诞生了众生的生命。从物质世界和动物进化到人，不仅是生命和肉体的变换，人的自然生命、内在精神喷涌出神秘的意志，无穷的智慧，甚至超越人的灵性与人的有限性之外的超智性。人是一种智性的存在，通过大脑闪现出自由、至高的灵魂，不朽的灵魂显示出存在的火花。灵魂是人类赋予自己的最崇高的智慧。用灵魂这个概念把自己与其他动物区别开来，因有灵魂人才有喜悦和悲伤、良知与禁忌。人在灵魂的指引下，会欢笑和哭泣。人充满着超智性的欲望，人的心灵在宇宙神灵的万般光彩中求得神圣的居所。死，也许是可怕的，可悲的，但对有信仰的人来说，在他们弥留之际，那生命的落日，却放射出夺目的光辉，把天边的晚霞，染得绚丽斑斓。在布达拉宫成千上万的壁画中，那幅《须弥山》图，格外引人注目，佛教认为须弥山是地球的中心，地球是由风、火、水、土、空五种元素和七金山组成。地球下方为风域，其上方为水轮，再上方为金轮，金与土为黄色，也叫土域。围绕着须弥山的还有南瞻部、北俱芦、西牛贺、东胜神四大洲。象雄苯教文化的传说中，当初有位国王拥有地、水、火、风、空五种本源物质，法师赤杰曲巴将它们收集起来，放入体内，轻轻地吹了一声，骤然起风。风以光轮的形式旋转，出现了红色的火焰，火越烧越旺，热气与凉风相遇产生了露珠，露珠上的微粒被风吹落，堆积成山，便出现了须弥山。在《阿含经》中“佛观一粒米，大如须弥山，若人不了道，披毛带角还”的名言，只要心能虔诚，一粒米、一条裤、一件衫，意识的力量抵挡过千万座须弥山。肉体如尘埃在劳作中易逝，灵魂的延续是人类历史的超能，能找到灵魂的安居地，是一生渴求在瞬间的圆满实现。

人的一致性和文化的多样性并不矛盾，人类的成长历程就是文化的发展历程，人体的进化、文明的进步，是一个时间、空间的概念。不同民族有着不同文化，独立自信，各美其美；不同信仰，有着不同习俗，相互尊重，美人之美。只有求同存异、彼此包容，才能美美与共、天下大同，世界也才能丰富多彩、和谐美丽。世界上的事物时刻都在变化，都是一瞬间的事物，但在事物的变化中，又有不变的存在，这样看任何事物都是无穷无尽的。只要胸中有一片空阔的了悟，就不必为有限的人生而感叹。

成都凸凹，又名凸凹，本名魏平。诗人、小说家、编剧。成都商报读者口碑榜2015中国文艺“年度图书”得主。1998年加入中国作协。著书二十余部。编有30集电视连续剧《滚滚血脉》。长篇小说《甑子场》《大三线》系第九届茅盾文学奖参评入围作品。曾获浩然文学奖、刘伯温诗歌奖、冰心散文奖。

请书上座

成都凸凹

前辈邑人王叔岷在李庄栗峰求学时，潜心庄子研究，因学人多资料少，借阅困难，颇为烦恼。其师傅斯年深知这一窘境，遂在京城用金条购得《庄子》七卷送与弟子，让弟子研习，每次用毕及时锁进保险柜中。王叔岷手抚这部稀贵的日本影印高山寺旧钞卷子本，大喜过望，激动不已，将此书视为平生珍视之物，书随人走，人在书在。傅斯年金条购书赠弟子，成为抗战时期学界佳话。

但凡读书人，都有几本书，都有几个与书相关的故事。关于此点，即使目不识丁者，也能猜度一二，这大约就是为什么出现“孔夫子搬家——净是书”这个歇后语，这个歇后语又为什么取得如此高的共识度的原因吧。

我算不得读书人，或者在降低门阶的前提下，也勉勉强强、羞人兮兮、差强人意算个吧，这样，也就有了自己的书故事。购书、读书、淘书、寻书、偷书、赠书、借书、租书、还书、换书、藏书、撕书、品书、卖书、搬书……书的故事层峦叠嶂，说哪儿哪儿有，怎么说怎么有。这里，讲一则存放书的故事。

读书人都有纳天下书供己一人有的豪想，这种豪想，怎么着都有点百鸟朝凤、后宫佳丽三千的意思。这种豪想，不管怎么打折，天长日久，自己都不知道怎么就有了书、书柜、书房。几年、十几年后，有的人不断淘汰书以保持一个恒量，有的人则有了更多的书、书柜和更多、更大的书房。

在这一豪想过程中，有一天，我突然就发现书多得成了祸害：书湮没书，书诋毁书，要找的书找不到，不找的书满目皆是、唾手可得；买不完的书，读不完的书，挤不进柜的书，满屋乱摆乱放的书。这一天到来后，便开始清理、淘汰一些书和刊，并且发誓尽量少买书，少索要和接收赠书，总之，让进屋的书与出屋的书基本持平。这是一种还扛得住的状况。为了保持这种状况，我一直在坚持，就像对摩天岭和上甘岭的坚持。但是，我比不得解放军和志愿军，我失败了。兵败如山倒，彻底失败了，码得不能再高的书如山一般倒了下来。

失败了，也就置之死地而后生了。

今年春节，终于以下定决心、不怕牺牲的决绝从新都拖了八个柏木书柜回家。此前也去了新都家具市场的，去过二三次，每次都快要下单了，每次都被老婆以这样那样的理由消解了我一意孤行的激动。老婆说，你不是说要换房吗，等换了房，咱按着房子的尺码，一步到位！可换房换房换到现在也没个影儿。老婆又说，买大宗木制品得淡季下手，年末节前，贵！等来开春，到了老婆说的淡季，她又有词儿了，现在手头紧张，还是年底发了奖金买吧。发了奖金，则以儿子装房差钱为由拖延。之后，还试图说个子卯时，我怒了，决绝了。老婆见我怒了，真怒了，就服从、迁就了我的决绝，磨磨蹭蹭掏钱付了款子。现在，书柜回来了，也不知时为淡季还是旺季，只知回来了就是好季。

书柜回来了，相当于给咱家的书添了新房。原有的七个加上新添的，共有十五个书柜，翻了番，欢悦也翻了番。家中有书怎么像家养了调皮的宠物，那些猫猫狗狗什么的，三天两头不是在这儿给你捣腾个事，就是在那儿给你挖个坑让你跳。经过三五天的快刀斩乱麻，家里的书刊暴乱平定了。

但是，没想到的是，家外的书又举事暴乱了。

也不是家外。准确地讲，是我家楼宅外车库里的书出了情况。我家的楼宅在此幢四楼，车库在彼幢底楼。车库主要用于泊车，附带也泊一些书和杂物。

你是读书人又不唯是读书人，你还是一位诗人、作家，或者这样说，只要你是一位出过书的主儿，照例都或多或少有一些打包成捆的书，不管是自费的、合作的、赞助的、众筹的、正常出版的，总之是有的。我大约七八年没出过需要作者包销的那类书了。即或这样，也有未开包的书，不多，但有，比如我的诗集《桃果上的树》，由四川文艺出版社正常出版后，我就掏钱买过，第一次一百本很快没了，跟着又买了一百本。我的《甑子场》《大三线》，也买过一百二百的。《纹道》《首街》《锦江商脉》《民族花灿》，还是自掏腰包买过，二三十本，三五十本不等。儿子的《1227的三生石》《炮轰超级女声》也各买有几十本。江湖道友，你赠我送，礼尚往来，总是需要的。人家出版社的官方合同上写得明明白白，书出后赠作者十本样书，不买行吗。买了书就一定得存放，存放得毛发不伤，然后在入土前吝吝啬啬、大大方方一本一本送出去。我有了这样的书，又有车库，人还活着且还有好一阵子活，就把一包一包的书仓储在了车库。我家车库进深有余，宽向有富，除了安有铝合金电动卷帘门的门脸一方，其他三方均能倚墙搁书。具体搁法是，一摞一摞靠着墙码，码高到不轰然坍塌为止。

现在发生的情况，是我仓储在车库里的书被虫蛀了。楼上的书才进柜囊，楼下的书又入虫口。

这可是天大的事！

这样的事，去年也发生过；发生过，就去处理，处理好了，不想如今又发生了。去年，暮秋的一个下午，几只鸟在车库门前桂树和黄桷树上冷得叫唤个不停，我打开车库门取书。这次取的书，搁在地面，包在二三层牛皮纸中。取了一本，却见书有些异样。封面封底有几处污迹，黑红色，就像流着血的蜗牛之类的动物垂死前爬过的印痕；翻开书，有些内页也有这种污迹；我以柔纸拭之，却不能尽去，再拭，如故，后用湿帕擦，亦不能去之，深感其颇得朱砂染制之古法精髓。书的背脊和三个开合立面，却有凹痕、小洞和锯齿状的造型，黏附在上面的，是细如蚁尸的深色颗粒。不由大惊！扒开牛皮纸，开包一瞅，书大都如此。又搬开纸包，发现墙根一线上已形成小小的土丘，细看，构成土丘的，正是那“细如蚁尸的深色颗粒”，颇像蚯蚓洞外的堆积物——那些蚯蚓拉出的蓬松如泥土的粪便?

不用说，我知道，我遭到了书虫的袭击!

得出这个结论，没咨询任何人，也没百度搜索，更没有过相关经历与经验，但我就是得出了这个毋庸置疑的结论。不错，这是理论自信与理论的胜利。

纵使有了得出上述结论的理论，依然不能确知“细如蚁尸的深色颗粒”系何物，有着怎样的物理成分与化学组成，只疑心它们是书虫的粪便或呕吐物。当然就更不知道书虫长啥样，从哪来，去了何方。

毕竟不是虫类研究者，对虫子的研究也毫无兴趣。我那时需要做的只是立马解决时下的问题。

我家车库并不潮湿，至少肉眼看不出湿的迹象，但我依然把书蛀归罪于地面的潮湿。如果不这样归罪，又该怎样归罪呢，因为非底层的书好着呢。

望着残枝败叶、丑陋不堪的书，我的肉直往下掉，像塌方，又像正缚在粗大木架上领受凌迟大刑。

我把车开出车库，将好书移至车库中间，再清扫车库里的蛀虫战果及战场，再在墙根下垫了一层作防潮用的隔板，最后将书码在了防潮隔板上。所谓隔板，也就是我家装房铺地剩下的边角余料——实木地板、复合地板和花岗石地板。这些边角余料没当垃圾扔出去，是觉得没准哪天能用上，不承想还真有用上的一天——用在了这里。

终于万事大吉。

终于没能万事大吉。

这次不是去车库拿书，我是去视察书情的。眨眼到了热天。书柜抵家，家中的书安顿妥帖了，就想到了家外的书。

当然首先是探底视察最下边那摞书。码在花岗石上的没事。码在实木地板上的新放不久，没事。出情况的是复合地板上的一捆书。搬开书检查，竟发现复合地板上有些微泥丸，近瞅，却有动静，细瞅，却是小虫在蠕动。我用脚踢开地板，眼前的景象吓了我一跳。我看见墙根处有一大堆小虫在蠕动，恐有成千上万吧，因突然见了光，它们便三面奔逃，但它们拼了命地奔逃，也相当于没奔逃。它们太小了，又太笨了，更匮缺练习，它们跑了一万公里也只相当于一粒米的距离。这些小虫，要死不活的，肥滚滚的，软塌塌的，白嫩嫩的，像厕所间的蛆，个头却只有幼蛆的十分之一大，恶心死人了；身上顿起鸡皮疙瘩，只差一口喷出满肚秽物。又看见翻了个个儿的复合地板的背面已是遍体鳞伤，残缺不堪，大好河山尽成虫子的豪华版土匪窝。

想用报纸包了手，隔着一层纸去摁死地上和复合地板上的活物，却下不了手。用脚踩，下不了脚。只好抓着一只扫把，闭了眼，胡乱进行了惨绝虫寰的夏季大扫荡。石头过刀，茅草过火，活物换种；烧光、杀光、抢光。一场浩劫后，还有好些活物还在同类的尸堆上运动，奇怪的是，不一会就不见了。坚硬的地，坚硬的墙，它们会去哪里呢，难不成会飞?

之后，移车出库，对所有书做检查并归整成二三摞后往上码，一直码至棚顶。之后，对库房做了个大扫除。最后，决定以挽狂澜于既倒的气概，将压着虫子的那包书扛回楼上的家。所有的书，我都有意搬上楼了，只是这把见长的年纪，体力的凝聚与恢复也跟着延时变长了。

扛之前，草草检查了下这包书，发现靠地面和墙面一方的牛皮纸上有几个小孔，纸面上有七八只虫子在动弹。遂用一团报纸，扫落了它们。

累得要死，还是把这包书吭哧吭哧又扛又抱地弄进了家。因已知纸包上有几个小孔，因不知包内的情况，为防万一，就越过实木地板的客厅，将书搁在了宽大、敞亮、铺了瓷砖的厨间。

剪了包装扎带，开始剥包装纸，才剥开一小部分，就吓了我一大跳！无以计数的小白虫覆盖在书上面，一些虫子顺着包装纸的豁口滚落在了地上。哪里还顾得上怕？急忙将裂开的包装纸勉强合上，也不管那几十只浮在包装纸上的虫子如何瘆人，搂了书就弓着背冲进了隔壁那个带蹲坑的卫生间。之后，急忙返回厨间处理那些个因骤见天光在地砖上惊慌窜逃的小小生物。但一时竟不知怎么处理。捉拿？不敢。踩死？既让鞋让地沾满血肉之脏、生命之丑，又太残忍。急中生智想出的实施办法是，找来家政工具，将虫物扫进撮箕，随后倒入卫生间蹲坑；又把撮箕在蹲坑壁上嘭嘭磕了几下，见撮箕上一只活物不剩，方哗一声放水冲去。

没人告诉我千军万马的活物是什么，但我一口肯定，它们就是书虫。除非，这世界除了书虫外，还有另一种像这样子吃书、在书上寄生的虫。

把卫生间的灯具全都开得大大的。把这小小的空间弄得比白天更亮，比书虫更白。

接下来，开始处理面前的这包书。

再一次剥开牛皮纸，让书全袒露了出来，或者说把千万只闪着荧光的书虫从黑暗世界一下子拖在了强光下。我想我今生再不会见到这多蠕虫了，我想我的家中再不会出现这多怪物了！恐怖的白，恐怖的肉，恐怖的生命！

没管赤条条不着寸布片衫的虫们，我只关心我的书。这包书是三十本，我从中选出了五本勉强看得的，抖了虫子放一边。然后将摊开在地上的牛皮纸翻裹上来包了书，包了虫，囫囵搂着，跑出门，下了九级阶梯，将随时都要崩溃和爆炸的手中生物弹，放在了楼道平台墙角处。之后跑回卫生间，开了淋浴用水龙头，拖着波纹管，一阵猛冲。眼看着正夺路逃命的生物卷入洪水，眼看着洪水猛兽黄河决堤万千生物坠入黑咕隆咚的地狱，眼看着世界归于原态。

去楼间看那包书的虫子是否爬得满地都是，从而影响了本楼本单元四楼以上住户的公共环境，情况正相反，一只虫子也没有。包装纸表面本来有的，现在也干干净净、清风鸦静的。虫们不可能这点时间就施展斗转星移乾坤大挪移神功完成空间大换位，它们应该是逃进了它们自己的家园——书的家园。

以前，只知世界上有一种以书为食物的虫，叫书虫；不知此虫的尺寸、轻重、色泽、习性，从哪里来到哪里去。现在，我的有限的关于书虫的知识来源于车库里的经历，它引导着我的想象进一步弥漫开来。车库中的书虫只在书中、纸中出现和生存，由此，我推断书虫就诞生在纸品中，只要环境潮湿、阴暗、静止、温度温和，它就诞生了。诞生之前，应该先有细菌、细胞、卵子之类的东西。天气冷凝后，生命就走到了尽头，变成了“细如蚁尸的深色颗粒”。春风一吹，又卷书重来了。因纸而生，食纸，不离纸，亦噬纸边的木品；怕光、怕风、怕冷、怕翻动、怕干燥、怕雀鸟，当然也怕人。这就是我的辞海中关于书虫词条的释解。

见此地无事，就决定待老婆回家后交她处理。这包带虫的东西次日被她送给做家政的那对年轻夫妇作为旧书拿去卖了。只不知称书的时候，书虫的斤两是否被收荒匠折扣了出来。

还有五本勉强能用的书被我顺手搁在了卫生间盥洗台边；我拿了，向书房走去，走了一半，又去了露台；我把书放在露台上，决定放一个昼夜，等想象中的虫子跑尽，或晒死冻死后，再放书架上，以免这五本病书传染了其他书。

忙活了半下午，终于消停下来。仰坐在家中书房养神，时不时抿一口茶，这让脑瓜儿更加闹腾了。

要杜绝车库书籍虫灾，有一种办法就是让书离开车库，这叫惹不起、躲得起。这样一来，就需将书搬入家中。没买车库前，这样的成捆的书也是有的，都放在床下。床高，其下有储书的箱体。但老婆说，床下通风，人不中风。现在换了床，床下放不进书了，要放，就只能放在明处，公开公正公平地放。但素爱家中整洁的内人，如何容得下包装如杂物的一大堆东西登堂入室？

此路不通，那就死守车库，原地转圜，另辟蹊径。根据书虫的习性，我开始考虑书不生虫的措施。在墙上安装搁板？放少许书可以，放成捆的书就承不起了。订做不锈钢搁架放在墙根下，上面码书？这法子行，但造价高，易碰伤车，且搬动难，用途单一。铁皮柜？落地书架？杀虫剂？都有这不妥那不妥的地方。

一只小得不能再小的虫子，折磨了我好几天。啃书的人，真拿噬书的虫没招儿？永不言放弃也永不能放弃，人虫争食的本性，牵着人虫的命呢。

几害相权取其轻，我决定投资一二千元，订做二三个不锈钢管焊成的底架。攥着家中钱袋子的老婆听了我的决定，适当作了一番考虑后说，那还不如用几只条凳呢。我说，结实的条凳是可以的，可也不便宜哦。她说，去旧家具市场买现成的，不就便宜了？现在是板凳上放书，不放书的时候，凳子还可作它用嘛，譬如搁露台、搁屋顶，放花盆、当花架不也挺好的。女人的建议大抵都泥沙俱下，零碎拖沓得烦人，但别说，有时那一河泥沙中还真有一粒沙金蹦出。

驱车去了公园路公立图书馆斜对面的旧家具街铺，稍一咨询，就找到了需要的东西。太满意了，我禁不住狂喜！老婆却一下变沉稳起来，开始作可买可不买、可这儿买可那买状与老板谈价。最终，老板每根三十五元的开盘价，以一百元三根收盘。一个未成年伙计将六根长凳粗枝大叶擦抹一番后，老婆便豪爽付了款。我开的越野装不了两百元买下的一大堆木器，便花二十元招呼了一辆拉人的电动三轮载货。怕三轮人间蒸发，便让老婆用手机拍个照，她便对着车屁股拍了车牌号。三轮穿街过巷闯红灯抄近路，几拐几不拐就没了影儿，待我驱车赶到小区门口，却见它像识路的信鸽候在那儿了。

长凳柏木材质；长九十八厘米，宽二十一厘米，高四十二厘米，座板三厘米厚；四肢粗大，像劳动人民的脚；看这整体架势，千斤重担压身上也不会脸红气喘。长凳颇新，但被其上的污斑、油迹给遮蔽得有些隐约了，一看就是开酒馆、茶馆、咖啡馆之类的老板打出来的。老婆说用报纸垫上就可放书了。我说不行，垫了报纸不好看，得将凳子用洗涤剂洗刷洁净，叫凳子原原本本亮在明处。老婆说，不就搁书吗，又不坐人，还这么讲究，那你干吧。

我上楼回家拎了一大桶水、拿着擦洗工具下来，正待叫苦连天把自己豁出去，一回头，见老婆也跟了来。

那天太阳老毒，气温高至四十度，老婆水刷一根，我擦抹一根，我俩在车库门外顶着太阳大干起来。

由于分工不同，我就多出了时间，就拍了照，发了微信。图片最大限量地发了九张，画面为正在车库前清洗、晾晒的六根长木凳，远景、近景、特写；杂乱的车库内景，绿化得不错的车库外景……我找了个噱头，写了图上的配文：劳神费力买了这些凳子回来，应该没人知道它的用途。一时间，朋友们给出了五花八门、啼笑皆非的答案：开农家乐、开酒吧、围炉而坐、办培训搞家教、坐人、驯宠物、杀猪、开批斗会、给小孩做滑板、练板凳功、当厨间菜架、像老陕那样蹲在上面咂烟……我知道永远不会有正确答案，就自个儿回答了自个儿的提问。我说，呵呵扯远了，告诉亲们吧，这六根结实无比的长凳是坐的，但不坐人，只坐书；俺车库里的书放地上，就有了蛀书蠹；俺就舍银买凳，请书上位，坐凳子，不再坐地上了；问题是，来世俺变了书虫，书主人不会用这法子收拾俺吧?

我的回答赢得了微信圈朋友们的一片啧啧赞赏和点评。朋友多是有几摞书的诗人作家，好些人亦有车库，我的探索与实践，给了他们一条靠谱的路。诗人、随笔作家蒋蓝说：“好主意！”作家、书法家孙建军说：“黄金无屋，好书有座。”那一天是八月十二日，板凳日。

现在，书已入了座，端庄，疏朗，高高在上，跟我买凳时的想象一模一样。

书是我一个人扶上座的。没让老婆参与，是因她不写作品，而我认为请书移步入座的过程，应像写作一样严肃，布局、结构、叙事、腔调等都得讲究到位。请客入座也是大有规矩的，客人遵循的是从座椅左边移步入座，起座后从右边离去。这其实是古人实用主义在现今的虚拟演化，古人尤其外族古人大多刀刃随身，腰左佩剑，为入座方便，自然就左进右出了。

请书入座我也遵循了实用原则：在防虫的前提下，坐得好看。书终于以离墙一厘米的中空距离倚墙而坐了，这摞书与那摞书之间亦留有二三厘米的风道。蹲身望去，车库地面，一目透穿，清爽净洁，什么样的活物也藏不了身。

想起了古人的一幅很有故事的对联，上联“坐、请坐、请上座”，下联“茶、上茶、上好茶”。借用过来，改下联为“书、上书、上好书”，亦妙。

观点
Viewpoint

寇挥，西北第三代小说家。长篇小说《想象一个部落的湮灭》《北京传说》分别获首届柳青文学奖新人奖、第三届柳青文学奖长篇小说奖。中篇小说《马车》获陕西省首届年度文学奖。

谈谈法国文学

寇挥

垂泪，这是我想起法国文学时瞬间产生的两个字。这似乎并不是我对法国文学的总结，而是我对她的感情。半生坎坷，最能表达我的心的便是对于法国文学的阅读回忆。

法国文学似乎就一直浸泡在我的泪水里，那白色的结晶，那盐——不知是我从法国文学中吸收来的，还是从我的身体里来的，两者相混，已经很难分清彼此了。

我对法国文学的阅读走的是一条逆反的路径，是先从最近的二十世纪开始，溯回到古代。这是因为我没有读过本科、硕士、博士，我给自己开创了一条研读路线。现在看来，我这样干是对的。二十世纪的法国文学，文学流派丛生，文学实验达到的高难度，假如不用青春的力量去攀登征服，而到了精力不济之时再去攻读它，恐怕只能在失败绝望中返回。仅仅一个新小说流派，不花三五年时间，是无法深入下去，并有自己的收获的。我最早阅读的是罗伯-格里耶的《橡皮》。我沉浸到这部篇幅不算长的长篇小说中，读过至少三遍。读的遍数尽管不少，所收获的对于新小说的认识却十分微少。当时我有一中篇小说《沉睡》，就是学习这部小说的叙事手法而写成的。这篇习作应该是写于一九八六年前后，在二十六年后发表在一个没有名气的地方刊物上，也算是对我当年的辛苦钻研的致敬。作者把弑父淫母的古老神话藏头露尾、蹑手蹑脚地安插进整个小说的进程之中，这是我当时最得意的发现。缓慢沉静的叙事节奏，使那些速读快读的读者掉进陷阱，滑入迷宫，不知东南西北。慢慢地用你的心去读它，感受它的沉缓的情调所给予你的享受。的确是一种享受。至于小说中使用的橡皮，把关键的节点擦掉，使读者的路径断裂，这种方法我觉得是一种机械技术性的，是一学就会的，不是天才的创造，不必惊讶。我的《沉睡》把卡夫卡的《城堡》与《橡皮》结合起来，把环境变成我所生活的汉中小城市，这样一个中篇，还是大体集中了我二十三四岁时的智慧。后来我在修改这个中篇时，又给城堡中心放置了一具棺材，于是我便创造了有别于卡夫卡的“城堡”的“城堡之墓”。《嫉妒》是我最爱的罗伯-格里耶的小说，我曾经把它像念经一样阅读，它的沉缓凝慢的叙述句子，音乐旋律一般能够治愈阅读者的忧伤。沉浸到它的语言中，心灵的抚慰浓郁醇厚。既然《橡皮》里深藏了古老的希腊神话，那么，《嫉妒》的结构就更是把希腊神话的钢铁重新填进熔炉，重新熔化，重新铸造。关押弥诺陶洛斯牛怪的迷宫，或者说是弥诺斯王为他的王后与海神派来的牛的结合所生的儿子建造的一座天堂式的宫殿，罗伯-格里耶的主角便是这样一个角色，这个小型的别墅便是这样一座迷宫。自始至终没有露面的主角，只有他的视角观察着一切。作品所呈现的事物全是主角的视角镜头。他对于他的妻子的嫉妒全在他的视角呈现里。视角对于眼前事物的选择，这无疑也是作家的主观选择，重复出现的景象其实便完成了象征的功能。重复出现的事物就是象征，就有了特别的内涵。这位隐去身体、只有视角的丈夫其实是一位不动声色的皇帝或国王，他统治着这个小小的国度，他的臣民是他的妻子和他的朋友，还有他的妻子的朋友。这么说，曾经备有威势的帝国或者王国已经式微成一个小小的家庭，他只好以夫妻这样的婚姻合同关系维系着他的统治。有统治才有会有嫉妒，深深的妒忌，致命的、垂死的嫉妒。假如主角还有皇帝的威权，他的口腔是法庭，他的话语是法律，他就完全可能会把他的朋友和他的越轨的妻子送上断头台。中国皇朝出现过宫女把皇帝快要勒死的事件，参与者全部被凌迟处死，《嫉妒》的主角恐怕也有着这样一颗没底的心。这部十万字的长篇小说仿佛写尽了人类的结构，统治与被统治，从最大的帝国到最小的家庭概莫能外。帝国和国家无限分解下去，惟一的存在是一个小小的家庭，人类走到了这一步，到了最小的时代，但他们的内心却还是痛苦的，是怀有致命嫉妒的。内心虽小，痛苦的能量不容低估，一座火山也未必就能相比。是什么给予主角这样的权力呢？是那爱情吗？这似乎是人类永远不可解脱的宿命。像《海滩》那样一个短篇，分析起来，也需要很大的篇幅，还有《密室》《归途》都是我曾经痴迷不已的名篇。

提起新小说派的克洛德·西蒙，我不能不想起一个曾经在一起浴血奋斗了近十个年头的文学朋友。我另外买了一本《弗兰德公路》，到他所在的村庄去，把书送给他。他说这比娶了一个新老婆还要叫他兴奋。我们曾经在一起攻读法国新小说，翻越的最高的大山便是西蒙。这位种葡萄的法国作家曾经是那位朋友的榜样。你想想一个三十多岁的农民，怀着征服法国新小说的梦，他所付出的是血是泪，想起这样的壮举，我能不垂泪吗？上个世纪的九十年代，这位朋友由于对于法国文学的热爱，陷入到了空前的穷困之中。他写的那篇《太阳落山的地方》对于我的心的触动至今还在。小说中的主角靠弹跳在严寒的冬天使自己的脚暖和起来……这位朋友不得不在九十年代末期放弃了文学创作，放弃了文学梦。戏剧性的是，二十多年后——那是去年冬天我去他居住的村庄看他。他已经有了三层别墅，经济彻底翻身了。又过半年，他打来电话约去他家。叫我没有想到的是，他说他已经计划好了，重返江湖。我一听就心碎了。我没有流泪，那是因为场所不合适。这就是叫我无法不垂泪的法国新小说啊！

《弗兰德公路》中的情爱嫉妒故事，古老而没有新意。骑兵队长雷谢克因为美丽的妻子与他的赛马骑师依格莱兹亚在马棚里有私情，而甘愿在第二次世界大战的公路上，高举祖先遗传下来的战刀，把自己暴露给德国人，以这种方式自杀了。小说的内核基本是这样的，把这样的核心故事放置到万马奔腾的弗兰德战场上，欧洲战争旋涡的中心地带，西蒙用他诗一样的语言，油画一样的画面，把这诗画结合的文字战马集合成为巨浪巨流，《圣经》中的大洪水一样奔腾，壮阔的气势，奔流的力量，把阅读者一起拖向银河的深处。西蒙是在写画，文字把画面描画出来，工笔画，精雕细刻，一姿一势莫不具有雕塑的效果。小说中的佐治，他战场上的朋友与伴侣布吕姆，在战斗的间歇，在马上，在公路上，在农家马棚，在雾气飘飞的存放干草的农家院落，在农家少女的朦胧影像下，佐治一直在向布吕姆讲述他的亲戚雷谢克家族的古老故事。这个讲述人所讲述的一切是可疑的，不确定的。后来布吕姆也变成了雷谢克家族故事的讲述者，他更多的是想象，是虚构，帮佐治解决了很多不能自圆其说的悬疑。这部小说的元小说手法是很值得研究和学习的。小说中的人物在制造故事，好像作家已经远去，把小说创作交给了小说中的人物。你能相信小说中的人物所讲述的一切吗？美国一号大小说家威廉·福克纳的《押沙龙，押沙龙！》应该是这部小说的样本，西蒙对于前人的创造性学习借鉴本身就是值得褒奖和效法的。对于《农事诗》的阅读显然就没有了阅读《弗兰德公路》时的兴奋与快乐了。

娜塔莉·萨洛特的《金果》是在我对法国新小说热了许多年之后才翻译过来了，虽然热情减了大半，还是利用余温完成了阅读之梦。整个小说建立在对于一部并不存在的叫《金果》的小说的论说与介绍当中，仅仅这样一个构架就给了我这样的阅读者当头一棒，叫我清醒：小说的生命在于创新。玛格丽特·杜拉斯也是新小说的主将之一，她的一个叫《广场》的中篇曾经叫我迷恋不已。《情人》是变化之后的新小说了，畅销是必然的。

马塞尔·普鲁斯特是意识流的发明者之一，他的《追忆流水年华》与詹姆斯·乔伊斯的小说的区别十分明显。我感觉他与英国的弗吉尼娅·伍尔芙比较接近。这部长河小说我对于它的阅读跨越了近三十年。自从心目中留下了意识流小说的深刻印痕之后，我就惦记着所有的意识流经典。上个世纪九十年代初这部长篇刚一出版，我就邮购了。之前我反复读过选本《斯万之恋》。我读了第一卷《在斯万家那边》之后，就放下了。缺乏兴奋点，叙事没有什么变化，老是一种模式。但是，去年冬天，我终于下决心把这部名著读完了。在这里我主要谈谈《女囚》《女逃亡者》。这里的主角是马赛尔和阿尔贝蒂娜，马赛尔对于阿尔贝蒂娜的嫉妒，痛断肝肠的嫉妒。由于他的嫉妒，阿尔贝蒂娜无法再忍受下去了，于是不辞而别了。马赛尔在她逃亡之后，并不亲自去找她，而是派别人去，自己完全沉陷进对她的猜想焦虑之中。尤其是当他收到阿尔贝蒂娜的姨妈发来的电报，得知她因骑马撞树而亡，他并没有出发前往她的葬身之地，而是独自一个人待在一个封闭的房间里，忍受悲伤，忍受难以遏制的对于她的思念与想象。这样一种单一的情绪所形成的文字哀婉而忧伤，倾泻千里，长达十余万字。这确实是小说的奇迹，是普鲁斯特创造的文学奇迹。这部小说阅读起来，行文缓慢，情调感伤，能够抚慰一颗受伤的心灵。

荒诞派戏剧产生于上个世纪五十年代的法国，主将有萨缪尔·贝克特、尤奈斯库、让·热奈。我曾经对荒诞派戏剧十分痴迷，把《等待戈多》《犀牛》《阳台》作为学习的典范。萨缪尔·贝克特于一九六九年是以法国人的身份摘取诺贝尔文学奖的桂冠的，他也是位重要的新小说家，小说队伍庞大，读完是十分艰难的。《莫洛伊》《马龙之死》和《无名的人》阅读之后，受到的启发不是太大。贝克特采用前者在寻找前者、后者在寻找前者的结构，类似于迷宫，把整个大地变成了迷宫，把寻找之路变成了阿里阿德涅之线。通篇是碎片化的内心独白，阅读历程十分枯燥。尤奈斯库有一部长篇小说叫《孤独的人》，也是一部了不起的作品。这些戏剧家的成就主要表现在戏剧方面，小说对他们来说是次一等的。让·热奈的《阳台》中不同的人扮演他们梦想中的角色，面具成为了十分重要的东西，这与尤金·奥尼尔的《大神布朗》有异曲同工之妙。热奈的长篇小说《鲜花圣母》中的神话元素，使小说显得非同凡响。坐牢的人被鲜花圣母救出牢狱，这样的事似乎只能发生于梦里，但现实真的如此，这就是魔幻现实主义文学的手法了。

新寓言小说是上个世纪法国七十年代的重要文学流派，前后有勒克莱齐奥、帕特里克·莫迪亚诺分别于二〇〇八年和二〇一四年获得诺贝尔文学奖。一个小小的文学流派能有两个人斩获世界第一文学大奖，这说明世界对于这个流派的文学价值的重视。勒克莱齐奥总共有近三十部长篇小说，《沙漠》是他的一个高峰。《流浪的星星》《乌拉尼亚》《金鱼》写得比较轻浅，与儿童文学靠得太近，重量不足。莫迪亚诺的《星形广场》中对于已经远去的纳粹暴行的恐惧，导致主人公在梦中被绞死在星形广场，这与哈恩伯德的《英雄广场》有同源性，意义也相近，虽然如此，却并不影响它们各自杰作的地位。《星形广场》中现实中的我与思维中的我是两个并行不悖的“我”，现实中的我是根本，而意识中的我是能够随意滑行的，意识有多么快的速度，这个“我”就可以像意识一样抵达任何地方。现实与意识分离为两个层面，意识层面附丽于现实层面之上，意识层面的“我”可以一下子从巴黎跃到纽约。这种方法竟然在他二十多岁时就应用自如，说明他的确是一个天才。

米歇尔·图尼埃虽然没有夺取诺贝尔文学奖，但比起前两位，我觉得他的文学价值似乎更高。《桤木王》是我深爱不渝的小说。一个法国青年受纳粹思想毒害，为纳粹学校寻找学生——这实际像是魔鬼的门徒为魔鬼去捕获可以奴役的灵魂一样。这位法国青年把年轻的孩子骗进学校，洗脑，叫他们充当纳粹的炮灰。这个思维本身具有不可估量的启发性，叫我们看透一切专制奴役的本质。《礼拜五或太平洋上的虚无缥缈境》重写鲁宾逊的故事，把他写成朝相反的方向退化的典型，像猪一样在泥潭里打滚。于连·格拉克的《沙岸》几乎是对于《伊利亚特》的翻转创新，意义不凡。

起源于爱伦·坡和波德莱尔的象征主义文学，早期有马拉美、魏尔伦、兰波。马拉美的《牧神的午后》虽然写的是潘神对爱神的追逐，写的是神话境界，我经过分析，觉得这样的杰作来自他的学校生活。他是英语老师，他的心理变成了潘神的心理，他的花枝招展的女学生们变成了爱神。把现实生活转化为远古神话，这首诗是一个典型的范例。后期象征主义有瓦雷里、里尔克、叶芝和艾略特。后三位诗人都不是法国人，我只就瓦雷里的诗歌谈一点儿感受。我反复多次细读《年轻的司命女神》，感到这首长诗比他的《海滨墓园》要杰出难懂得多。我从《年轻的司命女神》中分析出了人类最初的神话：蛇、亚当和夏娃。还有另外一个男人。这些人类原初的关系具有的是永恒的文学价值。《蛇灵诗草》有译为《一条蛇的草图》的，可以作为《年轻的司命女神》的补充解读。

每年一届的法国龚古尔文学奖获奖作品浩瀚庞大，阅读当然是有收益的，但只能选择性地去阅读一些。法国二十世纪的文学我就谈这些吧。

法国十九世纪的文学，我花了前后五六年时间，就大体把它们阅读得差不多了。古典小说结构简单，线索清晰，很少有障碍，阅读速度很快。去年冬天我写了近十八万字的对于世界小说的扫荡性评论，我把《悲惨世界》和美国的梅尔维尔的《白鲸》树立为世界小说的双高峰，后来经过又一次思考，我觉得后者不够崇高，说它是反崇高还有一定的道理，于是就决定把它开除出我树立的双高峰之列。这样一来，世界小说只剩下一个高峰，这就是雨果的《悲惨世界》了。我为何对于浪漫主义文学如此抬举，全因为它的崇高、纯澈、美善、透明和洁净。

雨果总共有六部长篇小说，我读完了他的《海上劳工》，也就把他所有的长篇小说读完了。我陡然有一种豁亮感，好像混沌世界澄明起来了，天地分隔开了，神话里的盘古那样成了巨人，我对整个世界的文学、全人类的文学有了整体感，有了透亮精确的认识。这团掩盖天地的大雾终于散去，在我阅读的历程中迎来了灿烂的光明。当我开始阅读世界上的第一部文学经典时，我就像盲人摸象，摸到哪儿都认为是象，其实那只是它的一个局部，一个很小的部分。而现在的我仿佛是这个盲人把大象全身触摸遍了，心里有了大象的整体轮廓形象，整个的认识，他知道大象的头是什么样了，在什么位置，或者说这个盲人摸遍了大象的全身之后，他突然复明了，恢复了视力，把眼前的象看得清清楚楚了，这就是我今天对全世界全人类文学的感觉。大雾散去，视野开阔，远山近野尽收眼底。我现在还奇怪的是，这种感觉为什么是在我阅读完了雨果的《海上劳工》之后来到的呢？而不是在阅读完了他的其他几部长篇《悲惨世界》《巴黎圣母院》《九三年》《笑面人》之后呢？这可能源于我对于这部长篇的重视。在我没有阅读他的任何一部长篇的时候，我就把这部小说作为一定要阅读的长篇买下了，虽然没有读，但心里一直对它是萦怀牢记的。它确实是描写大海的杰作，一个人与大海，雨果可以写出十万精彩的文字，没有任何其他人物，就是吉利亚特与大海。海明威写出了五万字，梅尔维尔写的是一船人，整个捕鲸船与大海与大鲸的较量。在没有阅读《海上劳工》之前，我怎么会知道在一八六六年之前雨果就在这方面，在描写大海大自然方便显示了他人无法超越的天才呢？

我首先要树立一个制高点，一个标杆，一个夜空里的海上灯塔。有了这样的灯塔，才会照亮全世界的文学。我定的标准是：作品整体感觉上应该是伟大，崇高，大爱极善，应该是神秘，形而上，强大的象征力量，来源于终极，回归到终极，人类与宇宙的神秘纽带就是由这样的作品织起来的。一个基督化身的苦役犯，或者说上帝能够把任何一个普通的人点化为他的代表，替天行道，冉·阿让就是这样的化身，他是苦役犯，可通过努力把一个妓女的女儿提升到了天堂世界里，一个灰姑娘成了男爵夫人。我要补充的是，伟大崇高的作品还应该具备童话性，神话性也是可以的，当然童话性更能使作品鲜嫩绚烂，色彩犹如彩虹，《悲惨世界》就有这样的童话光彩。这个受苦的人，这个坐了几十年牢狱的苦役犯，他为一个妓女的女儿打造一座天堂，他用他的智慧创造了大量的财富，还从法国街垒道的战场把与妓女的女儿相爱的奄奄一息的男爵的儿子救了回来。为妓女的女儿不但打造了一个物质的伊甸园，还从她的身体上取了一根肋骨，为她制造了一个英俊潇洒的亚当。他的极善大爱行为使一直追捕他的国家冷酷机器化身的沙威受到了致命的冲击，他所坚守的国家强权崩溃了，他个人也同样分崩离析，结果是跳了大水自尽了。这是一个人对一个国家的胜利，他用他的大爱战胜了国家。

这部世界头号小说里，钱是个很重要的介质。苦役犯出了牢狱之后，获得了主教大人的银器，到海滨城市成了企业家。在监狱里苦役犯们创造了制造代用宝石的方法，他把那样的方法带到了海滨，使滨海城市的经济腾飞，他成了市长。他有了大量的金钱。财富能够帮他完成最大的梦想，把他自己塑造成了圣徒，也把妓女的女儿养育成了幸福的主人。与雨果同时出生于一八〇二年的大仲马于一八四六年和一伙写手完成的《基督山伯爵》中重要的小说工具也是金钱财富，可这样的介质在大仲马那里只能变成通俗小说的利器，完成非崇高的复仇。人物心中若是有大爱极善就不会有复仇这样的故事。在巴尔扎克的《高老头》中也有伏脱冷要把拉斯蒂涅用金钱培养成上流人士，狄更斯于一八六一年出版的《孤星血泪》也是一个苦刑犯用他在澳大利亚创造的巨大财富把年轻人匹普供养成上流人的故事，但这些作品境界都远远低于《悲惨世界》。

文学史家总结说雨果的《巴黎圣母院》是写宗教的，《海上劳工》是写自然的，《悲惨世界》是写法律的，我却无法认同文学史家的看法。我认为真正写宗教的是《悲惨世界》，《巴黎圣母院》的人物副主教什么的不过是披着宗教的外衣而已，伽西莫多这位副主教的养子与仆人更是与宗教没有什么关系，爱丝梅拉达这个隐修女从妓女改良后生育的、后被吉普赛人用丑陋的魔鬼的儿子一样的伽西莫多偷换的女儿，更多继承的是吉普赛人的传统，这部小说无疑是浪漫主义旗帜下的情爱小说，挖掘的是人类肉体与心灵深处的爱。《悲惨世界》里的沙威虽然被评论家定性为法律化身，但这部小说实际与法律上的联系都是表面化的，我认为它并不是深挖代表权力之恶、制度国家之恶的法律小说的代表，它反而是宗教小说的典范。它明处是写了国家权力法律，冉·阿让为饥饿中的姐姐的孩子偷了面包而被判五年徒刑，因为越狱犯规一再加刑，坐了十八年牢狱，出狱后又因为偷主教大人的银器被主教教化，发誓把对于社会的深仇大恨转化为对于善的追求，此后的冉·阿让变成了新上帝。我可以说雨果在这里创造了新的宗教。冉·阿让这样一个新上帝、新基督通过当时世界对于人造宝石的需求，造福于广大民众。后来由于沙威僵化性的对于国家的忠诚，导致了对一个与他相貌相同的人被判重刑，他解救了那个人，袒露了自己的苦刑犯身份。人造宝石使一座城市的经济突飞猛进，这个市长拥有了大笔的钱。他逃走时没有忘记他的财富。看来新上帝也必须需要财富支撑。新上帝把妓女的女儿珂赛特与男爵的儿子马吕斯从贫穷的火坑里和死亡的战场上救了出来，这两个青春男女不就是新亚当和新夏娃吗？这便是新人类。而沙威只能扮演撒旦，他在新上帝拯救与创造的新世界面前羞愤绝望，他的跳塞纳河是必然的。《悲惨世界》其实真正描述的是上帝与撒旦的善恶之战，善恶的对象是新人类。新人类是甄别善恶的试金石。拯救爱护新人类的任何行为都是美的、善的行为，而残害新人类的任何行为都是恶的行为。新人类就是新亚当与新夏娃，他们被新上帝送进了婚姻的伊甸园；新人类获救了，新人类有了新的希望，新人类与新上帝有了新的约定，新新约便诞生了；新上帝便以令人难以相信的极快速度衰老了，死去了。

新上帝是怀着满意与放心走的……

雨果在小说里从来没有写过冉·阿让的性问题，他不需要性，这也可以作为他是新上帝的一个证据。

在十九世纪的法兰西有称得上伟大的三位大师，他们分别是：司汤达、巴尔扎克和雨果。我是在二十岁时就读了《红与黑》的，可读《帕尔马修道院》时已经年近半百了。本来我对司汤达这样一位法国十九世纪的作家很不放在心上，他是一七八三年出生，死于一八四二年，他的《帕尔马修道院》成书于一八三九年，《红与黑》出版于一八三〇年，可当我阅读完了《帕尔马修道院》后，对一个文学朋友说我曾经认为世界文学只需读巴尔扎克和雨果两个人就行了，可我现在认为他们两个也不需要读，只需读一个人，这个人就是司汤达。我当时对《帕尔马修道院》是如此看重啊！今天看来，这无疑是过分了。司汤达大雨果十九岁，大巴尔扎克十六岁，是这两位朋友的朋友与导师。这位大师引导、影响了两位世界大师，这师生三人算是占尽了世界上所有的风光。他们生活在同一个时代，为人类贡献的精神食粮都是顶峰级的。对于司汤达的《红与黑》我不便评价，我通过淘宝网购买到了复印本，上下两册，适当的时候我会阅读。巴尔扎克的《人间喜剧》近百部小说作品，包括他的戏剧作品《投机商》等等，我一部不落地读完了。尽管有的是读的简写本，可一点也不影响我领略它的杰出与伟大——只能是这样的情况：要说读简写本有问题的话，那么它的问题是较少或者较多地遗漏了它本身包含的优秀与杰出，而不是相反。我觉得最值得向大家推荐的是一个中篇：《永别》。他的长篇《搅水女人》《贝姨》《欧也妮•葛朗台》《绝对之探求》等等都是值得深读细读的。他的短篇《萨拉金》《沙漠里的爱情》不可小视。对于《永别》我专门有一篇文章进行解析，对其中的对于别列津纳河战役的复制手法，我是推崇备至。后来我想到英国十八世纪有着“文坛坏孩子”之称的劳伦斯·斯特恩的《项狄传》，其中托庇叔叔在他家的后院里复制了战场，他没黑没明地在那小型复制的战场上冲杀，滑稽有趣，令人开怀。巴尔扎克与斯特恩存在学习与继承关系，这是毫无疑义的。全人类的文学从它在神话时代诞生的那一天就被不断地继承发展着，人类用他们无数代人的智慧共同发展着他们的文学，一直往深处走，往高处迈进，我想在这个过程中一定会产生一部现代的人根本无法想象的作品，这部作品将会包括所有的作品。

拿破仑出生于一七六九年，于一八二一年被用砒霜毒死。这三位伟大作家的人生与这位历史巨人的生平有着不容忽视的交织。伟大自由的时代会诞生自由思想的伟大作家。这样看来，自由的梦想与理念与伟大作品的关系几乎就是鸡与蛋的关系，没有自由的信念，就不可能有伟大的作品。谁要怀疑这个定理，就不会为人类的文学做出巨大的贡献。出生于一八一〇年的缪塞五岁时与他的年轻美貌的母亲于一八一五年的黄昏一齐为拿破仑滑铁卢大败哭泣。这母子两人哭泣的不是拿破仑，而是为自由的失败而哭。自由之梦对于一个不愿做奴隶的人是何等重要。一个甘愿当奴隶的人，当奴才的人，还是趁早放下你的笔吧，难道奴才的思想用得着书写吗？

梳理法国古今文学，文艺复兴时期的拉伯雷是值得研读的。他出生于一四九五年，死于一五五三年。他的不朽名著《巨人传》里的自由精神多么昂扬，探索世界及人的奥秘，说后来的梅尔维尔受到他的影响，不是没有根据的。可以把《白鲸》和《巨人传》进行对比研究，你会发现后者继承了许多前者，前者不可估量地影响了后者。高乃依、拉辛、莫里哀三位古典主义文学骑士并不在我开列的全人类十六位世界文学大家的行列，但你不能不读它们。拉辛的戏剧我是读完了的，莫里哀的戏剧也读完了。法国启蒙主义时期，伏尔泰的小说、狄德罗的小说、孟德斯鸠的小说、卢梭的小说一部也没有进入伟大的范畴，他们也没有一个进入到我的选择。法国二十世纪更是文学的浩瀚海洋，可没有一部可以称为伟大崇高的作品。文学流派林立，意识流、超现实主义、存在主义、荒诞派戏剧、新历史主义小说、新小说派小说、新寓言派小说，普鲁斯特、布勒东、萨特、加缪、贝克特、尤奈斯库、尤瑟纳尔、罗伯-格里耶、克洛德·西蒙、勒克莱齐奥、莫迪亚诺，还有纪德和莫里亚克浪漫主义文学的继承者，这些二十世纪的辛勤劳作者，文学园地的农夫，他们的体制都过于狭小，他们精神也过于萎缩，他们倒是玩弄出了非凡的智慧火花，可他们的作品距离伟大崇高越来越远，他们像被阉割了精神，缺乏神明烛照，色彩灰暗，雾霭重重。萨特算是他们里面的佼佼者，可他的《恶心》等一系列小说和《禁闭》等戏剧作品，除了《阿尔托纳的囚徒》还可以一读，其他作品不值得重视。加缪更是没有什么作品值得称道。我年轻的时候曾经把加缪的《鼠疫》一遍又一遍地读，把他的《局外人》和他的很多中短篇小说也是细加研究，没有想到今天我会下这样的结论。

对于法国的浪漫主义文学我还得做一些补充的看法。雨果年轻的时候十分崇拜夏多布里昂，立志将来要成为夏多布里昂第二。夏多布里昂的作品我接触得相当晚，去年读了他的《阿达拉》和《勒内》，感到都是一些小制作。夏多布里昂与后来顶峰期的法国浪漫主义文学领袖人物的雨果、也是他的崇拜者的作品相比，我有一个发现，像《阿达拉》《勒内》这样的小说，只注重了它的情感结构，也就是男女恋人的爱情冲突与危险处境，而没有把男女主人公的爱情磨难放到广阔的社会变革或者战争的大背景中去，这样的情感结构就显得单薄，也不太可能创作成长篇巨著。浪漫与想象力关系紧密，从拉伯雷的《巨人传》，这个源头就向世界宣泄开了，一路流淌下来，溪流变为大江大河，进而成为广阔的无边无际的海洋。这里有拉马丁、维尼、巴尔扎克、欧仁·苏、大仲马、缪塞等等，雨果似乎是所有的水的总和。在拉伯雷之后、雨果之前还有普雷沃神父的《曼侬·雷斯戈》、贝纳丹·德·圣比埃的《保尔与薇吉妮》，这两部以情感结构为主体的小说我都是今年春天才补读的。书我多年前买过，但都把它们放到以前居住的地方了，读前只好通过淘宝网重新购买。这两部小说当然在法国浪漫主义文学中起到了嬗递作用，但它们自身都不杰出，更谈不上伟大。不过，能够充当阶梯，无疑也是非凡的荣耀。

这几天，我正在阅读帕特里克·莫迪亚诺的长篇小说《夜的草》，感到其内容与体制仍是他早期作品《环城大道》所表现过的。一个人对另一群人的神秘的探索与推测，扑朔迷离，但透出一个灾难时代的恐怖。《环城大道》写于他的早年，《夜的草》作于二〇一二年，作者已经垂垂暮年了，难道跨越半个多世纪之后，他的心里挥之不去的依然是对于人类世界阴暗势力的恐惧？这不能不叫我心悸。

摄影
Photography

马德祥，高级工程师，旅行摄影师。长期从事电脑彩色图形处理研究与实践，尤擅长人物人文摄影。

美好的瞬间记录

马德祥

我在未去西藏之前，对摄影只是想往，无任何实践可言。为了留下西藏一切美好的瞬间，就跟几位影友开着一辆小面包车，走进道路无比坎坷崎岖的滇藏线。在到达盐井前，我一直只会使用P挡，即自动挡，将单反当傻瓜用。到盐井后，同行的一位摄影师告诉我：你想拍出你想要的东西，一定要用手动挡，哪怕拍很多废片，坚持下来一定能拍出你满意的东西。这是真正对我最有启发的一句话，在此后四十五天的西藏行中帮助很大。四十五天，数千张的摄影，证明了如果光影、构图配合得当，加之长期形成的美学修养和悟性，摄影作品是否优秀跟拍摄时间长短并非成正比。有的人拍了几十年也未必真正懂得其中三昧。因为摄影分三个层面：第一是照相，就是拍出一张让人满意的相片；第二个阶段称为摄影，即能较好地构图，注重光影，拍出赏心悦目的照片；第三个阶段就是拍出超乎现实按自已的想法进行创作的照片，这时非全部手动难以完成。

人文的修养像甘露滴入心田：绘画、音乐、文学、诗词，艺术的滋润会使你的摄影充满意象和灵性，让平凡显出浓浓的诗意。“大漠孤烟直，长河落日圆。”这不就是画，不就是摄影吗？音乐、绘画、诗、词，都是相通的，都在表情达意，表达人类深层的情感，只是表达的工具不同而已。因此摄影对于无绘画天分而有梦想的我来说是追梦的捷径。在我看来，个人的美学经验越丰富，趣味越浓烈，手中的相机就越自由。我的摄影讲究光影，反映着自然风光及人物自身的魅力。其实摄影对光的理解，跟音响是一脉相通的，丰富的音阶婉如丰富的色阶，高档的相机和音响，在暗调的丰富性和清晰方面要求都是一致的，清晰而富有泛音的阶调几乎与摄影对光的要求不谋而合。一切艺术都是相通的，不论是造型艺术还是非造型艺术。

我游走在世界各地，践行的是“读万卷书，行万里路”，以一个虔诚的朝圣者的心情拜访每一种人类文明，看每一个文明的起落，看古人在这个星球上如何创造了辉煌又消失在茫茫的历史黑夜中。在这个过程中，我接触到世界各地各种各样的人，有老有少，有男有女。许多人显露了深藏于内的光芒，以及生命成长的能量和活力的脉动。发掘人类所展现出来的美与善，把平凡但却永恒的形象用瞬间的快门记录下来，不正是我们的使命吗？我们摄影，正是在用瞬间记录永恒。至于人物摄影，我认为一定要有文学性，能讲述故事，让照片讲述人物的内心世界，讲述她（他）们的喜怒哀乐。记录这些瞬间，基本功的训练必不可少，没有应对瞬息万变的光线的能力，没有马上想到怎样拍的构图能力，没有抬手就拍、手着枪落的快枪手速度，要拍到瞬间变幻的表情恐怕是很难的。

总之，我热爱自然。由于摄影，我看到了大多数人一生无法看到的最壮丽、最雄伟、最激动人心的场景，它们像新大陆交响乐章那样辉煌壮丽，令人震撼。我爱人类，我接触到的人们，不论男女，不论老幼，不论肤色，不论贫富，不论信仰，他们都是那么真诚，那么善良。我要用手中的相机记录下这个时代的一切。

巴黎蒙马特高地——艺术家的摇篮

RESTAURANT
VIKING LINE
KATAJANOKAN TERM
SKATUDDENS TERM
KANAVATERMINAALI
KANAL TERMINAL

丹麦街景

德国酒吧

荷兰公交车站等车的音乐家

卢浮宫给孩子们讲名画的老师

卢浮宫密室

卢浮宫中席地而坐的孩子们

莫扎特的故乡，萨尔斯堡的街道

莫扎特故乡的街道小店

水城威尼斯

威尼斯远眺

西班牙托莱多古城教堂

西班牙托莱多古城街道

肖像画前的留影 · 卢浮宫

跨界
Crossover

阿西，黑龙江省人，曾在杂志发表过诗歌和评论，有作品入选年度选本，少量文字在海外发表，获过几个诗歌奖项。现居北京和三亚。

海，或一个人的时间简史

阿西

1

面对玻璃般纯粹的现实，每时每刻都要回应人性的弱点，审视有瑕疵的美玉。

这种自省的残酷超乎想象——海以破碎的状态建构完整的存在。

我的眼睛里不是现实的海水，海水是灵魂的洗胃液。

我不期待见证海市蜃楼的出现，没有妄想症和梦游症。但我是个善于欺骗的思想家——善于遗忘。我已葬送掉了跋涉，肉体比灵魂轻盈。

我承认，作为一种病毒，很容易污染大海的纯洁。望着远海，我胆战心惊。

我还是守候在岸边吧，等着海进入衰败的程序。而海无论白昼和夜晚，都将遵循盈满而亏的法则。我从不同的视角反复观看，看到一只小船从灰暗的海面里钻出来。

我不是航行人，我可以修订别人的航行笔记。

我听见渔民的脚步里疏密有秩的水声，渔民能够判断风向，判断鱼群的走向。

渔民在浑浊的透明中发现大海的隐私——他们冒死前往，抛妻别子。

他们对所有人隐瞒即将被吞噬的危机。

海撒下弥天大雾。渔民撒下天网。

没有出海的人在家里煮米做饭，喂养幼儿和牲畜。

2

小时候，我常常对着天空想象另一个世界里有我的草原和十二匹白马。

我的大房子有洁白的墙壁，一尘不染的墙壁。绝对的白色是一个少年的最大的奢望。

那时候，我找不到一个安全的地方，只找到离家很远的水域。

恐惧中，我站在水中垂钓。一条金尾鱼在死水中呼吸。

此刻，我在海中畅游，像翻动一本言情小说或其他闲书。

在波涛中，我尽量保持平稳，再大的风浪我都不怕。你看，一切不是很轻松吗，没有什么让我局促不安。

小时候所亏欠的，如今都在一一得到补偿。我多少有些心满意足。也多少有些幸灾乐祸。似乎自己竟然还混得不错。

我阅读海中的墓群，它们顺风势向天际滚去，又向岸边袭来，你如何阅读它们——腐朽的泡沫和空洞的漩涡?

我在海边写生，涂鸦，画下巨大的海湾。一平尺之内翠绿或深绿掩映沙滩。礁石如雷。

去年的台风早已绝迹。我如何画出去年的台风?

我喜欢海鸟，喜欢它们茸茸的翅膀，湿润的白色羽毛有童话的味道。

但是童话可能被海水冲走了。我只是借用白羽毛比喻海的宁静。

海边，有几只尚未飞走的雏鸟，它们的未来凶多吉少。

童话诗人凶多吉少。

当然，凄惨后的美是大美，且一点也不肤浅。

正如你看见的远景，其实是我的近景，

你看见的近景，才是我的远景。

3

人因忧虑而衰老?

我这个过早地结束远航的梦的人，腿部长出一小块儿白化瘢，像小坨鸟屎晒在礁石的侧面。

但我不会终止脚步，我要穿过眼前这些白色鸟屎堆，见证白色的历史。

鸟的历史是由这些白色的鸟屎写成，或者说这些鸟屎是鸟的文字。

海鸟是幸福的——尽管它们比人沐浴更多的风风雨雨。

海鸟最低级的愿景也是一片蓝天，一览无余的蓝天。海鸟在山海之间选定一条路线，一生的任务就是完成伟大的迁徙。鸟没有遗憾，它们能看见另一条线路上的风景。

我在鸟的尸体上发现了鸟早已发现的大陆。

我向鸟致谢，向鸟致敬。我向鸟致哀，向不知名的死鸟三鞠躬。

实际上，我和鸟属于一个体系，都保持匡正的速度和体能，都不断抵达终点，不想成为永恒的迟到者。我们在虚妄中变得透明或半透明。

这种赤条条的活法将余生过得富有灵性。

海鸟血液中的含氧量有助于纠正翅膀向左或向右偏移。

海鸟静止时，时间就彻底静止。

一个女孩说，她要用沙子和汉字组成鸟的家。她最喜欢火烈鸟。

她在岸边建立了一个鸟的帝国。

4

热带鱼的心是有色的，它被反复指向绿色。

但其实它却是黑色的，神圣的神经系统因拒绝现实而变黑。

海中，鳌虾可以做老大，也可能转瞬变成小混混儿。它的秘密在于如何形容或比喻自己，是把大海想象成美轮美奂的天堂还是看成尔虞我诈的地狱。它在骗局的边缘玩耍，整个生命没有学会直行，而是学会了欺骗。

鳗鱼的热能可以转换成电能，停电不意味着光明消亡。只要空气好，阳光好，它们就能快速地逃脱死亡。它的天堂于鳌虾的天堂不是一个词，对天堂的注解很不一致。

我只是自由自在地呼吸！空气里决然没有地狱，我放大肺活量。我的数学基础好，会准确算出海岸的负氧离子百分率。这是一笔横财，一冬天可以换回三个春天。我还可以用前半生的愤懑（假如忧国忧民）兑换后半生的闲暇——这不是难题，但很多人到死也不明白。

我的语文基础很差，一九七九年高考只得二十七分。

我曾经是一个关于人间的白痴，三十六岁才去做生意，这仅仅是对于程序的一次误读。

5

有人在南海里洗尘肺，繁殖全新好细胞。有人洗小鱼温泉，写旅行日志。

风景随手拈来，风景都是内容相似的散文。

不是小说，没有跌宕或悬疑的情节。我写过往的诗。

我对大海说不出特殊的感情，最好是什么也不说出——不说出是天涯，说出只是海角。但这不是你拍照的那个场景。

我说出一粒沙子，两粒沙子，三粒沙子……有什么好说的呢，无非是世上最普通的俗物，无非几次小坎坷，但也算不错的风景。我平淡的描述里无非是对航标的确认，无非三次游泳都半途而废，仅有一点颜面。我的语言有些杂乱，为了表达眼前简单的几何曲线。你将在我的诗里发现一个放弃价值的人。我允许你善意或恶意的嘲讽。

木棉开出了今年的第一朵花。黎族人或苗族人在饮酒，庆祝搬入新居。

我对村庄具体的名称感兴趣，比如落马村。我需要在这个岛上结识几个本地人。在他们家里过年，与他们一起插秧，给豇豆角打药，用长杆的喷雾器。

南海佛光普照。东方之神吉祥而良善。

南海在重塑候鸟的面孔。但我不会新生。我像一棵椰树永远不比风高。

我有南海一样的中年，变化无常但意志坚定。

6

我坐在岩石上悼念死去的故人，这迫使我有种隐隐的不安，想写一首关于海的诗。正是这个念头，让我耗时六年，搞得自己时而头大时而头小。

于是，我克制怀念，克制对每个逝者的追思。

在海岸，生死只是一步之遥。生死都是活法，无关前程。当然，我们都要在病痛或内心的黑暗中继续跋涉。每个人的死，都有权利获得豁免。这是大海告诉的。

继续做梦吧，梦见海难中逃跑，或者完成一次对海难的预谋——我们相安无事，那些恶魔并未迫近，那些幽灵穿着长短不一的衣服，都光着脚板，在海边走来走去。

我拾起一些渔具，包括残缺的渔网，破损的船舷。我不再打捞并不重要的过去。

我走到一群孩子身旁。他们裸露着小兽身在稍微平静的地方追逐亡命的花螺。

孩子们不关心就要死掉的小鱼，给它挖个坑穴，埋掉，然后跑到水里嬉戏。

孩子们有很多干净的词语，干净的时间，干净的目光。

他们刚刚走出海空虚的子宫。

我算不上是饱经沧桑的浪子，但我有大海的生死观。

7

在海南岛，说出与不说出它的微风之甜都是一样的。它一年中每个季节注定都是甜的。在这里，人类的爱自会变甜，恨也会变甜。人类的甜既不会被减少，也不会被漠视。人们纷纷怂恿自己炫耀花心之甜。

人类自由之甜如一万头海豹同步性交。人类自由之甜挤入最短的诗句形成甜的风暴。

每个人无法阻止自由之甜这壮阔而幸福的一幕，像学生在生物实验课上调制玉液琼海。

每个人都获得酿制的知识。

傍晚六点钟殷红的南海献出鱼之甜。

我的手是空的，手中的海水之甜瞬间流失。我只握住词不达意的海沙之甜。

我偏好海沙之甜，脚踩上去也会变甜，就放缓，就有探险家之甜。

梦想变甜之后不再是梦想。几株狼尾草之甜否定了日落之甜。

当然，海水温婉之甜可以勾兑所谓的陆地经验之苦味。假如不自控，还可以将早些年的挫败之酸随波逐流，甚至接受这些浮动的朽尸之甜。

我有午餐或晚餐之甜。有灼晒之甜。

我被暗礁划伤之后，有伤口愈合之甜。

8

人类之心的沙漠是怎样形成的？是爱的彻底消失所致？

你是否允许内心的小绿洲日渐枯萎死去？

现在，大海的岸边出现许多小块儿沙漠，露出石砾和风化中的壳类，令人惊悚。

你是否看到所谓的完美正在逼近死亡，在美丽新海岸的边缘死亡。

我的命运谈不上风云莫测。只是暂时远离了人烟和尘霾。

我从海里捞起一些绿色植物，它们是风暴的遗物。

我并不想开启另一种生活——建立独立的循环系统，从茂盛到衰败，从衰败回到新生。我谈不上自然法则派，或者说并不企望什么永生。

我不再流连风景，唯有现实的绿洲才是我的归宿。那些浪漫主义者穿着花布短衣，喝着椰汁，暴晒多日，他们很容易形成沙漠效应——大海将带走没有灵魂的躯体，带走苍白的心和写在岸边沙滩上的诗。

我是一个爱生活的人。你不祈祷大海永不干涸。

对于我来说，大海不是我的归宿。我将在明天早上或后天夜里去山里烧荒。

9

我怀念一个人，他曾把海装进诗歌里，再过十天就是他的纪念日。

我为他燃起爆竹，告诉他并没有真的死去，他的名字必比日落辉煌。

我坚信他的生命是辉煌的，这个大海的儿子，曾经的好水手，每次出海都收获最多。

他是大海的老朋友，整个身体已经注入无限的蔚蓝。

他对大海的爱是一塌糊涂的，其实大海并不是他的知音。他死于对大海的茫然。

他是无形的，他拥有了大海的无形。

我怀念他的时候拿把椅子坐在最高的风口。

他会写鸟字。象形的鸟字。我一直没有读懂。在他死亡的最后一刻，写出七八个鸟字。

我把这些鸟字带到一座孤岛，被一些人形的巨石破译出来。

他说——我要回到海里。

我把他的故乡也带到岛上——他的故乡就是他的名字而已。

他是一个阳光人，肉体和灵魂都被阳光吸收，成为光的标本。

我被他照耀，父亲一样永恒。

他有流线型的羽翼，完美如一只洁白的海鸥。

此刻，他站在大海中心，光的塑像周围是大雪纷飞。

首届大益国际（法国）写作营作品专辑

Collections of the First TAETEA International (France) Writing Retreat Site

爱米丽·芭拉尚，1977年出生于法国，曾经学习德国文化和文学，出版有《放点儿油》《KO》《玉米煎饼》和《尘和风》等。自2009年以来致力于把德语文学作品翻译成法语的工作。

短小说四则

[法国]爱米丽·芭拉尚
和晋羽/译

夫妻

巨大的月亮仿佛要吞噬了天空。是热浪过后的橙色月亮。同样是橘色的天空中，稀稀落落地散落着几颗星星。它们似乎要窒息在这无边无尽的烦闷之中。烧退后，发酸的汗水浸湿了我的身体，它看上去亮光光的。

还要等待一个月。我已经无法继续忍受。我腹中的“创造物”像个魔鬼似的动来动去。我不敢想象。怎么能在这恶魔的躯壳下想象出人的模样？一个野蛮的踢着脚的恶魔。我本来幻想着披着透明羽翼的仙女，最后却得到一个恶魔，一个钩形脚的恶魔。原谅我吧，上帝，我并不会因为孩子而感到幸福的。

我妻子是一粒珍珠。承蒙上帝的恩赐，我真是个幸运的男人，我有一个温柔又顺从的妻子。她就躺在我身边，正待产下我们的第一个孩子。幸福让我感到满足，为此，我每天都对上帝充满感激。

天终于亮了。这将是和夜晚一样昏暗的一天，充满尘垢和炎热的一天。我的身体如此沉重，已经到了双脚所能承受的极限。

我给他煮咖啡。他一口气把咖啡喝完，没有半句感谢的话。我低下头，因为我不愿与他的眼神接触。

她就是人们都梦想拥有的妻子。甚至为我盛咖啡时，她都带着谦卑的态度。她把爱都藏在了那些细微的动作里。她如同蜻蜓般殷勤有礼。

痛苦的一天开始了。日复一日。自从我们结婚以来，我不曾有过一天快乐的回忆。隔壁的那些女人来家里找我，刻薄的话总是免不了的。从不在场的人开始，她们的评论覆盖到整个世界。她们给我建议，教我怎么讨好我的丈夫。她们谈论着性，像小女孩一样嗤嗤地笑。我几乎用沉默招待她们。我知道她们背地里都叫我大胖老鼠，因为我话不多，胆小怯懦，又大得像个球。

我一进门，女人们的聚会就散了，像一窝飞散的麻雀。我不喜欢她和那些女人在一起。我宁愿不去想象当我们都不在场的时候，她们是怎么谈论我们——她们的丈夫的。但我也不能让我妻子整天一个人待着，她需要那些女人陪陪她。

她们终于走了。我丈夫用眼神指了指厨房，该做饭了。那个男人饿了。他总是饿。他吃起饭来就像永不满足的饿狼。

我要做炸薯条。难以忍受的高温让我一阵恶心，我在厕所里吐了，吐得很多。那男人把目光挪开了。只要一想起食物，我脸色就发白。那男人强迫我吃东西，因为这对孩子好。我觉得自己不再是个人，一个真正意义上的人。我只是个肚子，一个他买来为他繁衍后代的肚子。但是我并不恨他，我做不到。我只是对他感到厌倦，对这荒谬的，令人恶心的婚姻感到厌倦。

我妻子做得不错。尽管如此，当初我们被介绍认识的时候，我还是有些顾虑。那时她二十二岁，二十二岁对于一个没结婚的姑娘已经很老了。在那之前，她母亲对她进行过教导，但对这位强势的母亲，我了解不多。现在我知道了，她确实接受了良好的教育。她知道如何伺候丈夫，但又不会做得太过分。她是个好女人。娶到她，我感到幸福和自豪。

当我父母把我介绍给他的时候，我在房间里哭了一整夜。我才刚刚毕业，我想当个小学老师。那个男人对我说，我不需要工作，他完全能养活我和我们的孩子。我小心翼翼地反驳说我想工作。但是我母亲用严厉的目光狠狠地给了我一记耳光。我不能去工作。我只用服侍这个男人，不管我愿不愿意。我曾向神秘的力量祷告，恳求它改变我的命运，但这却是上帝的旨意。我本不该为此痛苦，我应该感谢这一切，但是我做不到。

我妻子开始感觉到阵痛，就是女人的那些事。我花了很长时间去泡一杯咖啡，因为我想避免在阵痛到来的时候出现在那儿。

我蹲在肮脏的地板上拖地，像接受刑罚一般痛苦。如同一头斗牛，被灼烧的发白的投枪插入我的背脊。像一头役畜，我忍受着与愿望背道而驰的人生。我会下地狱的，因为我不想要这个孩子。算了。我在地狱的生活已成定局。

相比我母亲，我妻子更聪明，也更温柔。感谢上帝。我知道，她那巨大的肚子让她备受煎熬，她喘着粗气，她呕吐，但是她从不抱怨。我妻子像圣母一般，她是我的至宝，我常常在朋友面前炫耀，引发了他们强烈的妒意。他们娶到的都是糟蹋了他们人生的泼妇。我的妻子是如此可爱。

从第一眼看到他，我就知道我不会爱他。他并不讨厌，也并不坏，但是，他是被别人强加给我的。我不能爱上他。

这场婚姻，是我母亲明智的决定。是她一生中最明智的决定。

新婚之夜，我是那么担心我那坚硬的肚皮会将他拒于千里之外。他不能进入我的体内。他抓住了我的肩膀，并用力，他用力直到我的肚皮炸裂开来。我内心发出尖叫，我哭了，但是没有眼泪。他满足地睡着了。

和她做爱就像丝绸般温柔。我深入到她的体内，上帝为我们准备的快感，带着仁慈，迅速地侵占了我的身体。

一切都只为了那一夜。我感觉到了。

我打电话给助产护士和我喜欢的那几个邻居，让她们来帮忙。我将和他们的丈夫一起喝茶，也许要喝上一整晚，然后抽着土耳其水烟，等待婴儿的降生。

我疼得快要死了。我想离开这里！放开我！我不想要这个孩子！

是个漂亮的男孩。感谢上帝，我是最幸福的父亲。

我不爱这个孩子。以后也不会。

外婆

那地方太适合你了。等着瞧吧，你在那儿会很舒服的。他们会细心地照料你。

你还会认识很多不错的人，你独自一个人太孤独了！你可以做很多有趣的事。你不是一辈子都梦想着要学陶艺吗？你瞧，你的梦想就要实现啦！去过全新的生活吧！

走吧,别哭了。真是难缠。对这间小公寓,你还有什么好留恋的?它又暗又潮湿。也没有人来看你。你的那些邻居也都搬到那里去住啦，她们在那里都被照顾得很好。她们再也不抱怨害怕死亡，害怕一个人待着了。她们在那里受到保护，那里不仅干净，还有人按时给汤喝。每天都有，绿色的纯天然的汤。

你总这么挑剔。就像爸爸说过的，你们的妈妈是个公主。公主已经是过去的事情啦。现在想想你的那两次心梗吧，还有食用过量的糖，看看你那不断攀升的糖尿病记录吧。还有……哎，都不用往下说啦！

看哪，这条公路多美啊。你有多久没看过燕子了？你闻到丁香花的气味了吗？生活在城市里，你的鼻子都不灵了。你公寓的四面墙壁都让你鼻子发霉啦。

哎，真是的，你还对你那该死的小房间有什么留恋的？是因为你的那些东西吗？别担心，我们可以把它们带走，你的那些东西。那个碗橱？不行，那边天花板太矮了，不可能放得下你的碗橱。但是小东西你都可以带走。我们大家的照片。你的那些陶器。你织的小桌布。

爸爸也会希望你去那里的。他一定无法忍受你一个人困在那间破烂不堪的公寓里。

你说什么？你的邻居泰克西埃太太？最近几个星期，她来看过你几次？尽管你们住在同一层，你每个月也只能见到她一次。好吧，她能让你安心。你的糖没了的时候，你可以去问她借点。但是在那里，你能认识十多个像泰克西埃太太一样的人！别忘了，那里还有护士、医生、护工……我向你保证，在那里，缺糖少盐的事是不会发生的。

如果情况相反，剩下爸爸独自一人？毫无疑问，我们也会建议他搬到那里去的。他忍受不了？当然不会。旁边就是池塘，他每天都可以钓鱼。爸爸是随和的人。

你吗？你也是一样的，妈妈。但你的某些偏执总是让人难以理解。你看，你过去总是说，你最大的不幸，可能就是倒在地毯上慢慢死去，却没有人来救你。但是在那里，就不会发生这种情况。如果你没有出来吃饭，他们会立马去房间找你，去救你的。

我们就要到了。你为什么颤抖成这样？别像个孩子似的。他们会带你看你的房间，你会喜欢的。能在春天住进来，是多么幸运的事。这正是花盛开的季节。“成双成对的蝴蝶在植被繁茂的花园里展现它们纤弱的美。”这是宣传册里写着的。你读过宣传册了吗？现在正是好时候。

别哭了。快停下，求你了。怎么会呢，我们不会抛弃你的。当然了，我们会回来看你的。或许不会每个礼拜都来。吉尔和万森都工作得很辛苦，你是知道的。你的女儿们呢，她们也要常常去照看你的曾孙们。我们也有自己的难处，有日常琐事要处理，不是说不管就不管的。

快把眼泪擦干，我们到了。你要迎接一个全新的生活了。这并不代表结束，而是新的开始。我们当然是爱你的。我们当然不会放着你不管。

喏，拿着手帕。在院长面前记得要开心点。排队入住的人多着呢，你能不能住下来还不确定呢。不过有格雷戈里帮忙，应该不会有问题。多亏了他议员助理的身份，我们才有了这个机会，不过剩下的就看你了。想象你就要去面试，像去迎接挑战那样。

我们支持你。妈妈，就看你的了。

女佣

你不爱讲话。我运气真不好，你之前那位也这样。我听你老板说，她儿子死于一场车祸？对此我也做不了什么，但尽管如此，她本可以和我再多说一点的。

你做事很慢。我从你的行动中就看出来了。你尽量不做多余的动作，一只手做完换另一只手。你来我这里之前在别的地方干过吗？看看你都做了什么！你拿洗碗布擦手？真脏。你没看到还有另外一块布吗？右边那块。那块才是用来擦手的。你什么也没说，连一句抱歉也没有。

没有人对我说过抱歉。你让我想起了我的丈夫。五十年的婚姻里，他从没道过歉。当他打碎一只玻璃杯，他也只是坐在他的手扶椅里，等着我去收拾玻璃碎片，没对我说过一句对不起。

他也是沉默寡言的人，至少在我面前是这样。在他同事的口中，他是个活宝，是会偷看餐厅女服务员屁股的人。他就从来不这样看我。我也会穿上最漂亮的裙子，可他呢，他只会坐在餐桌前等着我给他盛菜。

我会和他聊生活里的琐事。向他描述落在屋前空地上的单调的雨声，向他讲述我带着狗去给兽医打疫苗的事。他点头，回答“嗯，嗯”，就这样吃完盘子里的菜，然后重新埋头读报。

我们没有孩子。我不能怀孕。所以我没有可以说话的人，直到他三年前去世。

你仍然不肯开口说话。你总是这样吗，沉默得像个死人？小心点，那个水晶沙拉盆很容易碎。我很喜欢它，它是我的结婚礼物。对，你可以把它放到那个搁板上面，放在那些小摆件旁边。我要用它装满糖果，等隔壁邻居来的时候给她吃。

隔壁那个女人说起话来很吵，像只鹦鹉叽叽喳喳的。她一会儿说她聪明的儿子，一会又说她那些漂亮的孙子，自吹自擂地讲述她这一生……她也没有丈夫，她丈夫死得很不值，被一辆车给撞死的。她看上去并不难过，加入了不少中老年俱乐部。但对我来说，要让我去那种举办茶舞会的劣等养老院，非得有人生拉硬拽不可。的确，我能在那里找到一个可以说话的人，他会对我讲他的风湿病、痛风，还有他的心脏起搏器。

说实话，我讨厌那些老家伙……你笑了？笑容很适合你，这是个好的开始。

我不是霸道的女人，我讨厌和我同一类的人，难道不是这样吗？也许我也有点像泼妇。看看你周围的人吧，看看你照顾的那些老人，难道他们不是让人难以忍受？你脸红了。我说对了。我们越来越老，也变得越来越令人难以忍受。我们憎恶青春，或者说，我们憎恶我们逝去的青春。

正如你看到的，有人为我们制造了“幸福”退休的美梦，豪华游轮，再次结婚……这确实适合我们中间年轻一些的那些人，那些六十多七十岁的人。但是到了九十多岁，你还剩下些什么呢？电视机、盘子下的小垫布，还有对流逝的时间的怨恨。

你知道吗，我的年轻人，我人生的美丽记忆并不像蜂蜜那样甜。它是酸的，让人反胃。它像无止境的森林大火那样燃烧，让我们以为它熄灭了，但又在别的地方重新燃烧。

回忆的疼痛比风湿还糟糕，没有任何一种药物能治愈它。有时，我甚至希望自己是个快活的老年痴呆症患者。

我的年轻人，这或许会让你发笑，但我确实想变成个彻底的傻瓜！变成个老疯婆子，在大街上分发她的退休金。穿得像个小姑娘，花枝招展、浓妆艳抹。在家里养上百只猫，身上散发出恶臭，咒骂那些从她门前经过的路人。

我喜欢变成疯子。清醒的意识让我感到痛苦。它像匕首那样锋利。它使我变得尖酸刻薄，正如你所看到的那样，我的年轻人。

好了，说我已经说得够多了。和我说说你吧……你有男友吗？说说吧，试一下，这并不难。你晚上常出去玩吗？你喜欢运动吗？你有很多朋友吗？你生活得幸福吗？

你可真令人失望。亲爱的，如果你只用只言片语来打发我，我们的相处是不会长久的。看看你，你都做了什么？你觉得那张玻璃桌已经擦干净了吗？你应该用玻璃清洗剂！你已经蠢到这种地步了吗？又愚蠢又沉默。无能的人。

我要打电话给你的老板。今天是你第一次到我这里来，也是最后一次。希望下一个来的人不再像你这样糟糕。

利亚

别碰利亚。别碰她。你的心跳得像一个愚蠢的拳手，那家伙已经被打趴下，但又站了起来，铃响了，他脚步踉踉跄跄的，他再次出拳，像只对主人忠贞不渝的狗。

别碰利亚。我不敢直视浴室里的镜子。我那张傻瓜似的脸，如同忍受着恶龙的猛烈攻击，因为疯狂的爱被灼烧着。我的心都跳到嗓子眼儿了。只要我试图挤出一丝笑容，我那微微张开的嘴唇，像极了地震中裂开的一条缝。

利亚笑了。露出了她的小酒窝，引诱着我的手指去尝试那禁忌的触碰。

别碰她，哪怕是在梦里也别碰。我的梦境已因她皮肤勾起的欲望而腐烂。

利亚。她金色的皮肤，布满了棕色的斑点。它们是星星，点亮了她的鼻翼，轻轻地落在了她的脸颊，然后在耳垂陨落。

利亚的耳朵。也别去想它们了。忘了她的鸭绒般细腻的舌头吧。

忘了利亚吧。忘了她那让迷人的柔情，忘了她那毒药般的同情。

我小心翼翼地往浴室镜子里偷看了一眼，迅速的一瞥，只露出半张脸。我的脸是隐秘的格尔尼卡的脸。我的眼，闪着光，侵占了她的脸颊。光谱反射出的每一个颜色都把我刺得疼痛难忍。

我只要稍微触到那块红肿，一股猛烈的刺痛就钻入了我的太阳穴，沿着我的耳朵进入，像对着墙全速开进的货车一样，快要把我的头碾碎。

我恨利亚。我用尽全力去恨她。她的马尾是金色的箭。她细如蜻蜓的脚仿佛在讲述着那些邪恶的故事。

我恨利亚。我惊讶于她芳香的嘴唇。我的心快要发狂。她灵活的舌头，是金黄色的蛇，在我的嘴里舞动。我听不见任何叫声，任何的笑声。我感觉到远远地飘来了一阵嘈杂，我以为是癫狂在敲打着我的身体。

我恨利亚。我不敢冒险将手伸入她的T恤衫。我只能摇晃着手臂，我无处安放我那恼羞成怒的双手。

我恨利亚。她的手，她那专门用来拥抱人的手，轻柔地探寻着我的每一寸肌肤。那份快感残忍得让人无法忍受。我发出轻轻的呻吟。

嘈杂声愈来愈大。那奇怪的声音跳入我的脑海，可是利亚的手把那些噪声又掩盖下去。

我真想跑到别处去，可是同时，我又不愿让这一切停止。这苦涩的快感如同被蛇咬开的伤口。这可怕的、惊人的快感。

我不知道是谁先下的手。大概有三四个人。我没有时间把他们看清楚，三个没有脸的幽灵，他们的拳打得人很痛。

第四个人大声叫道：“肮脏的拉拉！”他们笑了起来。最让我难过的，是利亚结束了我们的亲吻，投过来的眼神。她和其他人一起笑了。

我叫朱丽叶，其实不该这样。我是在女孩的身体里长大的，但我是个男孩。我讨厌朱丽叶，我不是她。利亚恨我了。利亚和其他人都想杀死马赫丹，我就是那个马赫丹。

别碰利亚，也别碰其他像利亚的女孩。马赫丹疼痛难耐，他会杀了他身体里的那个朱丽叶的。会有另外一个利亚去爱他的。在未来的某一天，或许。

安东尼·德·列维·米莱博，1942年生于纽约。12岁开始写作，曾在智利、墨西哥、黎巴嫩、肯尼亚等地担任外交官。出版有《渡》《螃蟹和黎明》等。

小孙子

[法国] 安东尼·德·列维·米莱博
施雪莹 / 译

我外婆写日记
是为了让飞逝的日子不被遗忘
还为了骗过不尽可靠的回忆

——伊莎贝尔·阿连德《宝拉》

一
旧气球

他从美国来看我，我的小孙子，我独一无二的孙子。我当祖父四年了，可从没见过他，照片是个死物，当然聊胜于无，可这还不够，我敢说双方互不了解的时候，照片会把人推得更远。因为人总会添上太多想象，我们端详照片里最微小的细节，随各自的意思揣测、解读，而这一切可能根本没有道理，那边的现实其实截然不同。

我从没去过美国，和大多数人一样，我读过书，看过电影，但我没在那里生活过，没有呼吸过那里的空气——他呼吸过的空气，我的小孙子自打出生就一直呼吸着的空气。

而现在他要来了，今天，就在这个早晨，这一秒我正望着客厅的门，他会从那儿进来，和他妈妈一起，那个我同样陌生的母亲。她大概会牵着他的手，孩子会怕生，会停下脚步，满脸的不高兴，睁大好奇的眼睛看着我，这是他在照片上常有的表情。此刻的我远比片刻之后的他来得更无措，我觉得喉头打结，我要说什么，怎么说？他不懂法语，我的儿子提前知会我了。

我希望自己别吓着他，我得小心自己的声音，对一个孩子来说可能太大了，还有我的胡子，也许会扎着他，他不会喜欢的，我该亲亲他吗？

他会哭吗？他才刚到，长途跋涉，精疲力竭，肯定不习惯吧，陌生的大城市，陌生的语言，所有陌生的面孔。他肯定会拉着脸，甚至抗拒起来，他大概会退却，不愿走进这硕大的房间，里面的家具他统统不熟悉，扶手椅、黑色的大钢琴、表情过于严肃的旧时画像。是呀，他肯定会退却的，我得做好这个准备。

再说，这间屋子实在太暗了，地毯、屏风、窗帘把光线吸得干干净净。要是天气好些，花园或许对他有些吸引力。但要是天一直阴着，我就得开几盏灯去。不然，我去玄关那儿等他？不，那边更暗，还有楼梯，不，这不行。在我的书房？也不行，书房里堆满了书，还有我的大扶手椅，占掉了所有空间。不，还是客厅最合适。哪怕有点黑。他会眨着眼睛，从街边走过来，可能一下子没看出我，没看见我，对此我得有所准备。千万别吓着他，不能像精心布置的电影场景里那样从阴影里冒出来，最好还是坐在这把扶手椅上，让窗户照亮我。

可我这是在想什么呢？时间到了，已经到时间了，时间已经过了，他们随时都会来。我在玄关看着前院、走车的大门和门房。他们肯定马上就要来了，这条街老是堵车。但我已经和门房太太打好了招呼。她会通知我的。时间滴答惹得人心烦，到了发狂的地步。他们也许没打到车。但那样的话她会打电话给我的。

他们来了，他来了。不，是邮递员。干什么偏偏挑这个点儿送信，他会让门房分心的。我还是回客厅去吧。

好的，就这张扶椅最好，毫无疑问。一瞬间，天空似乎要放晴了。

我漫不经心转过身，便看见他站在母亲跟前，在半开着的门旁边。是他，对，是他。我什么都没听见，连门的声音也没有，我刚才光顾着后院了。他有一头卷发，长得漂亮极了。神情一点儿也不讨人嫌。好奇、坚定、安静不语，他的眼神里充满疑问，却不显惊惶，他双眼平静地直视着我。

一两秒间——永恒之间，我们僵在原地，望向对方。没有退后。他坚定地向扶手椅迈进一步，我站起身，他的大眼睛始终对着我的，他没有笑，他不过咫尺了，就在我要弯下腰去抱住他时，他一把抓过我的手，一言不发，把我拉到玻璃门边，此刻，窗外的花园里正是艳阳高照。

他紧紧抓着我的手，一动不动，透过窗户望向花园，我看着他的身影，他的脸庞映在窗户上，与通向草坪的最后三级台阶上栽在昂迪兹大花盆里的柠檬树重叠在一起。

他的卷发顺着柠檬树叶延伸开去，柠檬树的树冠与他飘逸的发卷相互嬉戏，他原地不动，我感到自己掌心里的脉搏跳得厉害，他的手蜷在我手中，他小小的手掌也在跳动着。

他总是一动不动，他的注意力显然完全被庭院所吸引了，草地、灌木、鸽子、麻雀、树干发黑的高大树木。他看来毫无倦意，我也没觉得他不知所措，他看起来就像在自己家里，不知怎的，仿佛一切自然而然。

他待在那儿，安安静静处着，他的手在我手中，他的小手紧紧抓着我的大手，和我一道，他如此专注地望着花园，仿佛玻璃已经消失，客厅不复存在，他把我带到屋外，我们一起，站在花园的草坪上，站在骤雨间隙泛白的阳光里。

尽管心潮澎湃，我没有颤抖，因为他没有颤抖，我没有流泪，因为他不曾哭泣。

他毫无迟疑地略过客厅选择庭院，抹去阴云找到阳光。没有言语，亦无微笑，仅仅凭借几个简单、干脆的动作，还有他白皙的高额头与笔直的目光，他便征服了我的心。

彻彻底底。

我这才想起他的母亲，我回过身去。她站在客厅前的门洞里，从刚才开始她就一直在那儿，现在她正朝着我们微笑。

然后她看向我，我朝她走去，松开了他的手。他立刻变了脸色，他回过头去重又面向庭院，仿佛是要冲淡他的存在，仿佛这一秒他就要消失了。

我当然清楚有什么不对劲。我自动地客套寒暄起来，我儿子的妻子很美，有些内向，举止得体。他却对我墨守陈规的做法很不认同。他的目光封闭起来，他肯定去了别处，很远的地方。他既不迟疑，也不抱怨，只是单纯的不在此处了。但他的拒斥却弥散开来，无形、可感而强烈，仿佛某种怪味，不知从何而来，却久久挥之不去。

可我说话的对象毕竟是他妈妈。或许他只是感到我内心深处的全部情感都倾注在他的身上，却不明白我为什么要假装。

这后来也成为我们关系中的一道难关，他坚决拒绝我做任何伪装。

眼下，我们东拉西扯地聊着——这套机制我也算熟能生巧——但他的心总是远在千里之外。

这一次，他再没有回来，直到离开的时候都是。

接下来几次也是一样。

我忧心起来，然后我绝望了。

他俩常常一起来做客。一个多月过去了。我问他妈妈可不可以在周日礼拜结束后把他留在我这儿一天。

实际上，从我们第一天见面，我转身离开他起，他的眼睛就再也没有停留在我身上；有时他的目光穿过我，如此而已。

那是个好天。她匿在玄关的阴影里，他则径直穿过客厅，走到敞开的玻璃门边，我在这儿等着他，站着，心怦怦直跳。他的目光直直向着前方，接着转向自己的脚。他停下来。阳光穿梭在他金色的发卷间。

突然，他看向我，就和第一天一样，率直沉着，他身上自然流露出的、萦绕在我们身边摄人心魄的力量，竟是如此动人。我们周遭只有阳光，草地散出青草香，一只旧气球越过篱墙从邻家的院子飘进来，没人注意到它，脏兮兮的，泛着绿色，躺在草坪的角落。

他看着我——此刻永恒，然后，头一回，向我微笑，我发现了他不舍戒备的灿烂笑容，露出两排牙齿，弯起一双眼睛。于是慌乱中，我也向他微笑。他投入我的怀中。我紧紧抱住他。他也一样。

一声尖叫：他向我指指气球，奔下三级台阶，冲向这件宝物，抓起它，向我投来。我跟在他身后，我和他一起游戏。他身姿矫健，我笨手笨脚。他笑了，毫无征兆地大笑开来，笑声极具感染力。我俩都笑了。我大笑不止，动弹不得，眼泪都笑了出来。他也是，他坐在草地上，笑得哈哈直晃，气球消失在了树丛中。狂笑声渐渐停下。我伸手拉他起来。他紧紧握住了我的手。

我指着他说："皮埃尔"——我知道他爸爸给他起了这个名字，我指指自己说，"爷爷"。一次又一次。他重复着，带着独特的英语口音。但他已经知道了几个法语单词，是他来了之后学的。

午饭后，他抓着我的手，带我到院子里去，重又找到了旧气球，"再来，再来"[①]他边笑边大声叫着，我用尽全力一次次把球向他抛去。

然后他开始和我说话，夹着法语单词，向我抛出一连串问题，我几乎听不懂他说了什么。

他说得很快，他直视我的眼睛，不时露出笑容，或是哈哈大笑。

我买了个新气球，趁夜里放回了邻居的院子。而那只泛绿的旧气球则被我保存起来。

---

① 原文为英语。

二
落日

我记不太清自己是什么时候来的法国了。但那个夏天，还是我第一次乘车上路。我们在米迪运河岸边停下野餐。同行的有奶奶和博莱先生，后者经常开一辆大车，我记得车有部分是木质的，是上了清漆的漂亮金色木头，就像船舱一样。

天气很热。爷爷和我一般嘴馋。他在吃煮鸡蛋，每咬一口，就撒上盐和胡椒，直到吃完为止。但第一口——很小一口——他什么也不加，因为鸡蛋外面又圆又光。之后（他小心翼翼只咬掉一点蛋白），他就可以优哉地撒他的盐和胡椒了。对接下来的每一口他都心满意足，这份满足从他的眼里流露出来，还有他那微微一动的胡须。这些小癖好惹得奶奶心烦，但他却一如既往，不可动摇。我从他那儿领略了什么叫真正的美餐，还有灰黑色的胡椒粉撒在鸡蛋上的美感，先是蛋白，再是蛋黄，然后又是蛋白。

他对一切都“胃口”十足。无论是在他给我读故事的时候，在他向我演示如何给鞋子上蜡、把鞋子擦亮的时候，还是当我们一同出去散步的时候。

那是我在法国度过的第一个夏天。他住在一栋背靠山丘的大房子里，屋子称得上是巨大了。房前是一片山间平原，四周群山环绕，全都光秃秃的，泛着黄色，远些的则显出棕色与蓝色。

房子后面，山坡上，葡萄园路蜿蜒而去。世代住在镇子里的人，每家都在这儿有座葡萄园，用来酿自家的葡萄酒，另有一个小屋放各种工具，屋前摆一张长椅，有石做的，有木做的，朝西或者朝南。家境最好的还有一棵树，一棵梧桐，一棵桃树，一棵胡桃。

那天，爷爷拿上他惯用的比利牛斯制铁尖登山杖，我俩来到屋子后面，就此开始攀爬山坡。迄今为止，这条葡萄园路我已经走过很多次。今天，我第一次骑上我的蓝色自行车，它对我而言还有点高，不过这可是辆货真价实的男士自行车，前杠、行李架、外挂袋、打气筒、运动水壶、变速器、双牙盘，应有尽有。这条葡萄园路我已经走过很多次，以至于我的记忆都混在了一起。这条路从房子一角开始，起头是一段陡坡，中途路面向下，形成一个圆丘，再次上拐后，坡度渐缓，慢慢爬升两到三公里，又缓缓下降，直到至少五公里外的河岸边。

从葡萄园路上可以看见整个小镇，河流，屋顶的炊烟，你听得到织布、锻铁与吉莱作坊规律的响声，羊角梳工厂的声音则要混乱许多，伴着西风吹来一股难闻的气味。钟楼每一刻钟响一次。你还能看见天主教的墓地，零星散落的松柏与老教堂破败的高墙，还有更为紧凑、封闭的新教墓地，成群的松柏簇在一起，显得浓密而阴暗。

走过圆丘，爷爷放慢了脚步。我喘得厉害，为了跟上他，五岁的我早就双腿打结，转角的老树在路面上留下一道道斑驳的阴影。我记得那次，也是第一次，他选择了加拉贝尔家的长凳。

——瞧，皮埃尔，这是加拉贝尔家的长凳。让诺•加拉贝尔的。

——这不是你的凳子吗?

——不，葡萄园路上没有我的长凳。因为我们家所有的葡萄田都在山坡高处，是沿着斜坡的宽边种的，我们没有葡萄长在路边。

——所以，你就占了加拉贝尔的椅子?

——让诺不一样。我们是一起挖过战壕的交情。你奶奶忙着医院事务的时候，就是他妻子照顾你爸爸的。从他曾祖母那辈起，加拉贝尔家就和我们一起。而且你看，七月的时候就属他这把长椅最好，临近傍晚，那棵大梧桐下影影绰绰，我们还可以迎面看着太阳下山。

爷爷和我讲了许多我不太明白的事。我不敢打断他，和我说话的时候他是那么满足。很久以后我才知道战壕是什么，关于奶奶和医院的故事就更迟了。

于是，那一天，我们俩就坐在加拉贝尔的长椅上，看着夕阳西沉。如果我记得没错，我的心情并不好。我原本更想和费尔迪南，又高又瘦、皱巴巴棕皮肤的阿德丽那，还有珠圆玉润、白皮肤的玛格丽特一起，待在满是香气与美食的大厨房里。

接着爷爷就来找我了。坐在加拉贝尔的长凳上，他突然沉默了。钟楼刚敲了两下表示半点。太阳矮矮地沉在山的峰线上，在低矮山脚与比利牛斯山脉形成的夹角上。群山染上青色，矮丘也不再明亮，金色微光落向拉洛克的老农场、一排杨树林、原野上的向日葵、小镇，还有爷爷布帽子下一动不动的大鼻子。

于是我看着天空上所有这些我不知如何形容的色彩，它们淡淡的，但就像落在脸颊上妈妈的唇一般，柔和地落在眼里，哪怕是我们眼前，阳光最为闪耀的地方，依旧如此温柔。

我望着日末时分风景里不断变幻的色彩，我听着各种声响渐渐消散，整点差一刻时响起三声钟响。天凉了下来。我心旷神怡。一切如此美丽。

四野宁静。大地上的一切都蓝莹莹的。太阳看不见了。天空是青黄色。我如此惬意，竟有了想哭的冲动。小镇的房屋上逐渐飘出炊烟。现在，整点的钟声响了。

我拉住爷爷的手，蜷起我的手放进去。天更凉了，但我们手拉着手取暖。这一刻我们仿佛彼此对视，因为我们看着完全相同的事物，一模一样，同样幸福。

我要带他看看葡萄园路，还有壮美的落日。我手头这一章进展得很顺利，可以明天再去管它。

他去哪儿了？我没见到他，既不在院子里，也不在露台上。我真笨，当然是厨房啦。他就在厨房里。

我带走他的时候从他们眼里看出了不满，玛格丽特、阿德丽娜，甚至是费尔迪南。

那是极具欺骗性的日子之一，让人以为夏天突然转了性子，这天甚是凉爽、明亮，空气清新，丝毫没有令人窒息的热浪。七月中有那么几天就像是八月十五之后的日子，让你误以为今年的葡萄不会再长，迟结的无花果永不会成熟。

我拿上最爱的手杖，这是我朋友阿尔弗雷德的父亲送我的十五岁礼物，然后我俩便开始爬山，就从房子一角出发。

他跟着我的步子，但我还是不该忘记他才五岁。慢点吧。他的聪明机灵每天都能给我惊喜：一年多时间里他把法语学得相当不错，到哪儿去都像在家里一样惬意，他胃口很好，也许是太好了。我肯定他宁愿待在厨房里。他们无时无刻不宠着他，每个人都立马就喜欢上他。我非常为他自豪。

这没什么。我觉得他会喜欢落日的。景色一定美不胜收，一切都证明了这一点，圆丘后的老树在地面上投下斑驳的树影，澄澈的空气，鸟儿啁啾而唱，万籁此起彼伏：从河里的流水到纺织机，到造梳子的工厂，到吉莱作坊，还有绿地上的人声。瞧，刚刚响起了一刻的钟声。

该选哪张好呢，是加拉贝尔还是彭斯的长凳？加拉贝尔的吧，那儿有棵梧桐，而且凳子是石头的，又带了靠背，更舒服一些。我和他稍微说了说让诺•加拉贝尔的故事，他不明白我为什么没有自己的椅子，问题很合逻辑，他说得有理，这小家伙多讨人喜欢，从来不提蠢问题。

好了，我们坐下吧。但我和他说了太多，这些故事大概会超出他的理解范围：他把眼睛睁得大大的，我便知道了。

今天的傍晚多么美丽！那儿，不远处，杨树枝杈间，河水还是白色的，泛着微光。紧邻着，在河对岸，小镇沿着河道蜿蜒开去。屋顶的圆瓦变换着颜色，从深棕到浅玫瑰红，零星缀着些许发绿的锈迹与青苔、泛白的裂纹、发灰的屋脊，形成某种舒缓的节奏，仿佛一支舞。烟囱、钟楼，阳光扫过，明暗相间的屋顶连成线条，顺着它们望去，其后便伸展开一片平原，结满沉甸甸的果子，同样延伸而去的还有一大片绿色，深浅不一，逆着阳光跃动着。再往西去，依旧是平原，还有向日葵，像一片海，是孩子涂鸦时会用的不掺杂质的明黄色。这片平坦光滑的黄色将人的目光一直引向杨树林。

听，半点的两声钟响。西边是成排的白杨。第一道矮丘前，四散着数个圆草垛，衬在各自拉长的阴影上。然后是第一排山丘，颜色已经偏青，再后面是高大的山脉，几乎是黑色的了。太阳在山脚处最后一个矮坡上燃烧，就在白杨后面，耸起的山峰边缘。

令人炫目，眼前久久舞动着金色的光圈，各种气味一瞬间从河那边升腾而起，温热的泥土，石子中的矿物、葡萄藤、矮树林，河水的味道与其下阴影的味道混在一起，通过鼻子落在舌尖，又直接落到嘴唇上。与此同时，喧闹的虫鸣安静下来，听不见了：流动的水，一只蟋蟀，落单的孤鸟，一声对孩子的呼唤，牛车摇晃时巨大的嘎吱声，一条狗和吹响的口哨，这便是清澈空气中唯一可辨的声音，好像近在咫尺，似乎距离也不复存在。皮埃尔一言不发，专心致志。

听，整点差一刻的三声钟响。天空的颜色不知不觉由黄色过渡到橙色、绿色、蓝色，我感到肩头后面森林的存在，从葡萄园向上直到山顶，又一路向下，通向环着一片片原野的河流。南方的高山通体漆黑，从它敞开的豁口里，可以看见皮伊韦尔[①]顶天的高塔。而在让诺的长椅的开口上，我的身边，皮埃尔，这个孩子的存在与皮伊韦尔一样强烈。那些声响悄悄消融，终于消失了，余下的只有淌过鹅卵石的流水。天更凉了。数道轻烟顺着小镇的烟囱冒出来。

钟楼敲响整点的九下钟声。再不见什么色彩。唯有蓝色，深深浅浅的蓝色。山顶的线条在尚未黑去的天空中显现出来。他拉起我的手，逐渐攀升的凉意里我感到他小小手心的热量。幸福让我几乎哭出声来。

我们俩一起品饮此夜，我们身上落着同样的光辉，同一轮夕阳。

三
对夜的恐惧

我还记得自己曾惧怕黑夜。无论房里屋外，夜晚同样吓人。因为黑暗。一旦天黑下来，一旦关上灯，在我的床上，在我的梦里，所有事物便都和“黑色”搅在了一起。

我不想受到惊吓，我是说我不想被意外袭击，攻击者趁着夜色潜伏，只为向我扑来将我捕获。我只有时刻保持警惕，对一切动静都格外留心，才能逃过一劫。

或许我就是这么练就了夜视的本领，因为我必须努力集中注意，

---

① 法国奥克西塔尼（Occitanie）大区奥德（Aude）省下属市镇，位于法国最南部，比利牛斯山附近。

观察最微小的光亮和倒影，辨别深黛浅黑，如此才能确定我周遭的轮廓到底是什么，又是否真的待在原地。

这份恐惧的来源是个货真价实的大杂烩：会吃小孩的大灰狼，指甲长长的巫婆从她那口大锅里变出一千种折磨人的可怕秘方——那些所谓给孩子看的故事其实有很荒唐的一面，会在他们的想象中散播恐惧的种子，更别提所有那些大得出奇的动物，在他们面前我是如此脆弱，不战而败；在这份不公与宿命面前，我无能为力，只有向它屈服，心中满是愤懑，为自己的无能而惊恐、愤怒不已。

这其中包括视线能催眠、长着钢喙的巨大猫头鹰，口吐恶语、不知名的蛇，以及各式各样的巨型昆虫，蜘蛛、蛔蛔儿、耳夹虫。还有老鼠，个头倒是正常大小，只不过数量众多，成群结队，眼睛冒着光。

相反，有些虫子就是因为太小才让我害怕，让我彻夜难眠，比如成群的蚂蚁，它们会趁我睡着时，通过耳朵和鼻子爬进我的身体。

我对屋外的夜的恐惧来得更有逻辑些。外面有叫声凄厉骇人的蝙蝠，奶奶确定地告诉我，他们会挂在你的头发上。从蝙蝠就想到了吸血鬼，然后思路就变得模糊起来。屋外也有双眼冒光、贪得无厌的老鼠。还有大大小小的野兔，你很难弄清它们到底是在恶作剧还是在铺设陷阱。

但一想到眼睛如炭、明晃晃獠牙翻出口外的狼，我的理智便大为动摇。都怪学校里的同学，绘声绘色说什么某个月圆之夜他们看到谷仓那边有野狗在偷偷袭击人和动物；什么赫赫有名的、比火鸡还大的吸血鬼；什么会咬断你脖子的黄鼠狼……

夜晚世界转瞬即逝的黑影与难以辨认的声音，还有那些关于捕风捉影的猜想，都加深了我对黑暗的恐惧。爷爷下定决心帮我克服对黑夜的惧怕。

那时我大概七岁——开窍的年纪，我还记得一开始他不厌其烦地问我都在夜里看到了什么，到底有什么感觉，无论是已知还是莫名的恐惧。我把一切向他和盘托出，包括他追问的最微小的细节，有时甚至连我自己也大吃一惊，因为我所描述的与我所经历的——我曾经经历过的——之间莫名有种距离感。当我说完这一切，他决定从屋外的夜与黑暗着手。

每天晚上吃完晚饭，我们都一起出去，他牢牢牵着我的手，在院子里散步，风雨无阻。庭院之旅并不是固定的，爷爷常常更改路线，并根据某个我不知其所以然的标准调整时长。

每天晚上，当我们漫步花园，他都会告诉我一些知识，比方说，向我解释动物夜晚如何捕食：有一次是关于猫的，另一次是猫头鹰，还有一次是黄鼠狼，诸如此类。又比如他向我解释各种野兔、狗和马的夜间生活，它们的睡眠时间很短，因而夜里会继续进食，奶牛夏天会晚上吃草，白天反刍，而一些昆虫则是白天永远见不到的。

就这样，我渐渐习惯了晚上有他陪着一起散步。有时我会松开他的手。即使在树丛或灌木间、林荫小道的碎石处，或是黄杨林难以想象的深处听到窸窣声，我也不会怕到颤抖不已了。我聆听着，饶有兴致地分辨野兔靠近、田鼠逃窜或是刺猬前进的声音。我聆听树木的声响，泥土、风和雨的呼吸。我感受着不同地方空气的冷暖。我呼吸着从土里冒出来的，从叶上落下来的，从树皮里流出来的，从树丛中发出来的味道。我习惯了风暴——闪电、雷鸣、大雨，我习惯了明月，无论是圆是缺，我习惯了群星。

有天晚上，我和他说想一个人去散步，让他在原地等我，不要走动。我趁他没看见跑回来，吓了他一跳，我们放声大笑，丝毫不顾忌庭院，或是那些猛然惊醒、四散而去的动物。

接着，他又用同样的方式处理室内的黑暗。因为缺少纵深，且没有任何光亮，屋里的“黑色”比外面更黑，为此，他发明了一个白天玩的游戏：我要在每个房间的门口记住里面家具和物品的摆放位置，然后闭着眼睛从它们之间走过。刚开始我可以在不确定的时候时不时睁一下眼睛，后来就直接把眼睛蒙上。如果能不犯错误走完全程就会有甜点作为奖励，也有可能收到其他惊喜，比如和他一起去镇子上见药剂师、书商、书籍装订工，比如下顿馆子，又比如收到各种礼物，一把刀、一个旧皮包，还有用来做弹弓的材料。

就这样，我学着观察每个房间，记住不同地方。很快我就摸清了这座大房子的每寸细节、每个角落。接下来便是夜里的声响之旅。他会选个地方，我们俩坐在黑暗里，竖起耳朵，而我要辨别出每个声音的出处。因为他有只耳朵不太灵光，我有时也会以速度取胜。我们就这般一动不动地走遍硕大的房子，从地窖到谷仓。

自然而然的，房子成了我的伙伴，它的喀啦声、它的寂静、其中居民的种种习惯，我都一清二楚。

我不再惧怕“黑暗”，渐渐喜欢上一个人安静的漫步，悄悄走出花园，心满意足地投入夜的神秘中。

四
不曾中断的漫步

我记得自己当时应该十四岁。时值七月。爷爷正闷头准备一场重要会议。将近十一点，他突然拿上布檐帽和手杖出了门，面带愠色。

我当时正坐在台阶上削木棍，二话不说，我跟上了他的脚步。

我们默默走了很长时间。我和他一般高了，而且经常在学校社团里做田径运动。他精瘦有神，曾经练过很久的马戏，走起路来健步如飞，一点儿不带喘。

我们面前是院子深处的高大围栏，高度两米有二。

——拿着我的帽子和手杖，等会儿递给我。

他两步来到围栏下，一跃而起，抓住栏杆高处，手腕一用力送过肩膀，顺势将交叠的双腿翻过围栏，一气呵成，然后轻巧地落在了另一边，站起身，神色从容，头发有些凌乱，眼中充满狡黠。

我目瞪口呆。我把手杖和帽子扔给他。轮到我了，我跳起来，爬上去，用手撑起身子，膝盖与脚并用，又笨又重地落在地上，狼狈极了。

你还得继续努力，他笑着对我说。

尚未成熟的田野在我们面前铺展开来，浸润在正午的绚烂里，在夏日炫目的色彩中。我们走过山峰，然后走进山谷，接着又是一个小丘。我们开始说话，一直，一直地说。

他向我讲起古希腊罗马的哲学，拥有一具健康身体、一颗“清醒”脑袋的重要性，以及动态的平衡与和谐——顾名思义，它必然是流动变化的。

热爱自然，观察自然：持续观察，永无止境，这样才能将人引向人的本质。自然贮藏着能量、美与创造。

他讲给我听我们的家族、祖先。我们先人的习俗、思想、智慧和疯狂。历史，这个经验与创造力的宝库。人的野心，人的慷慨。

伟大与凄凉。兴盛与衰亡。文明的时代，人的时代。

他讲述。我提问。他诉说。他的生活、他的苦难、他的战争、他的幸福、他的希望、他的软弱、他的力量。他一一向我诉说。

田野之后是另一片树林，另一个山谷，一段河中浅滩，另一个山坡，葡萄园，城镇，又一片树林。

太阳落山了。当我们到达一座陌生的城镇，天色渐渐暗了下来。在咖啡馆，爷爷要来电话。全家都炸开了锅，奶奶吓坏了，警察都在找我们。“你们到底躲哪里去了？你简直不可思议。”他笑了。我笑了。我们每人喝了两杯柠檬啤酒。他的领带没乱，衬衣领子上有点汗，他看起来无懈可击。而我，就像游过泳一样，衣服有些邋遢。我笑了，他笑了。

这场漫步远不会结束。哪怕死亡也无法将之打断。他一直都在我身边。我也在他的身旁。

也许远在拥有记忆之前它就已经开始了。

不经意之间，人生的漫步已延长了时间。

哈维尔·佩雷斯，马德里大学拉丁美洲文学博士，某艺术电影团体联合创始人和制作人、艺术策展人。出版有诗集《也许有土地就够了》，戏剧作品《狄安娜之树》。

一个我没写下的故事

[西班牙]哈维尔·佩雷斯
向芮舒/译
赵彦/校

“故事发生于十八年前，那时候我还是一名列宁格勒大学的学生。学校的校舍位于老城区，那里的水流与石滩营造出了一种恢宏而奇特的氛围，在这样的氛围中人们很难懈怠，但我却是个例外。”乌佩[1]清了清嗓子，继续念道，“在这个世界上存在着许多精准的学科，当然，也存在一些不那么精准的学科。我认为，在那些不那么精准的学科中，哲学占据了首位。于是，我成了一名哲学系的学生。”

我和瓜德鲁佩常常争吵，每次一吵架我们就会大声朗读一则故事作为我们之间的休战。这是我们俩免于彼此中伤的相处方式，以此达到某种心照不宣的和解：第一，要大声且吐字清晰地朗读出来；第二，听的一方不得中途打断；第三，读的人不能停下来。就像我们现在这样，在客厅里，她坐在地板的一块毯子上，我把胳膊搭在

① “我”对瓜德鲁佩的爱称。

沙发上，抠着上面的布料。我中断了休战。

“就这样，故事开始了，多甫拉托夫真是不错！‘这个故事发生在十三年前……’”

“你还想让我继续吗？”

“真可惜它写完了。”瓜德鲁佩书脊朝上把书摊放在地上。我低下头，继续朗读起开头部分来。

“你会为我写一个故事吗？”她佯装感兴趣地问我，因为她想给我个机会说点好话给她听。

“那当然。就写写我们的关系吧……”

瓜德鲁佩垂下手，噘起嘴，就像一幅小孩涂鸦画上的鸟儿。我等着她绷直双手。它们就在那儿。前六周我几乎每天都惹她发火。当我弄丢她那双袜子中的一只时，当我把酱料溅在微波炉里没及时清理干净时，当我把她生物学的书放在了厨房里直到沾上了油渍时，她的双手就会拧在一起。除此之外，我还每天找两次碴儿，试图诋毁埃斯特雷马杜拉人，以及反对那些我之前从来不曾反对的事——仅仅因为她是那样的人。对于离开她后那几周的精彩派对生活我一直含糊其辞，包括我的那些艳遇和一夜情。是的，直到几周前我还不想看见乌佩。自从我们搬到她父母在萨拉曼卡买的房子后我才管她叫乌佩的。对她而言，我充其量只是一名租客，付一个房间的房费，但并不是这里的主人。前几个月我还交房租，之后就不交了。我在这里住了超过一年半，在这段日子里，她跨在我身上，用她毛孔清晰可见的雪白肌肤摩挲我。她的长发乌黑而卷曲，双眸深邃，漆黑的眼珠子几乎分辨不出瞳孔。我们承受着彼此越来越轻盈的身体。我身无分文，没有钱支付积压的账单，也无法一走了之。六周前她告诉我可以用一个故事把我欠的钱一笔勾销。一个关于她和我的故事。我从不写自己的生活。一个故事？我不想写我的故事！

“如果要写就写一个关于我们的故事，但故事里几乎没有你。”

她夺过我手中的多甫拉托夫的书将它放在了书架上。乌佩动怒时，我想起她和我一样体格高大，甚至能在推搡中差一点胜过我。她火冒三丈地搓着双手，我不知道怎么停止我的嘲讽。而她在这一次在彻底爆发之前忽然冷静了下来。她转变如此突然，吓了我一跳。之前每次怒火迸发时她都会随手抓起一个杯子，一盘色拉或是一把椅子朝我的头上扔过来，要知道，她并不缺泄愤的武器和工具。

乌佩拿着她的生物化学、动物学和植物学教科书回到了客厅。十册书全彩印的教科书，精装硬皮封面，每一本都足足有一点五公斤。

“说真的，我已经……筋疲力尽了。我不明白你是开玩笑还是认真的。你永远都答非所问。而我已经无法再相信你。是的，再也无法相信你。”

“究竟我怎么做你才会满意？”

她把书放在地上，头垂向沙发的一侧。我闻到了她身上散发出来的体味，她把手放在了嘴边。

“我希望你能打扫一下房间。要知道，这里可是住了我们两个人！”

“就算我打扫，我弄脏房间的程度还不及你的十分之一呢。看看，这些成堆的衣服是谁的？我说过你什么吗？”我说这话的时候，她眼睛直勾勾地瞪着我。

“过来！”她冲我做了个手势。

我走过去。

“看着我。”

我盯她的眼睛。

“说你爱我。”

我没吱声。

“说你还爱我啊。或者……”

“不……这种话……这种话我们冷战的时候是说不出口的。”此时正是她在气头上准备摔东西的时候，是我等着她变成一头暴怒的野兽，好给我机会来指控她，控诉自己再也无法与她共处一室的时候。

“看来你不只是一个骗子，还是一个懦夫……蠢猪。”乌佩在椅子上往后靠了靠。

“我不是骗子，我只是没说明白而已。”

“你看看你让我多窝火，去你妈的！”

我知道她恨我恨得牙痒痒。她直起身子，开始把桌子拖到客厅外面去。她没有任何目的性地搬东西，这样做只是为了让自己看上去像一个货真价实的蠢货——这是对付我唯一的办法。

“对了，奥登说过……”

“我累了，哈维尔。说真的，我觉得你已经把我的耐心耗尽了。每一次我求你说点甜言蜜语，可你尽说些我不认识的人。”她气得双手直哆嗦，“那个奥登会把你欠我的钱都还清吗？”

“你不认识奥登吗？就是那天……”

“不认识。不仅是我，任何一个正常人都会不认识他。如果你不把你的钱付清的话……”

“我走了。”我装作气急败坏的样子。我敢担保自己甚至都涨红了脸。

“你要走？”这不是她想要的结果。

“对！我要考虑一下是否还回来。”

“你走又怎么样？！”

“反正就是要走。我他妈的要去有认识奥登的人的地方待着去。”

这是我第一次摔门出走。我从不知道自己还可以对认识的人发这么大的火。这次我出走是为了争取时间。我可以坐一辆公交车去阿维拉[①]。我掏出了电话。

---

① 阿维拉，西班牙中西部城市。

“您好，这里是圣塞贡多旅馆。”电话那头传来一个女声，仿佛很吃惊听到电话铃响。

“你好，我是哈维尔·佩雷斯·巴里卡尔特。我打电话是为了确认预定的这周末的床位。”

“请稍等……不好意思，先生，我们这里没有您的记录。”

“那麻烦你帮我登记一下。我猜你们应该要忙的事情太多了吧？我昨晚上就向你们确认了我的行程，我现在就要出发过来了。当时是格罗瑞娅接的电话。”

“啊，是的。格罗瑞娅……她早上没和我说。”

“所以我才打来确认一下。”

“没问题，已经为您预定好了。谢谢您提前告知我们。”

我从一个与我身材相仿的同学家里借了一个背包，两件衬衣，三条内裤和一条长裤。下一班到阿维拉的公交车十分钟后就出发。那里有一个卡斯蒂利亚-莱昂地区的青年创作家颁奖仪式。

我连续两年参加了那里的文学比赛。在西班牙，所有银行，甚至包括那些只有数千居民小镇的银行，都会把一年300%的收益增长作为它们的目标。具体怎么做呢？例如，他们会说服你如果你把钱存在那儿，当你买房时他们会给你提供资金。文化就是靠着这笔银行收入的残羹冷炙苟活的，而我则靠着文化的残羹剩炙谋生。通过律法，政府在它各个部门之间维持着必要的平衡。换句话说，如果城市规划中房地产行业大幅增加预算的话，文化事业的开销也会相应地扩充五分之一。数百万的五分之一也相当可观了。因此，许多当地政府最后会发现这笔钱最终被投入到了一个连他们自己都不太清楚的东西上面：文化。而且这个使命总是会落在一个刚刚走马上任的新领导手里，他可能年轻、英俊，或其家族效命于政党，而不是因为他对文化情深意切。这个人也无须用照片来自我吹嘘那些由他负责的夏季庆典活动。但这些钱只能举办一些小规模的文化活动——几乎每个城市都会组织一些写作比赛，让参赛者写一些比长篇小说短、但比诗歌朗朗上口的故事。

为了参加比赛，我已经写过两个故事了。其中一篇对于那些小村镇来讲无可指摘。故事的主角是一个老人，他在小说中回忆起西班牙内战，他清白无辜，但长枪党却阻挠了他的爱情，使它化为泡影。政府里的右派们很喜欢这类桥段：老头子，回忆，“无辜的”法西斯。这个故事还充斥着评委们都会喜欢的洛尔迦[①]式的优美画面，也是为了凸显那种“这就是优秀的文学作品”的感觉。写完以后我给两百多个大大小小的写作比赛活动寄去了我的小说，其中四分之一都获了奖。我用奖金缴清了学费，买了书，并支付了那些买醉的夜晚。

另一个故事则采用第一人称，以主人公的口吻讲述。这种叙述方式比其塑造的角色更有意思。故事叙述了主人公和他的双胞胎兄弟沉溺于毒品，整日脏话连篇的生活，此外还讲述了他们的一次小岛之旅——那个岛我自己从未去过。这个故事经常在那些学院派的赛事中脱颖而出，比如校园里的“学生之家”，或某医学院，以及系级的比赛中。也是凭借这篇小说我获得了自治区比赛二等奖，这是我敢于参加的最高级别的文学比赛了。我从来不去领奖，因为我害怕名次落在我后面的作者的作品或许比我的还要精彩却没有赢得所谓的“优秀文学作品奖”。对于我的缺席我是这样为自己开脱的：如果有考试的话我就说因为考试的缘故来不了；如果没有其他事，就说我的女朋友得了重病所以不能出席。当我说她“病得非常严重”就不会有人再追问什么了。

在上公交车之前我给格罗瑞娅打了一个电话，告诉她我会参加领奖仪式。这是我们第二次通话了，她让我觉得亲切和久违。在公交车上，我恰好坐在了一对情侣后面，他们几乎一路上都在不停亲吻，相互摩挲，还时不时地把手伸进对方的汗衫或裤裆里。他们一

---

① 即费德里科·加西亚·洛尔迦，二十世纪西班牙最伟大的诗人。其诗歌哀婉凄美，色彩浓郁，极富想象力。

吻起来就旁若无人，很容易招致他人的反感。我不禁想起我的姑妈马里卢斯来，有次当我问她何谓爱情的时候，她给我讲了一个故事。

我认为我姑妈是镇上第一个上过大学的女人。在大学里，她遇到了另外三个与她年纪相仿的女孩，她们富有责任心，大胆，勇敢，充满了求知欲。我想象着她们在一起做很多事。她们住在一起，四个人，两个房间，一起吃饭，一起温习功课。我想象着其他同学给她们取的外号，管她们四个叫“订书钉”，因为她们常常并排手挽着手地走在路上。同学们把她们分为四个不同的类型：聪明伶俐型、勇敢无畏型、活泼开朗型、其貌不扬型。但谁也想不到其中最不好看的那位却是她们中第一个找到男朋友的，一个内向的化学系的男孩，总是在上中世纪历史课的时候在门口等她下课。他第一次邀请她看电影的时候，另外几个女孩也和她一起去了。之后，这个丑姑娘就逐渐告别了她的“四人小团体”。这对小情侣的身影越来越多地出现在公园里，约会之后，这个丑姑娘就会回到她住的公寓里。就这样过了两个月，有一天他们又一起共度了一个下午。之后她就不再接男孩的电话，也不再和他一起参加派对，或是一起看电影了。对此她什么都没说。四个女孩的身影于是又一次回到了大家的视线里，她们又一起欢笑，一起做梦，一起游荡。一天早上，她们四个又一起去图书馆，在路上她们手挽着手，牢固得仿佛是一排粘在一起的订书钉。这时，从一个杂货店里走出一个高高瘦瘦的男孩，鼻梁上架着眼镜，表情生硬而古怪。他冲着她们扬扬手。

“你们几个！看这儿！”

四个女孩面无表情地停下脚步，看着这个瘦削的年轻人。在街的另一边，一辆轿车的后面，那个她们都看不见的角落里站着那个内向的化学系男孩。他朝着她们飞奔过来，手里托着一个玻璃器皿。他径直跑到站在最左边的那个丑姑娘跟前，把硫酸泼到她脸上，然后就飞快地跑开了。她的哀号是那么可怖，不仅脸，她的手也灼烧了起来。

“没人像我爱你那样爱你！”远处传来男孩的吼叫声。

讲到这里，我的姑妈指了指她脸颊上两道被酸腐蚀过的伤口——现在几乎看不到这两道印记了。我之前从未注意过。她把手从右脸颊移开来，放到桌子上，然后目不转睛地盯着手指看。她的故事也在这时候戛然而止了。

从高空中俯瞰，阿维拉这个城市里的人们仿佛面朝着一堵围墙在生活，一堵囿困住整座城市的高墙成了区分繁华与荒郊的分界线。我要去的旅馆正位于城市的中心。办好登记手续后，我把行李扔进旅馆一楼一间装修简陋的小房间里。小房间的窗子正对着一个开阔的庭院。

旅馆一楼的服务员是一个秃头男人，他戴着眼镜一边慢条斯理地看着报纸，一边冲我指了指餐厅的位置。现在是二月份，白昼变长了，但夜幕降临后，寒冷依旧会疯狂肆虐，席卷西班牙内陆的每一条大街小巷。我不禁加快步伐，几乎小跑起来。我一次两个台阶地急匆匆上了楼梯，推开餐厅的门，“哐当”，餐厅服务生手里的托盘应声而落。几个在桌边吃饭的人目光一下子聚焦在了我身上。

“呃……大家好，我迟到了。”

没人发笑。事实上我觉得只有那位服务生回应了我，还是那几句愤怒的咒骂声。有一把椅子空在那儿。我大步流星地走过去，抬头一看却发现这一桌坐的几乎都是女的。好吧，除了我这个立在一张空椅子前的男人，都是女的！之前看向我的那一桌人已经重新放松地交谈起来了，而另一桌，先前没留意我的那个角落，一个女人向我走来，她勾起食指，仿佛蚂蚁头顶伸出的两个触角。

“哈维尔？”

“我猜你就是格罗瑞娅了。”我说。她礼貌地亲了两下我的脸颊，身上散发着很好闻的气味。她用手有力地揽过我的肩。

“非常感谢你能来。一切都安排好了。”

她或多或少年长我十五岁。因为她像很多女的一样用一头漂染过的金发来隐藏她的年龄危机。她身上没有其他当领导的那类生硬和死板的痕迹。她向我简单描述了活动是如何开展的，并希望我在颁奖典礼之前能睡个好觉。接着她便告辞了，但不一会儿又折回来，递给了我一份文化节的流程表，然后才回到她的位子。那一桌都是政客。当然了，都是一些政府高官。他们坐在那里是因为和一位艺术家同处一个相框是一种最廉价也是最显而易见地显示自己读过一些书或诸如此类的方式。那几桌的男人们系着领带，即使远远看过去也能注意到服务生们为他们上的菜与别的不同，酒也更贵些，相比另外两桌，侍应生们也分外忙碌和殷勤。我坐的这一桌还有一个男的，除我之外的唯一男士，与我正对视着。他拉扯着餐巾，好使它不从面前的冷餐盘下面滑落。

“你好，我是哈维尔·佩雷斯·巴里卡尔特。”

“嗯，就是那个迟到的人。”坐在我右边的女孩补充道。她身材娇小，黑发，脸上挂着冷冰冰的仿佛来自另一个世界的僵硬笑容。男人冲她笑了笑。他几近秃头，头发剃得极短，以此来掩饰他接近谢顶的处境。他穿着一件破旧不堪的外套，其形象看上去像是被人下了毒，但我对他印象不错。我左边也是一位女孩，架着副厚重的眼镜，驼着背，仿佛费了很大劲才冲我挤出一个笑容，之后便缩回身子，啃起冷盘中无味的小饼干来。我不清楚她是否在玩什么小把戏，抑或是尝试着在聚会中端起自认为是艺术家中的佼佼者的那副架势。她身上的衬衫丝滑考究，连最上面的扣子都中规中矩地系在脖子上。每每看到这种打扮，单看着就令我窒息。随即我知道她是一位连环漫画家，是绘画比赛中的二等奖获得者。而我之前右边的那位，那个挂着冰冷笑容的女孩是一位画家，同样也获得了二等奖。我面前那名男子是一个诗人，也是二等奖的得主。这一桌就坐着九个二等奖的获得者，而另一桌坐的则是赢得一等奖的人。

“服务员，能帮我把酒杯斟满吗？”

侍应生倒上了酒，装作之前没有冲着我辱骂一样。

女画家的面部轮廓瘦削尖刻，安静得犹如一个人偶娃娃。诗人愈发高谈阔论起来，另外几个女孩则自顾自地说着话。为了不让诗人太尴尬，我附和地笑了几声。有几个女孩打起了哈欠，另外几个则微笑着把手搁在膝盖上，仿佛要将它们固定在一个并不存在的口袋里一样。服务生送上来一份模样很不好看的点心，这时，诗人忽然起身，一只手拿着一瓶红葡萄酒，另一只手搭在了我的肩上。

“来，我请你出去喝一杯。我可是嗜酒如命的人。”

因为我们自己带着酒，酒吧不让我们进去。于是我们俩站在外面，一边喝光瓶子里的酒，一边不停跺脚取暖。诗人搭着我的肩膀，盯着我的眼睛看。

“我认识你。在系里的时候就认识。”当我们进第一家酒吧的时候他这么说。

“不好意思。说实话，我不擅长记人的脸。”

他把空酒瓶扔出酒吧，玻璃碎片撒了一地。

“很酷，是不是？”

我们开始喝啤酒。我问了好几遍他的名字，但他每次回答都不一样。

“阿尔伯特。”

“阿里杭德罗。”

“阿尔弗雷多。”

“阿尔瓦罗。”

他说得越多我越喜欢他。他是个很有意思的人，假如你心情不好，和他聊天会治愈你。

“我和一个女孩同居了。”我一说出来就仿佛感觉脑袋里有一个空洞亟待填补，否则就会殒命。

“啊哈，那你其实就是一个人住了。孤独是人们最能够共享的东西。但如果一个人和另一个自称爱他（她）的人同居意思就是这两个离得很远了，非常远。距离才是欲望本身。欲望意味着远离，触碰则意味着失去。我再去拿些酒来。我想要一杯龙科拉酒。”

“给我一杯柠檬伏特加。”买杯酒的钱还是有的，只是我不知道这里有没有。

“距离让活着这件事变得更有强度。”

“你认识奥登吗？”

“认识。被奉为神圣的都是亡者的大地。”

接着他开始评论起西班牙诗歌，他憎恶它们的千篇一律。当他咒骂起一位女诗人的时候，我们已经换到第三个酒吧了。我怀疑他辱骂的这位是一位赢得了比赛的诗人。

“脆弱的性。呵！受害者就是刽子手的拯救者。（她）自以为性感，自以为写性感的诗。性带来了疾病。我们的问题就在于把性、爱情、自恋混为一谈。最糟糕的情况莫过于一个人爱自己，却对自己的所作所为一无所知。”他打了个嗝，继续说道，“我痛恨那些谈论自己的人，所以我从不看自传。诗，其实就是一个我们都不认识的人。”

“散文也是。”我回答道，把头靠在了酒吧柜台上。

“生活是无趣的。有趣的并非是文化，有趣的是事实，以及游离于事实与文化之间的生活本身。”

“除非人撒谎。”我抬起手指，发现举到嘴边的酒杯里只剩下一小块碎冰在杯中旋转着，在灯下闪烁着，仿佛在冲我眨眼。

“谎言是真相的延伸。不过就算是说谎也完全没什么关系。”

“是的，完全没什么。”

“自传，所有在酒吧里想向你倾诉的秘密都是你不感兴趣的。”

“就是这样。”

“那个坐你旁边的女人不错。”他转动着手里的酒杯，“她就像希腊和韩国的混血儿，一个劲儿地在笑，不知道她说什么语言。”

之后声音就开始模糊不清了。我忘得一干二净，只记得自己最后躺在了床上，却不记得是何时回来的。我能记起的是自己费力地脱下裤子，瘫倒在地，只有一只脚穿着袜子，另一只脚则钩在床垫上，而我躺的地方很暖和。我觉得整个旅店都在摇晃打转，但没吐。非常离谱！

我的头颅里仿佛酣睡了一个人；而我的肚子仿佛曾被一头野兽给啃食掉了肠子。外省酒吧的酒很不错，至少不像马德里的酒那么掺假。此刻，我的嘴里仿佛有什么东西烂掉了，在我的牙龈之间渐渐渗出脓汁。我抻开手臂，乌佩没睡在我旁边。我躺在旅馆的房间里，百叶窗拉上了。又是一个阳光亮的刺眼的冬日。“不仅如此，还是个寒冷的一天。”我自言自语道。这时候乌佩应该在家里关上了她的咖啡机，她会想我的。就算没有咖啡，她也会想我。她让我有种什么样的感受呢？脆弱，如同一只毛虫，在一堆盐里可怜巴巴地扭来扭去。当我想到马上就又要和一堆我压根儿就不想见的人聊点什么时，我的感觉就更糟糕了。

我从床上坐起来，庆幸这不是这个世界上的第一个早晨。房间里热得要命，我发现我穿着衣服就睡着了。我从口袋里掏出一本皱巴巴的小册子，是活动安排时间表。比赛有九个不同的类别，但每个类别都有政府官员致辞。我穿上从朋友那里借来的他的最好的衬衫就出发了，出门前接待处的人认真地告知了我议会大楼的地址。

寒冷侵袭着我，我的皮肤冻得像一面冰板，冷得甚至忘记了头痛。街上挤满了相互点头致意的人，阳光斜斜地照下来，映射在窗户玻璃上的刺眼的反光使人心烦意乱。我随时都可能呕吐起来，但寒冷止住了我的胃部运动。议会大楼的正门口早已挂上长达五米的巨大横幅，上面写着“卡斯蒂利亚-莱昂的创作者”。字体颜色鲜艳，有着类似彩色铅笔画的线条笔触。这个比赛是为卡斯蒂利亚-莱昂自治区的人举办的。但好像没有人发现我现身在这里，在这个距北边四百公里远的地方。要是被发现，我会被自动取消参赛资格。他们把二等奖给我，难道是因为不能把一等奖颁给一个外地人？如果是这样，我会很高兴的，因为我既不尊重规则，也不尊重评委会。

一进门，房间里的第一股热浪就席卷了我，我不禁打了个激灵。我想到了我下榻的旅馆，这里要一直这么热下去吗？我去洗手间漱了漱口，这才感觉好一点。颁奖仪式将在这栋大楼中最大的一个典礼厅里举行，现在这里几乎空荡荡的。一个老人、一个学校的老师、一个不知道是作家还是艺术家的人，带着某种失望的神情正坐在第二排和第四排之间。在楼梯入口处我四处张望寻找着我那位诗人朋友，他不在那里。演讲台上，一伙系着领带的人在那儿等待着。这时，一个高个子女生忽然走上台去，她手指纤长，举止如同男人，拿着一个小银块一样的东西。她就是小说组一等奖的获得者，凭着一个讲述内战的故事获了奖。他们请她上去讲两句话。她看上去非常严肃，低垂着头。麦特，那个女画家，就坐在近过道的地方。

“你好。”我说，仿佛我的话打破了什么。

我指了指她旁边的座位，麦特放在那儿的手提包和大衣挪开了。我看见格罗瑞娅拿起麦克风微笑着走向舞台的中央。她衣服的颜色非常打眼，在那群人中很容易分辨出来。

“这就是全部了。我想再次感谢前来参加活动的人，谢谢安道尔外交部部长和文化秘书长的出席，谢谢阿维拉和所有为了今日盛会付出努力的朋友们。”掌声响起了，人们都站了起来。我后悔没有早点来，因为这里的扶手椅实在是太舒服了。接着她又继续：“在散场前我恳请所有获奖者都到舞台上来，让媒体拍一张官方大合照。”

麦特上下打量着我，笑出声来。

“怎么了？”我问她。我觉得这是个让我们靠近并了解对方的机会。

“没什么，只是我猜你昨天没睡好。”

登台的时候我瞥了一眼左侧一面带镜子的屏风。我看见自己一头油腻的乱发，脸色苍白，两只黑眼圈像熊猫一样滑稽。除此之外，我的衬衫扣得乱七八糟的，最上面的那颗扣子勒得很紧，我的脖子看上去像得了偏瘫似的僵硬不堪。我下意识地往后退了退。

“嗨，就你，那个唯一的男孩，往中间站站。”

政府官员站在最前面。几个女艺术家转向空着的两侧，另外几个则站在中间整理着她们的裙摆，并时不时地向后拨弄着头发，露出其光滑的后颈。我手心冒汗，同时闻到了自己身上油腻腻的酒味。我走到舞台中央，有点格格不入地挤进一群系着熨帖印花领带的官员当中。我甚至踩到了一个部长，但他看都没看我一眼。他向我递送的那种不加追究的友善让我觉得犹如一个卑微的水管工中了头彩，或者一个埋头修鞋的修鞋匠破天荒地撞了大运。摄影师弓起身子摁了快门。我摆了一张我所能摆出的最糟糕的臭脸。那一刻，我想起乌佩，夹杂着此刻心里所承受的痛苦和羞愤冷淡地望向想象中的乌佩。摄影师从镜头后面抬起头责怪地瞥了我一眼，这种衣衫不整、形象邋遢的不速之客夹杂在一群政要之间的照片是发表不了的。

“我们再照一次，免得有些人着急离开。”

摄影师的话引发了人群中一小撮人小声而不安的笑声。他们绷得直直的身体于是重又“自然地”恢复到之前精心拗好的造型。第一排站着的没有一个在动了。我双手重重地插回口袋，因为用力过猛，裤子差点儿都掉下来了。这一次我又重拾懊恼与痛恨，再次摆出那张由苦涩积聚起来的臭脸。我能听到摄影师在心里痛骂我：蠢货！不情愿的话你在这里干嘛？！

队伍散开了，所有人都掏出了他们的手机，获胜者们要在一起拍合影。乌佩喜欢拍照。获二等奖的诗人还没出现。在拍照还在持续的这段时间里我独自一人站在一边。旁边的人在我周围形成个了一个圆圈，无意间把我孤立了。格罗瑞娅打破了这个微妙的孤立局面，她走过来勾起手指帮我理了一下乱蓬蓬的头发。

“我还没和你合过影呢。”

漫画家这时也朝我走来，站在我旁边一言不发。也还没有一个人和她照过相呢。人群开始拥向餐厅。乌佩在照相这件事上有着强迫症一般的执着，她固执地想要拍出完美无缺的相片，但我总是动来动去。

餐厅里闻起来油腻腻的，还夹杂着一股消毒水味。那些西装革履的男人那儿围了一窝服务生。如果乌佩看到这么多可以白吃的食物会兴奋到尖叫的。我们相识的第一天她就这样。那是在一家酒吧，那天是我一个来自埃斯特雷马杜拉的朋友的生日派对，乌佩是我一个朋友的朋友。之前我们在萨拉曼卡见过面，外省的小城市就像一张法国台球桌，在这么小的桌子上来来回回走你很难不会撞到别的球。在酒吧里我们一边喝着以升计的加利摩乔汽酒[①]，一边对视了好一会儿，差不多有三十分钟。没别的。我朋友带来了几盘馅饼和香肠，她兴奋得尖叫起来。其他人介绍我们相互认识。接着我便沉陷在她深邃的眼睛里了，导致之后整场派对我都在注视着她。最初她洋洋自得，告诉我说她以为我是一个追求者，但随即又怀疑我是否头脑出了什么问题。就这样一刻钟之后，她又开始觉得这可能是一个游戏，当这个人不再注视她的时候就意味着他输了，为此我们互相对视了两个多小时。其他人都忙着高谈阔论，跳舞或是喝酒，我的朋友也没有中止我们。一个女孩走过去抓她的手臂，她也仍立在原地，一动不动。

酒吧位于城郊，门外是一片黑漆漆的荒野。如果你从土坡下去，早春时节能看见一片绵延不绝的高高的野草丛。那天晚上很冷，我们手挽着手从坡上走下去。之前在酒吧里我们已经接过吻了，就在被欲望挟持的我们中间，电光石火的那一刻发生过了。此刻她正温柔地钩着我的手指走在前面，从未有人在那么短的相识时间里像她一样柔情万丈又亲昵无比地俘虏了我的心。我们逃离了橘黄色的温

① 一种用葡萄酒加可乐的饮料。

暖的街灯，又被另外一片柔和的光笼罩着——头顶皎洁的满月。我们没能走多久，因为她绊了一跤，整个身子都跌倒在地了。她用手护住头顶，很快被一片没过腰身的野草给埋没了。为了遮掩窘态她倒下前匆匆掉转身去，但我确信在夜色中我看见了她因为害羞而涨得通红的双颊。她应该在等我过去温柔地拉她起来吧，但我模仿她也摔倒在地了，哦，我几乎是跌倒在了她身上。她温柔地承接住了我，比野草还松软。两个人纠缠在一起，仿佛早已洞悉彼此的身体。

诗人在餐厅等着大伙儿。我站在吧台旁，弯着身子蘸着高脚杯中洒出来的酒，在黑色的珐琅盘里心不在焉地涂画着。我肚子里的胃酸泛上来了，像一团苦涩的泡沫。这时诗人看到我了，他端着酒杯背过身去。

我对剩下的食物没有兴趣。那个戴眼镜，扣子系到最上面的女孩在我左边叽里咕噜地说着话。如果你习惯了麦特的冷淡后，你会发现她其实有时候还挺可爱的。

“你在画什么？噢，真有意思。”麦特和我说话的时候，诗人向我投来冷淡且厌恶的目光。“吃完饭你有什么打算？”

“还不知道。你呢？”

“我要睡个午觉。”我怀揣愚蠢的想法，希望她届时能来我房间一趟，“我有张双人床，我也不知道是不是旅馆弄错了。你呢？”

“我不睡午觉，午休对我来说没什么帮助。我可能会去城里随便逛逛。”

“等我醒了我们可以一起到处去走走。我没手机，我们可以七点钟约在镇上的广场上见吗？”

七点钟的时候我来到市政府的钟楼下面。她已在那里等我了，双手插在衣服前面的口袋里。而这之前她给了我足够的时间让我回到自己的房间里睡一觉，洗澡，把衬衫穿好，然后才出门。我准时出发，并且希望自己不要让一个人傻等在那里。

“你好啊，你去哪里？”戴眼镜的女孩看到我问我，脸蛋红扑扑的就像一个番茄。说话时她往上推了推眼镜框。

“我有点事。”

“嗯……我喜欢画漫画，但我现在迷上了摄影。”她举起胸前的相机对着我。

“我有一个建议。”我抓住了她的手腕。见状她的脸更红了，仿佛连头发尖都害羞起来。“今晚你把相机给我，我把我的笔记本给你。我负责拍照，而你要写一个故事，接着我们互换。你可以随便用你相机里的照片，而我则随便用你的故事。你觉得怎么样？”

她垂下眼睑，目光落在被我抓住不放的手腕上。

“好啊。”她声音细得如同呢喃。

我于是两个台阶两个台阶地跑上楼梯，然后一跃而下。

“给！拿着！”

她缓缓摘下相机。

“你要小心点啊。”

相机不错，镜头很贵。我冲进冷风中，如同把一条暖和的走廊留在身后。

晚了几分钟了。但还不错，麦特一动也不动地正等着那里，同时脸上挂着微笑。夕阳橘色的光线斜斜地落在她雪白的肌肤上，和她头发的颜色交相辉映。如同一幅古希腊画像，她倾泻下来的长发让我想到那些神话故事里的美艳动人的女神。

“你还好吗？好点了吗？”

“嗨，我刚想到一个主意。”我们在对方脸上礼节性地亲了两下，她的脸因为在冷风中等的时间长而有点冻僵了。“你有本子吗？哪怕是草稿纸之类的都行。”她取出一个很宽的小本子，里面的纸皱巴巴的。打开本子，里面有一些类似几何图形的彩色涂鸦，着了魔似的笔触画得到处都是。“给我支铅笔或者圆珠笔。”

“那相机呢？”

“你帮我拿着。”我抓过铅笔，把相机挂在她的脖子上。“现在你跟我走一趟。”

“你要干吗？”

“跟着我就行。”

我们朝广场上广告牌最大的那家酒吧走去。

“进去随便拍点什么，以便吸引住里面服务员的注意力！”她照做了，尽管她一头雾水。她习惯我的突发奇想，并逐渐喜欢上了。

酒吧里烟雾缭绕的，电视的音量开到了最大。两个男人坐在那里，叼着牙签，杯子里插着两根吸管。另一个人在玩游戏机，声音有点吵。一个上了年纪的女服务员盯着我们走进来，她的胳膊又结实又宽大，正一丝不苟地擦着杯子。

“老板在吗？”

“你们是谁？”

“下午好！我们是伊琳娜和罗伯特，卡斯蒂利亚日报的记者，来采访青年创作家的颁奖活动的。”

被年长的女服务员称为老板的人是个肥胖的男人，他摇着头，仿佛想告诉我们他对这个城市发生了什么一无所知。

“我们也和马德里的‘休闲假日’合作，我们来这里是想做一个这个城市最好的餐前小吃的专题。我们向其他人打听，他们说你们这里是最好的……”

老板撸着袖子，弓着腰，把一双脏兮兮的手搭在酒吧的柜台上，他费力地支起身子从柜台后面走出来，同时用手绢擦着汗。

“我们想知道您擅长做什么。”我继续说。

老板开始滔滔不绝地介绍起这里最有特点是吃猪肉以及关于吃猪肉的文化渊源。我兴奋地和他聊起当地特产，一边在本子上做着笔记：酒吧的位置、联系电话、特色产品。麦特瞪着像盘子那样大的眼睛望着我。她使劲憋住笑，因为如果笑了就暴露了。男人拿出一块几乎有半公斤的炸猪肉，这时候我胃里苦涩的泡沫又重新翻腾起来。

“您真热情，但我们做的报道是关于小吃和酒的。您介意给我们一杯酒让我们拍张照片吗？我们稍后会付账的。这样，给我们一些小吃、酒杯和一瓶酒……”

“哦，不用付账。”

男人拿出一堆酒，打开了它们中的大部分，甚至还开了一瓶上好的酒。麦特一次比一次更起劲地赞许着点头。我们问男人是否可以在酒吧外面的广告牌旁边给他拍张照片。男人很爽快地卷着袖子和我们一道出来了，他摆着姿势，看上去像一个六十多岁的彼得潘。他冻得直呵气。我们回到酒吧，我掏出了钱包。

“不，绝对不行。我请你们。”

“真不知道说什么好。太感谢了，那些向我们推荐这里的人没搞错。这是我们吃过的最棒的小吃！”

他送我们到了外面，亲昵地拍了我三下背。他手心微微出汗，脸上挂着和蔼的微笑。两个叼着牙签的男人漫不经心地瞧着我们，另一个打游戏的男人仍旧弓着腰继续奋战，灯光在他脸上熠熠生辉。

“报道什么时候能出来？”

“二月份。如果确定刊出来的话会给你寄一份样刊；如果没有，我们也会打电话通知您。我们也不是编辑部的，但我猜到时候可能会有一些细节需要与你商讨。”

男人回到了酒吧。没多久我们听到了吧台上那名女服务员的尖叫声，就像一只在阳光下晾晒自己羽毛的兀鹫扑棱着翅膀尖叫着。声音尖利得整个广场都被惊到了。

“你是怎么办到的？这样可不太好。”麦特笑道。

“是不太好……但你把他给你的酒都喝了，这挺好！”

“我是为了不揭穿你的把戏。”

“好吧，我们现在去下一家。”

我们往广场边上的一条小巷子走去。一家看上去像是西班牙七十年代风格的小酒馆出现在我们面前，绿色的广告牌，油腻而美味的食物，铝制的吧台，木质的圆脚凳。

“您是老板吗？”

“我就是。”

“下午好，我们是伊莲娜和罗伯特，卡斯蒂利亚日报的记者，来报道青年创作家的颁奖活动。我们还和马德里的‘休闲假日’有合作…”

“小伙子，你当我是白痴吗？”

街上刮来的寒风直往我脖颈里钻。“昨天你就在这儿。你和另一个白痴扭来打去，直到我不得不把你们赶走。走的时候你们又搂搂抱抱起来，就像一对同性恋。滚！滚远点！赶在你领圣餐以前滚出我的店门！”

“我不知道你在说什么。”

“我也不会对你说第二遍！”

乌佩说得对，我是一个懦夫。

“我们走吧，我带你去另一个地方。”

“我不想再拍什么鬼照片了。”

她垂下头，盯着地面：“我没有兴趣了。”

我抓着麦特肩膀的那一刻又想起了乌佩来了，想起她被殴打得伤痕累累的胯骨两侧，想起她骨头的重量。麦特不同，她身形瘦小，犹如一片羽毛，娇嫩的胸脯却呼之欲出。她在路上走着一阵风都能将她划伤。乌佩不一样，乌佩每一寸肌肤都透着重量。我需要乌佩，是的，虽然不知道怎么才能办到，但我必须回到她身边。黄昏降临了，在夕阳紫红色的余晖中路灯亮起来了。路灯破坏了这静谧的一刻。

“我带你去个地方。”

阿维拉有一座高塔，从那里可以眺望整个旷野，没有被工业污染的小镇的美就隐匿在无边的夜色中，并向其中一个方向衍生过去。站在那样的地方，你很容易理解过去的时间碎片感和现在的空旷无依感。我想这样向麦特解释我的感受，虽然都是傻话，因为她就来自一个小城镇，又是一个画家，她一定比我更在意光线的变化和野外风光的每一处细枝末节。我们终于到了那座高塔，那是城墙上瞭望塔中的一座，只有我们两个人在那儿，在太阳的余晖完全熄灭黯淡之前。此时天边只剩下一丝微弱的光线了。她笑着，而我开始讲述自己从来没有真正爱过谁。我尝过爱情的甜头，但发现都不像其他人所说的。我也试过和男孩们交往，但没有任何感觉，我与他们的关系也不会再进一步。不是因为孤单才这样，而是我有时候想经历一下人们所称的所有的爱情。她听后陷入了沉默。她把照片扔到石头堆上，然后把镜头对准我。我就爱她的沉默不语。当乌佩在我的身边时永远不会不说话，她永远都在做些什么；她不会打扰我，但从不会让我闲下来，各种各样的事情和麻烦我得去面对。

麦特不一样，麦特总是谨慎地和别人保持不远不近的距离。麦特浏览起相机里的照片来，她删掉了其中一些她不喜欢的。我抓住她的肩膀，她扭过头来瞪了我一眼。我的手快冻僵了，夕阳几乎已经熄灭，但风依然寒冷刺骨。在最后一丝余晖消失前，我扳住了麦特的肩，靠近她，试图与她脸对脸。她没有躲开我。我于是情意绵绵地撩开她脸颊上一绺头发，她笑着就这样定定地看着我。我趁机吻了上去。之后我停下来看了看她的脸，发现她紧闭着双眼，嘴角挂着一丝微笑。我于是又一次吻了上去。但我很快又停下来了。不是她的吻不够好，不是的。她吻我时既不像那些初学者把嘴巴张得大大的，像条濒死的鱼，也不像是某些吻到忘情的人如同一只填不满的漏斗的那股饥渴劲儿。她给我一种死掉了的感觉。她亲吻着一个人，却毫无激情可言。她的舌头仿佛僵死了。这是我有生以来感觉最糟糕的一次。

“我也不知道怎么回事，我不能继续了。抱歉……”

她的脸又一次涨得通红，却依然保持着某种僵硬的笑容。我从她哆嗦着的双手感觉到她压抑着的恼怒和失望。她的眼睛里没有光亮，像是死人的眼睛。我们继续待了一会，但彼此心烦意乱，直到吃饭前都没有说过一句话。

吃饭时麦特坐得离我远远的。这是最后的告别晚宴了，举办方请来了一个五年前很受欢迎的喜剧演员来调节气氛，那家伙在舞台上调侃着当今流行的西班牙菜肴，他打趣说这里食物的分量少，而原因却令人费解。坐满政要的那一桌爆发出一阵大笑，有人甚至笑得直拍桌子。我有一种格格不入的尴尬劲儿。

晚餐结束后获奖的女孩们又开始了新一轮的拍照。我把相机还给那个戴眼镜的女孩，她也把笔记本还给了我。

“我已经写好了一个故事给你。”

“噢，那太好了。”

我把目光投向格罗瑞娅。其他人都穿得死板得要死，只有她一身红色晚礼服，手上还端着香槟。我一直盯着她，直到她看见并朝我招了招手。此时一个五十好几的中年男人开始在台上慷慨陈词。

“一切都好吗？”

“一起拍张合影吧。”她现在是我在这里唯一认识的人了。虽然拍照很愚蠢，但我还是想和她合个影。至少有那么一分钟，我假装自己已跻身于艺术家的行列。

“我做梦也没想到你会主动和我拍照。”

服务生们开始奉上好酒，并一视同仁地端给每个来宾。政客们犹如亲兄弟一样紧紧挨一起。格罗瑞娅在准备最后的演讲致辞。如果乌佩在这里，早就喝完了饭后第二瓶啤酒，坐在角落里打着嗝或咧开嘴傻笑了。当安道尔部长上去致辞时候，她可能还会阴阳怪气地纠正他说话的腔调。部长的话讲了有二十分钟，最后以“我很幸运，一切都进行得很顺利”作为其对活动令人满意的结语；文化秘书长谈话中提了提了三次诗并宣称自己是经典名著的忠实读者。很快，那些西装革履的男人们走了。服务生们上的酒于是减掉了一半，只有莫吉托[①]可以喝。格罗瑞娅大步流星朝我走来，之前她在椅子上放了一个手提包。

① 一种西班牙当地酒。

“他们不供应伏特加了，你能帮我搞到一点吗？”我问一脸严肃的她。

“不行。但我知道个地方有。”

她带我来到一家墙壁漆成黄色的酒吧，一群三十出头、穿着格子条纹衬衫，梳着偏分头的年轻人正在里面跳舞。她告诉我她是白羊座，很荣幸能够为这场刚刚结束的文化盛事做事，她也不介意千头万绪的杂活。之后她都与我待在一起。我们讨论电影话题，她说她喜欢超级英雄的之类的题材。

或许因为不知道做些什么，我牵起了她的手。她把酒杯放在吧台上，牵过我另外一只手。接着她拉着我开始转圈，刚开始时步子很慢，跌跌撞撞的，后来越转越快。

“我们彼此兼容。”她说道。这时候酒吧灯亮了，十二点了，酒吧要关门了。“我们换一家吧。你更喜欢有点摇滚风格的，对不对？”

就这样我们换到了一家正在放着二十世纪九十年代西班牙经典摇滚乐的酒吧，酒吧里的人们喝着一种小瓶子装的酒。我的衬衫和她的晚装在里面显得有点格格不入。我们继续喝。我到现在还记得随着音乐声音越来越大，我和她之间微妙的化学反应也就愈加炙烈。但她仿佛不知道如何靠近我，她的模样非常笨拙。当音乐声开到最大时，我几乎是扯着嗓子，以便让自己听到自己在说话。

“感情平庸而普通，每个人都觉得自己拥有。因为不能作比较，任何人当他说自己深陷爱情的时候，没有人会反驳他。”

格罗瑞娅没听我的。她正在离我一米远的地方跳着舞。她咬着嘴唇，微微晃着头，这是十年前流行的舞步，它让我想起那些年发生的一些事。她走过来又一次牵起我的手。我猜我也想和她跳支舞。

她拉起我的手，我于是开始轻轻晃动起来了。但我紧张极了，感觉双腿并不听我使唤。我把一个小酒瓶放在脑袋上，但很快就掉在地上摔破了。格罗瑞娅没有注意到被她攥着的我的两只手正搁在她的腰间，紧贴她洋红色的晚礼服和衣服下的小腹。我几乎能感觉到她腹部上方的那颗痣和肚脐眼的曼妙轮廓。我抱着她，感觉到她的身体紧绷着。她加快了舞步。我想吻她脖子，但她别开了。

“不不不，不要。”她挣脱我。

“我不懂……”

“跳舞！只是跳舞！”我仿佛第一次才注意到周围。灯光黯下来后，人们开始百无聊赖地说起话来了，他们中大多数已经喝得人事不醒了。酒吧老板右手托着脸在酒吧的另一边。我们继续跳舞，直到酒吧的灯亮了起来。三点钟，酒吧打烊。回到旅馆，我们重新开始接吻。

“上去吧，我的床很大。”

我们躺在床上，我发现自己下意识地去找乌佩丰满结实的胸脯，摸索她的腰肢，回味她身体落在我上面的重量。但我很快就适应了格罗瑞娅。格罗瑞娅的身体柔软灵活，高潮的时候会轻轻地啃咬着我。之后我就记不得了。我们累得失去了知觉，相互依偎地睡到了天亮。醒来时我看到百叶窗挡着窗外的晨光，格罗瑞娅在床的另一侧，她伸手在包里一阵乱翻。

“你在找什么？”

“一支烟。你介意……”

“不要抽好吗？我很讨厌烟味的！”

她探出胳膊够到了床头柜，然后又趔趄着直起身子。早晨的阳光穿过百叶窗缝隙在她的皮肤上印出了一道道光亮的条纹。我永远也不会忘记这一幕。有一天，我也许会忘记她的脸，她的名字，她身上的气味，但我永远不会忘记这个瞬间。她脸色苍白，衣衫不整，若有所思在房间里蹀躞着。她勾起她的手指头（假装是两只触角）像一只迷失在光线里的小虫子那样在房间里转来转去。不是为了吸引我注意，而是快乐让她手舞足蹈。接着她就去洗澡了。

我们约定吃早餐的时候回自己的位子上。我吃得津津有味，旁若无人。诗人没有来打搅我。麦特也没有对我笑，她坐在一张圆桌前，尽可能远地躲着我。上甜点的时候我和格罗瑞娅打了个招呼。

“早上好，哈维尔，真遗憾见不到更多的获奖者了。”

我在城里逛了一圈以后回到了旅馆。戴眼镜的前台服务生看了我一眼。我从房间里取出了包，退还了钥匙，准备问他到公交车车站怎么走。

“有人留了这个给你。”我还没开口，他就递给我了一张便条。

我不得不比我之前预想的要早一点离开，本来我还想私下里亲自和你道个别，但你不在。我的计程车来了。哈维尔，那天晚上谢谢你，我很高兴。我没有告诉你，我三年前就结婚了，但现在我们关系不太好。和你一起的那天晚上给了我与他继续走下去的力量。我希望你能理解。我们以后不会再见面了，就像今天我不得不和你保持距离。不要挂念我。

一个拥抱。

格罗瑞娅

“谢谢。”

“您就这么走了？就结束了？好吧，祝您有个愉快的一天。”

公交车准时开走了。我之前碰到的那对情侣——或者只是比较像而已——也在车里，但这次我没有和他们坐在一起。最终，我和乌佩终会结束的。我穿得有多糟糕，我抱着别人睡的时候就有多自私。除了账单，其他她也不会让我好过的。我只要知道怎么向她开口。乌佩是可以被取代的，谁和她一起都是在浪费时间。她使我的生活变简单了，但也变得不再那么刺激了。她是不会理解的。她倒是会把桌子朝我的头顶掷过来。我也不能说我不爱她了，我爱一部分的她，但这种爱却无法抵挡横亘在我面前的时间的变化，就好比一盘菜，我们不能一天又一天地吃它。我要和她说我依然爱她，但我要离开她。我会把房租分期交清。我也不会再为她读故事了。我回去的时候先不提，一周以后再把决定告诉她，以免她恼羞成怒。我喜欢这个主意。

我很高兴又一次回到有着纯净透明空气和黄石头的萨拉曼卡，这个人们迈着的步子比其他任何地方都慢的城市。回家之前我又四下转了一圈，为此还发现了圣马科斯大教堂的门口一些不曾留意过的新细节。我很惊讶这个世界还会有人不喜欢它。

我打开家里的门，把背包扔在离门最近的一张扶手椅上。我走进厨房，看见乌佩正在用平底锅煮着什么，米饭还是通心粉什么的正在里边沸腾着。一个人的晚餐！她穿着一条长裤和一件白色的紧身T恤，没穿内衣，乳头突了出来。她看上去兴高采烈的，不是因为脸上挂着微笑，而是她伫立在那儿双肩舒展着的样子。她并不是在等我，相反，我不在反而会让她更自在一点。她盯着灶上的火，看到我不禁瞪大了眼睛，漆黑的眸子里倒映着我和整个厨房的影子。我离她这么近，近到可以一把揽过她的腰。当她注视着我的时候，我发现她隐藏在虹膜里的黑色瞳仁变得更大了。

“你还好吗？你去哪儿了？”

我吻了吻她，嗅着她发梢的香味，把鼻子深深埋进她的头发里。她抱紧我，几乎用尽了力气。

“我参加了一个颁奖活动。”我温柔地说。她关了火。“和平时差不多。”

何凯旋，现居哈尔滨。出版有长篇小说三部、中短篇小说集一部。演出、出版话剧四部。在《人民文学》《新华文摘》《上海文学》《北京文学》《大家》《山花》等重要文学期刊发表中短篇小说五十多篇（部）。

梦想与现实

何凯旋

我们干吗要走进陷脚的麦地里，还下着这么大的雨。爹也不告诉我他的打算。好像他要做一件大事情去，要不然怎么这个时候出来。他的脚深深地陷在前面的垄地里，跟着他的脚陷下去的还有麦苗儿。它们再也抬不起头来啦。谁叫你把车停在里面的！爹拔出来一只脚，回头看着踩进脚印里的麦苗儿。我也不知道他这时候出车！我这么想并没有这么说。爹没有再说话。雨水流进踩出来的脚印里，看不出来任何迹象，好像没有人踩过一样。麦地里浮着一层水，麦苗儿在水面上迅速成长。它们已经不再是一两片叶子，它们有更细的麦秆儿从下面不断地拔出节儿来。一节一节开放出来的麦叶儿，雨点儿打在上面，扁长的麦叶儿颤动着。爹拉开拖拉机的铁门，哗啦啦，铁门的响声压过沙沙的雨声。你蹲在地里干吗哪！爹把着门把手上，看见我蹲在地里不知道我在看着麦子成长。我没有告诉他，我披着妈妈披着往雨里跑的那块塑料布，雨点把塑料布敲打得砰砰响。爹戴着一顶宽边草帽儿，他嫌塑料布碍事，他戴草帽儿。麦子开始拔节啦！我还是告诉他。

爹的宽帽沿上流着细密的雨水，像雨帘儿一样流下来。快点儿上去！他催着我。我跳上车，爹在下面拽了四下才启动车。油箱进水啦！他坐进来。放到后面去！递给我启动车的绳子，绳子又湿又沉。走！他像赶一辆马车，拖拉机掉过头，两条链轨转动起来，下透雨的麦地把链轨陷到驱动轴上面的位置上，大片的麦子陷到泥里面。啧啧啧……爹回头从后窗望出去，脸上一副心疼的表情。更多的麦子被转动的链轨压进泥水里再也不能成长。我哪知道雨天里出车我哪知道。拖拉机在爹的啧啧声里离开麦地。

你们要干吗去呀！妈妈推开了窗户，姐姐也推开窗户，她们每个人守着一扇敞开的窗口探出头，掩饰不住急切又兴奋的心情，冲着我们招手。回去！爹也向她们摆手，让她们回到窗户里面。姐姐缩回头，妈妈没有缩回头。我们都看到啦！反而把头伸出窗户，你们快来看呀！伸出房檐儿，伸到雨里面，继续往外面伸，要把整个身子伸出来，伸到雨里面。回去！让你妈回去！爹用手指向姐姐指过去。妈妈——姐姐离开她那扇敞开的窗户，来到妈妈那扇窗户后面，拽住妈妈后背上的衣服。回来吧。嘴上说着让妈妈缩回头，却并没有阻止，也知道阻止不了。他们谁也不来看一看……妈妈更加起劲地扬着头，更加起劲地伸出去手臂，伸到雨里面比比画画，像是在替姐姐扬着头替姐姐说话替姐姐比划，你也说句话呀——并且回过头也要姐姐说出来，你也告诉他们呀——也要姐姐告诉我们，你也伸出手来呀——也让姐姐也把手臂伸到窗户外面的雨里面。整个空地里都是雨，像是深深的水从天而降，看不清她们在另一头的窗户后面冲我们比画什么，她们又看到了什么，又让我们看到什么。在这么阴沉的连阴雨天里，掩饰不住兴奋的东西到底是什么？到底是什么不能叫她们安静下来，叫她们手伸到窗户外面去，伸到雨里面去也不甘心。我不由自主地把油门关小。别管她们！爹果断地阻止道。妈的个戾的！他盯着前方，神情严肃起来咒骂道。

我们沿着木工房后面的大道驶上公路。雨里面的烘炉山显得又翠又绿，还有路两边的杨树和草丛，都闪动着水光。许多牛站在树下面，雨再大也不能耽误它们放牧，就像它们肚子下面的奶包，一天不挤奶都不行，都会憋得嗷嗷叫。虽然它们嘴里没有嚼草，没有卷动舌头，只是那样伫立着，和在圈里拴在水泥槽帮上没有区别，拖着硕大的奶包，却没有嗷嗷地叫唤。但是在内部，在它们短短的绒毛下面，流动的血液和骨骼中间，有一种东西不间断地涌动，在举架宽大的牛舍下面，这种东西会在它们内部冲撞着，从它们憋足的奶包中呈现出来，从它们嗷嗷叫的叫声中呈现出来，从它们不间断的动作中呈现出来：它们踢得水泥地咚咚直响，把拴在脖子上的铁链拽得哗啦啦四处摇晃。在雨里在雨的巨大的铅灰色苍穹下面，那种东西没有憋得嗷嗷叫没有踢得大地咚咚响，而是顺着它们那些纤细的绒毛流淌出来，仿佛惟有这种方法可以使它们舒服使它们安静，感受到雨水透过毛皮之后的快活舒畅。爹也是这样，他身上的那种东西也在不断地涌动不断地冲撞，不断地需要一种方式得以解脱。尤其在连绵不断的雨天里，他身上的那种东西催促着他前进。他是待不住的，尤其在灰暗肮脏的屋子里是一刻钟也待不住的，那种东西会更加明显地东撞西撞，寻找突破口，寻找得以解脱的最终方式。

拖拉机驶过那些静止不动的奶牛身边，它们站在那里，树叶垂落在脊背上面。爹没有注意它们。他盯着道路前面的雨幕，好像那里面有他需要的东西隐藏在某个隐秘的地方，等着他以一种方式前去寻找，从而使得身上那种东西得以摆脱。

山峦在前面出现，山上的树木笼罩在雨幕中，还有山下采石场上那些暗红色的石料堆，从雨幕里凸显出来。停！爹说道。我从山那边转回头，看见爹还举着一只手，像在指挥着谁，反正不是我，是他头脑里的东西，他在指挥着他头脑里日益壮大的东西。

爹放下手，眼睛明亮而专注，紧绷的神经丝毫没有松弛下来的意思。我们在干吗？我看见公路上出现一大片的水洼。我们能过去的！我说道。水洼再深也挡不住拖拉机的链轨的，就算没有了链轨，也挡不住带动链轨转动的铁轱辘车轮的。不！爹摇着头，呵呵呵，他跟着笑起来，笑着缩回身子，抱起胳膊，闭上眼睛，两只脚搭到操纵杆上，两条腿跟着颤悠起来，嘟嘟嘟，还吹起来口哨。这是干吗哪！我不明白。嗯——爹瞭我一眼，又闭上眼睛，又嘟嘟嘟吹起口哨，一点不像我爹，像我同龄的伙伴，在跟我开着一个玩笑。我下去！我坐不住了，尤其是听着爹嘟嘟地吹着口哨，没事干待在雨里没事儿吹口哨玩儿！别动！爹不让我下去。那你别吹口哨！我说道。他还吹，嘟嘟嘟。我们不说话，谁也不理谁。外面哗哗地下雨，雨点打着车棚砰砰直响。哗哗哗，砰砰砰，嘟嘟嘟。来啦！爹没有让这三种声音延长多长时间，他突然坐直身体，四处张望一下，精神抖擞起来，好像发现了猎物。什么来啦？我没明白。油罐车！爹小声说道。哪有油罐车？我四处看，什么也看不见。前面前面……爹指一指前方。果然，一辆汽车隔着水洼停了下来，喇叭嘀嘀地响起来，前灯啪啪地闪亮。别理它！爹又窝下身，又闭上眼睛。绿色的车身和铝皮油罐在雨里面渐渐地清晰起来。汽车的喇叭声声声不断。是不是叫我们让开路？我问道。哼哼，爹用鼻音哼一哼。别理他，他又说一遍，又闭上眼睛。喇叭声不响了。司机从油罐车上下来，手搭在眉毛上挡住雨，朝我们这边瞭望，朝我们这边喂喂地喊。嘟嘟嘟，爹又吹起口哨不理他。司机脱下鞋，卷起裤腿，走到水洼中间，水到他的膝盖上，他停下来，又往上卷一卷裤腿，卷到大腿根上。我也不再吭声，看着他走出水洼，走到拖拉机跟前，敲响机车车门。干吗！爹睁开眼，拉开车门。帮一把吧，司机说道。帮什么一把？爹好像没有明白过来。帮帮忙吧！司机恳求道。帮什么忙？爹连连问道。我给你们来送油来的！司机说。给我！爹指着自己，瞪大眼睛。

你们烘炉山上油罐里的油不都是我送来的，司机朝着雨里指一指，你用的油也是我送来的，他转手指着爹。别说这个啊，爹绷起脸，我用油我花钱买，他把油表拍得啪啪直响。唉——司机叹口气，手往头上抹一把，水顺着头发流下来，他噘着嘴往外吹气，流过脸庞的水吹起来一串水泡儿。给你钱！他不再吹气。你说的哈！爹一下子抓出他的话，眼光在阴霾的的天气里闪烁了一下，犹如闪电。我说的。多少钱。十块钱。咣当，爹把车门拉上。司机不断地敲前面的玻璃窗，窗户上哗哗地流着水，司机的手在水流上伸出两个手指头，爹摇摇头，又伸出五个手指头，爹还是不干。另一只手也拿上来，又加上一个手指头，一共六个。爹才拉开车门，跳下去，收下六十块钱，抬头冲我招着手，让我倒车。我先掉过头，再往那片水洼开过去。他们把一卷钢丝绳拉直，司机拽着一头，蹚着水过去，在汽车保险杠上绕上好几道。爹在这边把另一头用插销插在拖拉机后面的牵引架上。我开始加油门，前面的烟囱冒出黑烟，汽车渐渐地开进水洼里。原来那不是一片水洼，是一个水坑。车轮全部没进去，保险杠也没进去。停停——停下来！爹拍拍车门。我停下来。汽车停在水坑中间，发动机进水熄了火。干吗干吗！司机隔着水坑喊着跑过来，裤子全都湿了，沉甸甸的。你这是干吗！他凶猛地喊着。一百块钱！爹说话的腔调很冷淡。给你！司机喊着掏出来四十块钱，加上已经给的六十块钱，一共一百块钱。这刚四十块钱，还少六十块钱。爹掂着四十块钱。什么！司机大叫起来。他们站在拖拉机旁边，我看见他们都是湿淋淋的，像两只斗鸡，爹已经取胜，已经显得漫不经心，显得畅快淋漓。我不忍心看司机，这个比爹大至少二十岁的老司机，留着漂亮的八字胡，漂亮的连鬓胡须，胡须都已经发白。但是这些也帮不了他的忙。在爹的面前，老司机伸长了脖子，身体也往前伸着，好像马上要倒下来，倒进爹的怀抱里。不是我要给你拉车的，爹心平气和地说着，是你要我给你拉车的。他抓住车门，你去把钢丝绳收回去，回过头又对他说一句。是是是——是我要拉车的！司机抓住爹不让他上车。撒开我！爹用力一蹿，蹿进车里。给你！司机垂下头，递进来六十块钱。我操！他无力地骂了一句。你骂我？爹顶他一句。我骂我自己行不行啊！司机拍着车门喊道，把六十块钱扔进来。我们把油罐车拽出来。司机上车启动车，缓缓开过来，和我们并齐，摇下车窗，操你妈——又冲着爹骂一句，呸——又吐过来一口唾沫，不得好死——又补充一句。爹都没有回击，好像没有听见，点着烟，看着油罐车的红色尾灯在雨里一闪一闪开过去，消失在雨幕之后。回家！他吐出来一长串烟圈儿，吐出来胸中压抑已久的长长的东西，这些东西慢慢散发出来，慢慢推送着成串的烟圈儿，烟圈儿在前面的车窗玻璃上撞开一片烟雾。

你记住了吗？妈妈问道。嗯，姐姐答应着。她趴在炕沿上，两只手放在炕面上，摆弄着那些发黄的照片。那些照片她都看过无数遍，她还是要把它们一一地摆在炕面上，还是要继续做出仔细地端详它们的样子。还有吗？还是要继续做出认真记住它们并且一张都不落下的样子。妈妈还是在她的后面，还是趴在靠墙架起来的箱子上面，箱子还是带插盖的那个，插板还是立到后墙上。妈妈的手还是要埋在箱子里面翻腾着，脑袋还是要几乎埋进去。给你！还是要在翻腾中抽出来一只手，手里还是要举着一张照片递过来。姐姐还是要侧过身，伸出手接过去，把照片放到眼前，冲着窗户的方向。怎么都穿大袍哪？还是要继续询问。窗外照射进来灰暗的光线，正好照到照片上面。什么呀？妈妈抬起头。都穿大袍哪！还是要继续问下去。嘻嘻嘻……妈妈笑起来，是蓑衣不是大袍！妈妈笑着说。噢——蓑衣呀！姐姐还是要做出恍然状回过头，下雨天穿着蓑衣干活，冲着妈妈点点头，表示刚刚明白了的样子。我看一看，妈妈伸过手，拿过去照片，凑到眼睛跟前。这一个，指着照片上正在下雨天的工地上挥动铁锹干活的姑娘。

是你吗？姐姐赶紧跑过去，看看照片又看看妈妈。像不像？妈妈歪着头，手背遮着脸颊。工地上的姑娘歪着头，锹把遮着脸颊。脑门像，姐姐看看照片，再看看妈妈。别的地方不像？妈妈扭一下脸。不像！姐姐摇着头。眼睛？妈妈睁大眼睛。不像！姐姐说。鼻子？妈妈翕动着鼻孔。不像！姐姐说。嘴？妈妈抿起嘴唇。不像不像都不像！姐姐摇着头。唉——妈妈皱起眉头。唉——妈妈不断叹息着，不断地抬起头又垂下头。你爹就在大喇叭里面。最后垂头丧气地说道。我爹在大喇叭里面？姐姐赶紧四下里瞅一圈，好像在寻找爹一样。你爹在大喇叭里唱歌，妈妈用劲儿清理一下嗓子，下定决心不怕牺牲排除万难去争取胜利……用劲儿地唱了起来。嗷——姐姐嗷了一声，好像刚刚听到一样感到新鲜。就他一个复员兵——就他一个男的在 618 水库上——妈妈不再唱歌，不再用劲儿——当铁姑娘排排长——断断续续说出来的情景——黑咕隆咚——冰天雪地——断断续续陷入沉思，声音也跟着暗淡下去。那她们是谁呀？姐姐赶紧拿过照片去，赶紧指着照片上另外两位身穿蓑衣的姑娘，提高了声调，把妈妈拉出她深陷进去的深渊。她们俩和妈妈一字排开，排在一根扁担两头，猫下腰准备抬起沉甸甸湿淋淋的抬框。哪一个？妈妈眼光跳动了一下 ，接过去照片。扬着脸那一个，姐姐高声地说。她家住在南所胡同，妈妈把照片又递还给姐姐。南所胡同？姐姐做出疑惑的样子。后来哪？姐姐疑惑地问。后来回去啦。妈妈说。上哪儿去啦？姐姐继续自己疑惑的样子。回老家去啦。妈妈说。老家！姐姐惊讶道。老家老家……她一连惊叫了好几遍，让人感觉是一个非常非常遥远又非常非常亲切的地方。那这一个哪？又亲切地问起来另一个。她呀——妈妈终于放开了声音，终于走出了深渊。她有远大的志向。脸上浮现出向往的笑容。她立志考上医学院。浮现出来仿佛是自己的志向，仿佛自己考上医学院。医学院！姐姐捧住自己的下巴颏儿，盯着妈妈向往的脸，专注地端详着。穿上白大褂儿、戴上白帽子、挎上听诊器……妈妈在自己身上比画着白大褂的款式，在脖子上比画着听诊器的形状，在头顶上比画着白帽子的高矮程度，盯住这些比画出来的东西，这些并不存在的东西，这些存在于妈妈脑海里的东西，好像是她看到了一样，好像是自己穿戴上去这些东西一样，自己面对着这些脑海里的东西。白帽子、白大褂、听诊器……姐姐也做出来向往这些想也想不出来东西的口吻，也比画出来妈妈比画出来的形状，这些只存在妈妈脑海里的东西妈妈脑海里的形状。后来哪？姐姐凑近妈妈，快凑到妈妈的脸上，鼓励妈妈讲下去。后来呀——妈妈离开了一点儿，停顿了一下——后来她上了美国。美国？姐姐皱一下眉头，美国，眉头马上又舒展开来，感觉真的十分地遥远，十分地可望不可即了，但她能够想到的实际问题是：上医学院没有？还没上医学院就去了美国，妈妈告诉她。和她爹去的！好像自己知道一样。不，和她妈妈！妈妈摇着头。那她爹哪？继续追问下去。她爹先去的，妈妈说。那去美国上医学院了！姐姐说。不知道我不知道，妈妈摇摇头。肯定是！姐姐替妈妈肯定道。我们那个时候都梳着五号头，妈妈嗓子清亮起来，又低下头又拿过来一张照片，贴到眼睛上面看。工地上三个女孩不再穿蓑衣，穿上了草绿色军便装，不戴领章，不戴帽徽，头顶上扎着一只独辫，独辫没有编，扎在散开的头发上面，头发刚刚遮住耳朵，遮住半个脑门儿。你们都戴着红袖标！姐姐及时地说道。还都戴着红像章！还都手捧着红宝书！赶紧把这些东西及时地一一喊出来。是吗是吗是吗……妈妈盯住照片，渐渐地回忆起来——到农村去到边疆去——渐渐地想了出来。那这座桥哪？姐姐又要及时地将妈妈拉回到照片里的桥上来。桥是一座汉白玉石的，桥孔高高地隆起来，桥面也高高地隆起来……贫下中农人人夸人人夸……妈妈还想起了当年的口号。桥上能走人吗，妈？姐姐用劲拉住妈妈胳膊。嗯，妈妈被拉回来，能走人，妈妈盯着前方说。走过去后面是什么呀？姐姐及时地问起来。桥后面是一座城楼。几个城门哪？五个城门。五个怎么不一样高矮哪？中间的最高两边的比中间的矮。最高的上面是什么哪？天安门！妈妈兴奋起来。天安门！姐姐也兴奋起来，天安门！姐姐满屋里拍着手，妈妈也拍起手。给我——姐姐接过去妈妈手里的照片，天安门——举着照片摇晃着，在妈妈的拍手声里，围着她给她转着圈儿，我爱北京天安门——给她唱着歌儿，一遍又一遍……

她们一直拍着手一直唱到爹正好走进里屋。爹正好看见姐姐满屋里转着圈儿跟着妈妈拍手的节拍还在给妈妈唱着歌。我还没有进里屋我还在外屋地，听见姐姐已经又一次唱道：天安门上太阳升。不再转圈儿，站在屋地中间，把照片举到爹的脸上，贴到爹眼睛上面，让爹看见照片上天安门上太阳升起来，也不喘气，也不出汗，好像还有无穷的力量，还要等着爹给她拍手，她还要给爹唱这支歌。爹没有理她们，抬手推开照片。又摆弄这些破玩意儿。爹低头看一眼炕面上摆着一大片发黄的照片，几乎摆得满炕都是，没有一点空缝儿。哼哼！爹哼哼了两声。爹你干吗哼哼哪，姐姐不满意爹哼哼，干吗说破玩意儿，不满意爹说这些东西是破玩意儿，但马上感到了自己不对劲儿，站住不再动弹，抿着嘴唇儿，不再说话。赶快收起来！爹催促道，听见没有，催促姐姐没有催促妈妈。不！妈妈坐回到炕沿中间，转过身去，俯下身贴近满炕的照片，一动也不动地盯着照片看。我掀开外屋地水缸盖儿，咕咚咕咚喝一瓢扎牙的凉水，渴死啦！喝到一半抬起头，喘一口气。你又喝凉水啦！妈妈盯住照片还能听到喝水声。喝凉白开水，还能不让我们喝凉水，让我们喝凉白开水，有细菌——还不忘了告诫我们喝凉水的害处，肚子里面长蛔虫！哪怕是沉浸在照片里面不能自拔的时候，也要把害处的结果告诉我们。有什么好看的。爹也坐下来，掏出他讹诈到的一沓子钱。好看好看……姐姐醒悟过来一般，赶紧挨近妈妈，赶紧安慰起妈妈。我进里屋看见她们俩快压到那些照片上面。姐姐一只手撑着炕面，一只手抚摸着妈妈后背，侧着脸瞅一眼坐在旁边的爹，又瞅一眼靠近的我。我走过去看见铺了整整一炕面的照片，这些摆弄过无数遍陈旧的老照片，妈妈眼睛仍旧盯在上面，仍旧好像盯了一千年一万年，仍旧好像钻进照片里面，钻到五花八门的场景里面，难以忘怀的里面。呸——爹坐在她们旁边，往大拇手指肚上用劲地吐口吐沫，一、二、三……用劲地一张接一张数着钱。叫他们见一见世面！妈妈盯着照片徐徐地说道。这才是世面！爹把数好的钱用劲地戳到桌子上，咚的一声响。你那是钱不是世面！妈妈不看爹就知道爹在干什么。钱就是世面！爹又重重地戳下去一张钱，又咚的一声响。我没听说过钱就是世面！妈妈轻声地回应着，并轻声地抽动几下鼻子。妈妈妈妈……姐姐听到了妈妈轻声的抽泣声，几乎整个身子趴下去，几乎遮住那些照片，遮住妈妈的视线，不再让她看见，不再让她回到深渊里面……躲开！妈妈突然站起身，你躲开！抓住姐姐后背的衣服，衣服把她兜紧，妈妈用力往起拽她。就怨你！姐姐哭泣着手里抓着几张照片，衣服上沾着几张。就怨你！妈妈悬浮着身体，侧着脸，冲着爹喊着。妈的屄地！爹大声地回骂了一句，骗我！他发现有一张一半的十块钱，夹在十六张中间。谁骗你啦！妈妈又突然扔下姐姐，姐姐又落下去，又把照片压住。妈妈的脸又挤到爹的跟前，你说谁骗你啦？脸快挨到爹的脸上，告诉我呀——眼睛快挨到爹的眼睛上，我去找他们讲道理去！表示要去帮助爹找骗他的人讲道理去的决心。行了——爹厌烦地躲开妈妈的脸，躲开向自己表决心的坚定的目光，把半张钱狠狠地扔到地上。这些破鸡巴玩意儿——回过手狠狠地抓住一大把姐姐没有压住的照片，朝着妈妈头顶奋力地扬了过去，行了吧——你！终于冲着妈妈的脸大声吼叫道。你你你——妈妈看着纷纷扬扬散落下来的照片，仿佛看到了自己崩塌的世界……南霸天，狗强盗！想要我低头……妈妈终于彻底地爆发了，终于翘起来了两只脚尖儿，定定地站住，把一只手放到胸前面，攥起来并不存在的一条大辫子，向身后用力地甩过去，用力扬起脸颊，眼睛里面放射出来更加坚定更加爱憎分明的目光……一颗心只想着把仇报、把仇报……爱憎分明的目光穿透糊满发黄报纸上面郎当着无数灰挂的屋宇，穿透屋外无边无际的雨幕，转变成两道灼人眼目的愤怒的光芒，像两只探照灯，把屋里屋外一下子照亮。哎呦——爹一时间没有反应过来，哎呦——一时间不知道该说什么是好，哎呦——只能不住地哎呦哎呦地悲叹起来。妈妈——姐姐缓慢起身，缓慢离开炕面，缓慢地站到地面上。妈妈——身上沾满着发黄的照片。妈妈妈妈——呼喊着已经不认识的妈妈，已经拉不回来的妈妈，已经控制不了的妈妈，已经无计可施的妈妈……千道伤万般痛含恨无言……妈妈愤怒而明亮的目光从屋外转回来，转回到屋子里面，转回到破烂的镜子上面，转过破烂的桌子、转过破烂的被服垛、转过破烂的炕沿、转过破烂的缝纫机、转过破烂的姐姐、转过破烂的我、转了一大圈又转回来落到爹破破烂烂的脸上……逼租讨债，打死我爹娘，抛尸河堤！爹娘啊……踮着脚尖颠向爹。哎呦哎呦——爹叹息着没有丝毫的办法，面对发作起来的明亮的妈妈，只得节节地败退下去，退过那些破破烂烂东西，一直退到另一面炕沿边上，被对面的炕沿挡住，没有了退路……从此锁进黑地狱，每日浑身血淋漓……妈妈的手不再攥在胸前，不再攥成拳头，伸出来一只手指头，力量全部蕴含到指头尖上，指尖直指到爹的脸上，爹的脸上已经纹路纵横、已经饱经风霜、已经刀砍斧凿，已经衰老了十年二十年……已经容颜顿失，就是在短短的几秒钟的时间里，判如两人，不再是那个镇定自若狡黠异常的爹。想不到今天哪，春风引我到这里来……爹乖乖地顺从着手指尖儿的指向，向后面弯下腰，一直就要弯曲到炕面上了，再也弯不下去了，仰面望着妈妈蕴含着全部力量的手指头，张合着一张干裂爆皮的厚嘴唇，忍着腰要弯断了的痛苦，继续看着妈妈爆发出来“吴琼花”

式的表演……望东方已见那光芒四射喷薄欲出的一轮朝阳……妈妈完全沉浸到《红色娘子军》的伟大进程里面去了，剩下的四个手指头一个接一个地全部展开，展开的手掌慢慢地移动到爹的头顶的上方，眼睛逐渐明亮得无以形容，面容逐渐灿烂得无以形容……拨开迷雾照亮我的心……仿佛看见了照亮自己心田的朝阳正在冉冉升起，声音变得甜美了起来，目光格外地纯净格外地干净，望着黄昏前苍茫的大地。我也不想再在这个破地方了——我们我们——是不是啊，弟弟——姐姐也不再是为了挽救妈妈走出深渊，不再是为了挽救爹和我转移妈妈视线，调整思路煞费苦心，而是又一次受到了妈妈的感染，这一次彻底地沦陷了下去，向我伸过来的脸上，布满了激动的红晕，两眼里都是空空荡荡的发亮的光芒。在这个阴雨绵绵的北方曾经叫作生产建设兵团四十团六连后来叫作 8511 农场第六作业区破旧阴暗肮脏的屋子里面最后一个曾经饲养公猪的劁猪能手的女知青浑身散发着新储饲料的气息历尽沧桑与广大农妇没有两样的老疯婆子回忆她的青春她的痴心妄想怨恨缅怀无奈直至声嘶力竭地疯唱革命样板戏我不知道怎么回答她和她的女儿她们不知道她们心底里到底是怎么一回事这些广大的疯狂的农妇们这些疯子你们在广大的田地里面发疯发疯发疯。就怨你，爹！他的女儿也踮起来脚尖儿，也模仿着她的妈妈的唱腔用脚尖儿一颠一颠地挪向爹。哎呦——他已经彻底地没有了办法，张合着大大的嘴巴看着自己的女儿身上那些纷纷颠落下来的旧照片，看着他的疯婆子那一直在眼前戳动的手指头变幻成手心朝上的手掌，向着窗外渺茫的大地伸展开来，还有他的疯婆子再一次伸展向窗外穿过雨幕充满坚定意志的纯洁无瑕的疯狂的目光，仿佛她们看到了冉冉升起的巨大的希望，正向她们滚滚而来，这一幕叫他已经彻底不认识她们了。妈的个戾——他把绞尽脑汁讹诈来的钱全部捂到自己的脸上，不想再看到她们一眼。倒了八辈子血霉啦——我！用力地在砂纸一样坚硬的脸皮上揉作一团，造了八辈子孽啦——我！恨不得揉成了碎末儿，揉进眼睛里面，揉进心头里面，我操我八辈子祖宗的——我！打心头里流淌出来巨大的汗珠儿，顺着沟壑纵横的两颊流下来。我他妈的屄的我——呜呜呜——张合着的大大的嘴巴，像打开阀门的巨大的风箱，发出来巨大的空洞无望的干嚎声。

亚莉珊德拉·戈图索，在法国蒙比利埃大学学习，出版有一部短篇小说集。

没想到的选择

[意大利]亚莉珊德拉·戈图索
金莉/译

“永远别在花园里种无花果树，”睿智的祖母有一次对我说，“不然精灵会来把你捉去。”

这让小时候的我怕得要命。长成青少年后，听到这些与我年龄不符的童话，我只是翻翻眼珠子。现在我唯愿当初听了祖母的话，如果那样，我或许就不会陷入这样的麻烦了。

刚搬到城里，我住的公寓紧挨着一个公园。我决定在一棵树下的阴影里写完作业。我没注意那是一棵什么树，那时这对我不重要。天气炎热，地面很干燥，但空气中充满了声音。我有一小会儿闭上了眼睛，这一小会儿太漫长了。

有什么东西在掐我，我一下子惊醒，跳了起来；那东西又在掐我，似乎想抓住我。我朝身后看去，看到树底下有一个洞。从洞里猛地伸出一只手，我的一只胳膊被一些爪子拽进洞里，身体其余部分跟着也被拽了进去。这些爪子将我一下子拽进洞里的黑暗中。那东西拖着我穿过一个地底下的空间，我的脸被按在土里，土渣进到嘴巴里；树根划着我的眼睛，我不得不闭上双眼。这里空间很窄，我没法儿扭动身体。我试着把胳膊拽回来，但那东西比我力气大多了。它将我拽进地心深处。接着，我感觉周围的环境不再逼仄，身下擦过的泥土也消失了。我感觉空气在升腾。我在下落。

我盖住脸来保护自己，同时尖叫起来。我肘部先着地，发出一种断裂的声音，身体其余部分随后也砰的一声摔在地上。我睁开眼，因为疼痛而视线模糊。四周太黑，什么也看不见，但我能听见声音。我听到低低的口齿不清的声音。一个人在咀嚼美味食物时发出的那种低声。不是清晰的说话声，只是咕哝咕哝的声音。它们抓住我那只没有受伤的胳膊。

我开始尖叫，扭动身体。我挣脱了，胳膊在空中乱舞。我感觉有爪子在抓我的腿，我开始踢它们。我或许看上去像一个成年的小孩在乱发脾气，但老实说，我快被吓疯了。我被困在黑暗中，手无寸铁，不知道自己要对付的是什么。它们把我从地上抬起来；我想要挣脱，就重重摔到一块岩石上，疼痛使我眼前发黑，我昏了过去。

我在一个笼子里醒过来，周围是很多婴儿和某种生物。我一点儿也不知道那些生物是什么——它们体型很小，正把奶瓶塞进那些嚎哭婴儿的嘴里。一个长着黑眼睛和蓝皮肤的生物从笼子外面塞进来一个瓶子，嘟囔着让我喝。我困惑地看着它，它低吼了一声，我只好接过瓶子。

我想起祖母过去常给我讲的那个古老童话——如果不是发生了这样的事，我永远不会相信这童话是真的。这让我吓坏了，让我感到恐怖。我从来没有认真听祖母讲它们的饮食习惯，或者别的什么她会在我上床前讲给我听的事。我倒真的试着喝了那瓶子里的东西，因为我很饿，又不知道它们下次会在什么时候给我东西吃。我试着抿了一口——尝起来很像牛奶。我又喝了两大口，感觉那只摔坏的胳膊在发出起泡的嘶嘶声。我低头看那只胳膊——每动弹一下都疼。这起泡的嘶嘶声没让我觉得难受，实际上缓解了我的疼痛。我将肘部弯曲起来，感觉那儿不再疼了。现在我想我刚才喝的可能不是牛奶。

听到一个实实在在的声音时我很震惊，我睁开眼睛，见一个男人站在关我的笼子前。他在对着那些蓝色的小生物吼叫，并指点着我。最开始我以为他是一个男人，但他的耳朵与人类不同。他可能是一个精灵。

“先生，”我站起身面对着他说，“你能帮帮我吗？”

我知道他听见我说话了，我开始讲话时他耳朵耸动了几下，但不理我。我再次试图引起他的注意，他抬脚从我这儿走开。我感到恐慌——他是能让我离开这儿的唯一机会。

祖母的声音在我脑中响起来：“如果精灵把你捉住了，你要跟它们说这些话。”

“我是你应负起的责任，”我对他喊道，他浑身僵住了。他转过身，抬起一条眉毛看着我。当他严厉的眼睛瞪着我时，我说不出话来，但我继续说：“你把我抓来了，现在我是你应负起的责任。”

他盯着我，好像要永远这样一直盯下去。看上去他像在思考。这时我想起来他或许听不懂我的语言。我用因恐惧而大睁的眼睛反过来盯着他，不知道除此之外我还能做什么。他打了一个响指，那些蓝色生物拥了上来。他用他的语言对它们说了些什么，它们吵嚷着拥向我，发出让人高兴的声音。它们打开笼子，一拥而上抓住我，拖着我跟它们一起走。

“不！”我尖叫道。它们发出让我身上起鸡皮疙瘩的声音，听起来好像正为什么事而特别高兴。我不知道是什么事，但我不认为这事会对我有所帮助。

“我是你应负起的责任，”我继续尖叫。它们把我拉倒在地板上，并把我按在那儿，我几乎抽泣起来。“住手！我是你应负起的责任！我是你应负起的责任！”

它们拽着我一路走，上了楼梯，离开了那个泥土的洞穴。我们进到一个石头建的门厅里，看上去像一座宫殿。这些生物迅速移动，现在知道怎样对付我了。它们的手死死抓住我；每次扭动身体想摆脱它们，我都感到疼痛。然后，它们进到一个房间里，把我扔在那儿就跑开了。等到我手忙脚乱地站起身，我听到一把锁转动的声音，门被死死锁上了。我踢踹老木头做的门，希望它在我拳头的擂击下塌下来。我几乎踢坏了门把手。我四处乱撞。

我在一个看上去像是卧室和饭厅合一的大房间里。房里有一张大床、一张桌子，以及其他家具和一个阳台。我跑到阳台上，想看看我是否能从那儿跳下去。我看见远远的下方有一个花园，我的房间太高了，没法儿跳下去。我继续望着下面，一边想：“我到底是怎么到了这儿？”我抬头望天，但那儿没有天。我看见黑暗，树根从上面长下来。我知道我在地底下。我看得出我是在地底下。但这里每样东西都被照亮了。我看见至少有十英尺高的巨大结晶体照彻了地底的黑暗。它们像微缩版的太阳，每个都亮闪闪地发出强光，向周围投射足够的光亮。

我必须逃出去。我必须回到我的世界中去。但是该怎么做呢？

自从我被带到这个地底世界后，八天过去了。因为我所住的房间和接受的日常待遇，现在我知道我是被当作一个客人。每天在我猜想是早晨的那段时间，我会被带去淋浴。我被一个双手强劲有力的侍女领着。我把到浴室的路线牢牢记在脑子里。今天我要尝试逃跑。我走在那侍女身后——过去八天她根本不用担心我。我每走一步都慢下来；等走到另一个走廊那儿，我偷偷沿着走廊走下去，而不是跟随那个精灵侍女。

我开始跑，冲着我不确定的方向。我知道必须到楼下去，所以我寻找楼梯。我防备着拐角处不要躲着看守。把门推开太冒险了，但我还是朝那些已经开着的门里偷看。我找到了楼梯，一次下两级台阶往下跑。这地方让人晕头转向，所有地板看着全一样；我不知道我在往哪儿跑，因为没有窗户。我不知道我是在哪一层。这时我听到看守们在急急忙忙到处跑，吼叫着命令。我快速想办法找到了一个能躲进去的藏身处，祈祷它们不会看见我。等到它们的脚步声听不到了，我出来继续寻找出去的大门。我没找到大门，而是迎头撞上了一个一言不发的男人——他的脚步声我没听到。

他看上去跟那个我在下面笼子里见过的精灵是同一个——那个把我当作他应负的责任的精灵。我花了三秒钟意识到我还是必须逃跑。我拔腿就冲，但没迈出两步就被他抓住，拽了回来。他使出的力气使我站立不稳，我向后翻倒，屁股着地摔在地上。我恐惧地朝上望着他。

他的眼睛是黑色的，头发很长，肤色很浅，表情坚忍。这时我听到从走廊那头走来的看守的沉重的脚步声。我开始试着站起来，但那个精灵嘴里只发出一个声音就足以表明他不同意我这么做。我没时间了，这是我逃跑的机会，然而我失败了。我从地上一跃而起，但看守在那一刻就抓住了我。它们将我拽走时，那个精灵对它们说了些什么。我对它们又踢又喊，想挣脱出来，但无济于事。我这次逃跑失败了，但我对这个地下世界比以前熟悉了，可以想出一个更周密的逃跑方案。我被带回房间；我试着思考下一步怎么办。

感觉像过去了很多个钟头，我房门上的锁被打开，门被推开了。我转头看是谁来了——是那个负责看管我的侍女。她看上去很生气——我之前从她手底下逃脱了，她这么反应很正常。更多仆人走进来，开始摆桌子，把食物放到桌上。他们也带来了我迄今为止见过的最古怪、但色彩又最美轮美奂的鲜花，装在一个花瓶里。这时，那个脸上表情坚忍、长着黑眼睛的精灵走了进来。我能看出那是他，因为他总是穿一件丛林绿的上衣。他走进房里，几乎没看我一眼就在桌子顶头坐了下来。其他精灵很快离开了房间，我跟那个精灵一起被锁在房里。我不信任地看着他；他平静地吃着东西，没跟我讲话。我走到他跟前，对他的举动感到困惑不解。

“你是谁？”我要求他解释。他没有回答而是继续吃东西。我又问：“你是谁？”

他的举动让我怒不可遏。我又问他；他还是不回答，我就连珠炮似的问更多问题：“我在哪儿？为什么把我带到这儿来？为什么绑架我？为什么不让我离开？为什么不回答我？”

听到最后一个问题，他看了看我，嘴里慢慢咀嚼着，然后又低头看着吃饭的盘子。这时我想他一定听不懂我的话，是因为语言障碍他才无法跟我交流。但他听懂了我在下面笼子里对他说的话。

“你是怎么知道我们的规矩的？”一个声音不满地嘟囔道——来自坐在我面前的那个精灵。

“什么？”我说——被那低沉的声音惊了一跳。

“我们的规矩，”他重复一遍说，“你是怎么知道的？”

“我不知道你们的规矩。为什么把我带到这儿来？”

“你的问题让我很烦，”他说。一只手朝我猛地一摆，然后又接着继续吃。

我用轻蔑的口气说：“是吗！？”

“你知道我们的规矩——关于如何对待我们应负起的责任；你是怎么知道的？”

“如果我回答你的问题，你也会回答一些我的问题？”我问得很轻声，因为我不知道跟我打交道的是什么人，也不知道他的脾气性情。

接下来是十分钟的沉默，终于，他回答说："就一个问题。"

我有不止一个问题，但我怎么才能把这告诉他又不惹恼他？我几次张开嘴，话就在嘴边，但又咽回去了。我一点儿不知道该怎么问他。

"就一个问题，"他又重复道，同时示意我坐到他身边来。

"我怎么才能离开这儿？"我问道，一边依照他说的坐了下来。

他没回答。他继续吃，咀嚼速度慢得惊人，把蔬菜一口一口地细嚼慢咽。我的愤怒、焦虑和恐惧变得更强烈了。我知道我对自己在哪儿一无所知，对眼前这个精灵一无所知，但我知道我必须逃出去。时间一分一秒过去，他盘子里的食物吃掉了一半，他还是不紧不慢地咀嚼着。

"我怎么才能离开这儿？"我又问一遍，希望他会回答我。

"你要经历一次考验；如果你通过了，你就能出去，但如果你没通过，你会被那边的人永远忘记，"他一边吃一边说，"既然你是我们应负起的责任，你可以在这儿度过余生。何去何从全在你。"

我仔细权衡他的话，他则慢条斯理地咀嚼着——慢得让人恼火。我可以从此在这儿生活，我也可以尝试重获自由……我一点儿不知道我会作何选择，我认为被人永远遗忘意味着死亡。

"你是怎么知道我们的规矩的？"

"我祖母对我讲的，"我低声说，同时意识到了我眼下的境况。我不知道我是否有勇气接受考验，因为我能在这儿生活得很舒服。但我会快乐吗？"她给我讲住在无花果树下精灵们的故事。没人见过无花果树的花朵，祖母的故事说精灵会把它们拿走。"

我看着面前的花瓶，里面插着外形古怪的花朵，每个花瓣上都同时混合了蓝紫色和橙色。它们非常美丽。

“她对我说你们也偷窃婴儿，还说如果我不小心就会被你们捉走。我从没想过她说的是真的。”

他点点头，好像表示我提供的信息是正确的。接下来，我们对彼此不理不睬——我在考虑可供选择的可能性，他则咀嚼吞咽下更多食物。

“你叫什么？”我问道。他盯了我很久才回答。

“榴莲。”

“我叫玉瑶，”我对他说，“为什么把我捉到这儿来？”

“不要问更多问题了，”他宣布说——他吃完站起来了，“你明天要作出决定。你将要么作为我们应负的责任留在这里，要么接受考验。”

说完他走了出去，留下我被锁在房里。那天晚上我辗转难眠，不知道作何选择。

他们来找我的时候我猜是早晨。这里没有太阳，我永远无法知道时间过去多久了。在门被打开的那一刻，我肾上腺素飙升，心脏狂跳不止，以至于我只能听见自己的心跳声。那个名叫榴莲的精灵看上去很生气，因为他不得不又问我一次。尽管没听到，我已经知道他会问什么了。

“你做了什么决定？”

“我决定接受考验，”我说。同时希望我的声音没有显出我心里有多害怕。

他点点头，没有给出一丁点儿暗示让我知道我选择对了还是选择错了。他开始从我这里走开，我意识到我必须跟着他。

我跟着他走，同时脑子里旋转着我问自己的问题：“我该接受这次考验吗？”“我需要接受这次考验吗？”“生活在这里我不是会很快乐吗？”“我会生活在这里吗？”“我会通过这次考验吗？”

带着所有这些问题，我麻木地跟着他走。等到达了目的地，我很惊讶。那是一个走廊，走廊尽头有一扇门。实际上，那扇门上雕刻有虬曲的线条和装饰细节，看上去更像一扇出口处的大门。

“就是这儿了，”名叫榴莲的精灵说，“进到走廊里去找你出去的路吧。”

看着那扇美丽的带雕饰的门，我害怕得大口吞气。我犹豫着是否继续下去。我让某件事开了头，我将会完成它。我朝着走廊尽头迈出一步，膝盖在发抖。这时，那扇门慢慢打开了，门内的墙移动起来。它们开始旋转，看上去像电影里的时间隧道。我看着它们旋转扭动，颜色是靓丽的紫色。从中心盛开了一朵蓝色玫瑰。这朵玫瑰越长越大，黑色的玫瑰刺朝我伸过来，速度极快，不是正常人类所能想象的。这些刺上一刻还在围着那朵玫瑰盘卷起来，下一刻就绕到我的腰间，把我拽进那个旋转的紫色旋涡中。我甚至不知道我是否该尖叫，因为我的声音被卡在喉间，心也跳到了嗓子眼儿。我听见门在我身后关上了；一眨眼的工夫，周围世界不再是紫色的，而是一片黑暗，令人恐惧。紧缠在我腰间的玫瑰刺松开了，我感觉到脚底下踩着的石头。

空气感觉很冷，我似乎听到千百万个声音在对我说别这么做，在死于非命前转头回去。我浑身战抖，胳膊上起了一层鸡皮疙瘩。我试着按捺住胸中翻涌的恐惧感，沿着面前长长的走廊走下去。

走廊两边的黑色墙面很高，让我感觉好像在一部恐怖电影里。我告诉自己不要反应过激，不要想太多。我告诉自己继续往前走。每向前一步，那些声音都变得更大声，告诉我转头回去——让我的身体充满了肾上腺素，充满了恐惧。名叫榴莲的精灵的确说过这是一次考验。我决定对这些声音充耳不闻，也不去在意紧紧钳住我身体的恐惧。我继续沿着走道走——尽管看不到它的尽头。有那么一会儿，我不得不停下来，发着抖啜泣起来；涌上我身体的恐怖使我膝盖发抖，心脏就要跳出嗓子眼儿。我必须完成这件开了头的事。我必须离开这儿。我捂住耳朵，希望把那些悠长而尖锐的叫声挡在耳朵外面——它们让我浑身惊恐不堪。

终于，走廊出现了一个分岔。我可以向右拐或是继续朝前走。我决定向右拐，进到了一个花园里。我在花园中央看见一位着盔甲的骑士。他的剑吸引了我的注意——剑刃比这个骑士的身体还要宽，是一把能够想象出来的让人难忘、令人恐怖的剑。我不敢迈步向前，唯恐在那头盔底下有某个人，正等着邀请我过去，好把我杀死。在他身后，我看见两扇完全不同的门。

一扇门颜色较暗——棕色、灰色和黑色。木头做的门上雕刻了美丽的葡萄藤，从葡萄藤上长出扁平的叶子。另一扇门颜色亮些，是红色、黄色和橙色，门上也雕刻了葡萄藤，但叶子不同——看上去好像干缩了。

“你要选哪扇门？”一个声音轰隆隆地说——来自那副盔甲。它的大嗓门让我吓得跳了起来，几乎仰面翻倒。

“别担心，”一个较小的声音说——来自那顶头盔下面，“无论选哪扇，你都会满意的。”

“那是说谎，”那个较深沉的声音说，我在困惑中皱起了眉头。

两个声音来自同一个人。他疯了吗？

---

①古罗马神话中的神，通常被描绘成长着两张脸，同时望向过去和未来。它主司战争与和平；祭献给它的神庙在战时敞开，在和平时期关闭。作为主司变迁的神，它也与出生、生命进程和时间相关。

“你是谁？”我问道——那副盔甲在晃动。

骑士的胳膊在移动，伸向他戴着的头盔。他将头盔取掉了，我被眼前景象惊呆了。一个男人……不……两个男人拥有同一个身体。不……是两张脸连着同一个头！不是前面一个，后面一个，而是两张脸在头的同一面。

“我们是雅努斯，”左边那张脸用生硬严厉的声音说。然后，右边那张脸用较轻的声音续上它的话，“主司起始、变迁、双重性、门廊和终结的神祇。”

“我们在这儿帮你决定要走哪扇门，”右边那张脸说——它嘴唇在动，使它的胡子一翘一翘的，“或者把你杀死——要是你无法决定的话。”

我警觉地看着它们握在手里的那把剑。

“但要事先警告你，”左边那张刮得干干净净的脸说，“我们俩一个讲真话，一个讲假话。”

站在我眼前的这位骑士和那两张脸刚说的话让我惊得目瞪口呆。

“你听见我们说的了吗？”右边那张脸喊起来，把我吓得发昏，又回到了当下。

“她看起来不怎么聪明。也许我们应该说话慢点儿，”左边那张脸说，“你——决——定——选——哪——扇——门？”

“我听见你们说的了，”我对它们说，“我只是不知道该想什么。”

“你可以想着怎么从这儿出去，”长胡子的那张脸嘟囔着说，“你来这儿不就是为了这吗？老实说，人类有时候真是蠢得可以。”

“那两扇门背后是什么？”我问道。

“一扇门带你到人类世界，另一扇通向必然的死亡。”那张刮得干干净净的脸满意地说道。

“哪扇门会带我到人类世界？”我问道。

“深色的那扇。”右边那张脸说。

“不！别撒谎了，是色彩鲜艳的那扇会带你到人类世界。”左边那张脸说。

“你居然说我撒谎？不会有谁会想走进一扇色彩鲜艳的门吧？掠食动物就是这样引诱猎物的——用它们美丽的皮毛。”

“不能这么说，是因为人类世界有太阳，而艳丽的颜色表现的就是太阳。”

我开始觉得困惑，因为不知道该信谁的。

“你们中有一个在说谎，有一个在讲真话。”我把脑子里想的大声说了出来。

“天啦，她真笨。是的，这我们已经说过了，”左边那张脸说，“现在你该决定选哪扇门了。”

“你们中谁在撒谎？”我问道。

“它在撒谎。”两张脸同声说。

“你在污蔑我。”长胡子的那张脸喊道。

“啊，当然你在撒谎，你一直都在撒谎。”

“不，我不撒谎，我讲真话！”

“呸，撒谎！”

“等等，”我说，将它们的争吵压了下去。我走到离那个骑士近些的地方，转向右边那张脸。它胡须很浓密，显然皱着眉头。“你推荐我选哪扇门？”

“灰色那扇。你们可怕的人类在毁掉我们的世界；因为你们的贪欲，它的美丽在消失。你们只会想要什么就拿什么，不考虑其他。你们的世界是黑色的，你们的世界是黑暗的。你们人类根本不了解生命的真正意义，不懂得彼此尊重。这是为什么通向人类世界的是那扇灰色的门。”

我点点头，长胡子的这张脸讲的是有关我们世界的实话。我走到另一边，对着那张微笑的脸——脸上眼睛在闪闪发亮。

“你推荐哪扇门？”

“橙色的那扇。橙色不仅代表了太阳，也代表了人类数千年来积累的全部智慧。噢，不是说你，你看上去有点儿傻，而是说其他人类。你们发现了自己世界的美丽，你们想要保证让这美丽属于所有人类。”

“需要更正一下，你意思是有钱的人类；他们不在乎世界其他人生活在贫困中。世界人口有一半患有肥胖症，其余的却在被饿死！”

“你们发明了匪夷所思的技术、车辆和电话，”左边那张脸继续说，好像没听到右边那张脸刚说的话，“你们到过月球，在拓展你们的世界。”

“没错，但那只是因为他们在毁掉他们的世界，需要另找一个地方生活。”

“但他们取得了人性的巨大进步。”

“没错，战争和垃圾。他们只擅长这两样。他们知道怎样制造更多杀人机器，能够杀死更多人，同时制造出越来越多的垃圾污染世界。”

我权衡它们刚说的话，意识到我要做出的选择将不会很容易。两张脸都说了有关我们世界的实话。我不知道该相信哪一边；正面的这一边拒绝相信世界在有些地方出错了，负面的这一边则只看到糟糕的事情，对改善世界无所作为。

“你决定好选哪扇门了吗？”当我把目光又移回到那位骑士身上，声音较轻的那张脸问道，“我们可没有一整天时间等你。”

“我决定了，”我说，“我选择一条新的道路。一条中间道路。”

“中间道路？”左边那张脸反问道，右边那张脸则从后面喊道，“我告诉过你她很蠢。”

“没有中间道路，”左边那张脸说。

“应该有。任何世界的存在都有好的一面和坏的一面。要改变我们的世界，我们两者都需要。如果我选那扇色彩鲜艳的门，我就采取了你的观点，相信人类世界一切正常，而它实际上存在严重问题。如果我选那扇灰色的门，我就只会悲观地看世界而不采取任何行动来改变它。我选择中间道路——既看到我们世界好的方面，又改正我们做错的地方。我想要纠正我们对地球做错了的地方，让它变得更好。我们不能继续只做出非黑即白的选择。不是暗色就是亮色。我们需要将它们混合起来，创造出某种新东西。这是我选择的道路。”

两张脸都沉默了。

“你叫什么名字？”

“玉瑶。”

“好吧，玉瑶，你是第一个、也是唯一一个通过这项考验的人类。两扇门都通向必然的死亡，因为从前还没有人想到过第三扇门。你已经明白了要在这个世界继续生存下去，我们需要什么。但是你算谁？有什么能使你配得上通过这第三扇门？”

“我或许不知道我是谁，不知道怎么变成我希望成为的那个人，不知道怎么对待自己与其他人的差别。但我知道会有那么一天，”我坚决地说，“我将是自己隧道尽头的亮光。当门关上了，我将是那扇打开的窗户。我将给人以启示。而且我知道我会采取坚决行动来改变世界。”

沉默了一小会儿，两张脸同声说道：“就该如此。”同时打开了一扇穿过那副盔甲的门。

它们帮我扶着那扇盔甲制成的门，让它开着。我最后看了它们一眼，迈步进入黑暗中。我感觉到脚下的泥土，看见头顶上一小束光。我想要接近它，于是开始挖掘一条从这泥土的洞中出去的通道。我的手挖通了一个开口，我感觉风吹到手指上。

我挖出了一条从地底下出去的通道，回到了天光下——我属于这儿。

我知道我得做点什么，现在我要着手实现我的使命了。

赵彦，1995年开始写小说，曾在《小说界》《人民文学》《大家》等刊物发表中短篇小说及随笔若干。出版《我们都是二手动物》等。现就读于西班牙阿尔卡拉大学。

看！那些熊！

赵彦

对我父母这代人来说，生活是以四季为时间周期的，他们偏爱冬季，因为冬季是聚会和节日最多的时节，天一冷下来，各种邀约就会纷至沓来。撇去几个固定的走亲访友的日子，一波又一波的婚嫁迎娶和乔迁庆生之类的活动让他们忙得马不停蹄，这些聚会成了他们这个季节的主要内容，他们会一连几日围着它们辗转在不同的亲友家中，像两列忙忙碌碌的高铁，每一站上只会停留片刻。有时候聚会来得太频繁甚至没有时间认识活动上的主角，比如婚礼上的新郎和新娘。十一月之后春节之前，尤其是亲友和邻居们乔迁上梁送大红烫金的请柬的日子，因为这几个月食物最不容易坏，过去人们习惯于把厨师请到自己家来，因而剩菜是一大不容浪费的资源，也是考验主家是否慷慨的一个指标，剩菜越多，说明主人家越客气，因而宴会的季节非常重要。此外还有婚礼前的订婚仪式和寿辰。诸如此类的聚会让我父母和他们的亲朋好友一整个冬季都保持着一种昂扬的状态，亲友们可借这些机会联络一下彼此的感情，不但大吃大喝一顿，通过发生在别人身上的这些变化还可让他们看到自己的生活在原封不动的基础上，就像一只火柴盒那样安全、紧凑和整齐。但有一类走访我父母既不乐意参加可又必须出席，那就是亲友间的丧事。冬季漫长而严酷，有时候会一连几天大雪纷飞或者下起久久不会融化的冻雨，因而同样也是另一类事的高发期——不是每个老人和身体虚弱的人都能在这个季节挺过去，于是，说不定哪一天，你家门外就会出现一个手持黑伞的人，紧绷着的脸孔上的表情告诉你，在这个阴冷的冬季，又有一个人怯场而倒霉的人离开了我们。

我妹妹不喜欢这个季节。我妹妹不喜欢冬季。尽管她自己是在冬季举行的婚礼，现在又在冬季与结婚三年多的妹夫离了婚。我也不喜欢。冬季让我想到母亲家露天的总是有一层薄冰的水槽，小时候被冻坏过一次的小指头，漂在被洪水覆盖的河面上的糟木头。那个季节总是又多雨又冷，一下雨，母亲家附近的那条河就会发洪水。当然，主要还是——我不喜欢任何形式的结束。

妹妹因为与妹夫分手使我成了她一个得力的帮佣。我是妹妹在这个城市唯一的亲人。除了我，还有另外一位自告奋勇前来帮忙的朋友。一个星期前得知消息的父母也来这儿看过我妹妹，他们两人，这对因恩爱而在亲戚间负有盛名的老夫妻，在听完他们小女儿的讲述之后，一个坐在沙发上默不吭声地读了好几个小时的报纸，另一个则在厨房和客厅之间逡巡了几趟之后，做出了一个她一生里最为理智的壮举。她，我的妈妈，从我妹妹打算清空的房屋的电话机旁的便笺本上撕下几页纸，将所有值得搬运回家的厨具和其他物件列了个详细的清单。而在这之前，她最怕的就是罗列各种物件。自从与我当数学老师的父亲结婚后她的逻辑就从未好过，而且有每况愈下的趋势。

售房广告已经在中介公司挂了两个月零八天了，中介告诉我们这个周末之前要清空屋内所有不要的家具和家电，因为已经有人相中了它。相中它的是一对年轻的情侣，他们看过一次就决定要它了，因为喜欢楼底下那个安静的花园。我妹夫主动放弃了家具和家电的所有权，他只要售房款的一部分（其实是大部分），这个议价似乎让他显得慷慨和男子气，因为新婚姻法规定房子所有权与我妹妹没有一点关系，尽管按揭是两人一起的，但首付是我妹夫家出的，而且房产证上写的是我妹夫的名字，可是很长一段时间，我妹妹的收入都要远高于我那不定期失业的妹夫啊，但我妹夫只愿意给我妹三十万，房价的六分之一，这还算是超越婚姻法的。我妈妈对此恨得咬牙切齿，却又不占理，按我妈妈的意思是既然如此绝情（我妹夫和婚姻法）就连一个拖把柄也不要留下。我妹妹却放弃了搬动那些大体积的家电，那个超大液晶屏的电视和几件还油光发亮的几乎八成新的仿欧家具。我们不知道她是怎么想的。离开这里不管去哪里，她仍旧要重新生活的呀！

现在不是讨论这些的时候了，因为车子快来了，而我们还在楼上慢吞吞地收拾东西。我妹妹只想拿走属于她的那些东西，就是那些她自己挑中的并不值钱的小物件，比如某个周末在一家生日礼品店里买的几只茶杯垫啦，一只藏式绸布灯罩啦，一块我曾在出差时送她的羊毛地毯啦。尽管我们放弃了那些大家伙，这些零零碎碎的小东西还是装了好几个大包。另外还有一只大熊。她坚持要带走它。几个小时之后，客厅里就堆满了这些分门别类的大包和那只又大又笨的熊。这些编织材料缝制的包装袋是几天前我父母过来时我与妹妹及我妈妈一起在农贸市场挑的，据我妈妈说，就是在这种时候，我妹妹还非常在意编织袋上的图案而不是内容，她不偏不倚地沿袭了我的形式主义趣味，为包装袋上的图案花色挑了一下午，却拒绝和自己的母亲谈论搬家的各种细节。“好吧，我不拦你随你去，”我妈妈气得快吐血了，她把纸巾在手掌上揉搓成一个个长细条，“每个人都必须为自己的决定负责，为自己选择的命运负责。你愿意在这些细枝末节上较劲，却不会与那个人谈判，你一生都败在这些稀里糊涂的失误上……我们老了，只能管你们到这里了……”

我妈妈说话颇具辐射力，当她要数落某个人时，在任何时候我们都应该做好智力上的准备，她不但打击面大，还很有层次感。要是只能听出就事论事的那层意思，那你就完了。我们姐妹俩早就习惯我妈妈的说话方式，也训练出了一种极速的引申思维能力，如果不具备这种能力，至少能够一只耳朵进一只耳朵出。我妈妈一直以为我妹妹走到今天这一步与我有很大关系，是我让她毕业后来到我工作的这个城市的，我还对她进行了各种诲淫诲盗，鼓励她个性独立，读文学书，结交各种不靠谱（我妈妈这样认为）的朋友，然后在他们还未回过神来之际，就鼓励她离开亲友们一开始并不看好但后来觉得还不错的我妹夫。依照她的价值观，我妹妹一生就此废掉了，因为一个离了婚的女人就像缺了一条腿的桌子，以后就颠簸了。对于一名受邻居们尊敬的女性，一名早早办理退休手续的前小学老师，我妈妈有一个固有的成年女性模本，那就是边上随时要有一个对她言听计从的男人，要像个女皇一样能享受她想享受的任何特权。她没有直接指到自己，但我们都知道她实际上以自己作为标准件，她洋洋得意于自己当年无心插柳的婚姻——事实上我爸爸经常对她阳奉阴违，但我爸爸是一个智商和情商双俱的男人，他知道怎么控制她而让她觉得她心甘情愿并且还自以为驾驭了对方。

现在同样也不是讨论我父母关系的时候。我妹妹甚至不想说话。我朋友一个劲地在边上逗她笑，无论他说什么，我妹妹都只是僵硬地紧抿着嘴。我也觉得朋友今天说的笑话并不好笑，甚至有些低俗。我还发现他是一个饶舌的男人。我让他一边歇着去。

“滚！去阳台上抽烟去！”

“抽你个头啊，”当着我妹妹的面，我朋友一点也不给我面子，“半个小时后车子就到了！”

但他还是去了阳台。他一边对着阳台栏杆吐烟圈，一边逗着楼下阳台上的一只宠物狗。养宠物狗的那家人也认识我妹妹和我妹夫。

半年前，我朋友在地铁车厢里看到了我妹夫，与他一起的还有个女孩子。之所以要把这件事向我汇报是因为我朋友觉得他们的关系不对头，两人亲密地背靠着地铁的折叠门，一边玩着手机，一边还说着悄悄话，偶尔放肆地大笑几声。我朋友反应非常灵敏，他机智地将帽檐往下扣，同时闪进一个他们可能看不到的角落，他那头烫过的长发在人堆里非常扎眼，还有他几乎像是制服一样的花裤子，所以他尽量掩饰带有伪艺术家的那些特征。一番努力之后，他成功地使自己遁形了，他躲在了车厢连接处一个胖子的背后，而视角仍旧有利于他扫射这对鬼混的男女。不过他什么也没听清。他也记不得那女的具体的长相。他只能依稀说出那女孩的年龄。这已经够了。这些信息足够让我说服我妹妹她丈夫已经出轨了。我妹妹一直生活在自欺欺人中，或者某种不切实际的信任或者愚钝之中，自从大学期间认识这个男的之后，她就认为他是属于她的，一心跟着他。在婚姻的最后一年，有很多迹象表明他已经背叛她了，他经常夜不归宿，手机上经常有一些让人摸不着头脑的短信和电话，但我妹妹天真地以为他这么做一切都是为了工作，为了家庭经济的长足建设。她从未认真翻看过他的手机。

我们也姑且这么认为。但这只是为了让她好受些。我们不当她的面提这事，不主动说这事，当节假日只有我妹妹一人回到我父母家时，我们，主要是我和我姐姐，也假装不介意多次缺席的我妹夫。我们发起任何话题都要先观察我妹妹的脸色，我们的第一个反应也是是否能绕开他，那个在家庭聚会上频繁缺席的人。我姐姐甚至私下里教我的小外甥，叫他不提起他的小姨夫。至于我父母，我倾向于认为我妈妈至今还处在恋爱期，她眼里只有我爸爸，任何人在她眼里不过是背景，底色。有时候，让我生气的是，她竟会当着我们的面秀他们的恩爱。她甚至在我面前有高人一等的气势，因为我至今形单影只，而她有对她如影相随的我父亲。我父亲在方方面面都像雨天的一把大伞照顾着她，使她在很多事上变得又愚蠢又可笑。

我不是什么女权主义，只是没有碰到合适的人。我母亲却坚持认为我是家中的一个腐败分子，是我使她的生活变得不那么健全，就像在一堆整齐的瓶子里混进了一个少了一个瓶塞的成员，当她不得不应付邻居和亲戚们对她二女儿不婚的盘询时，她给出的回答都是已经有对象了，就快要办事了，这话她说了好多年了，她自己也厌烦了。她私下里甚至还怀疑过我可能患有某种厌男症。这使我哭笑不得。不过我已经习惯了。但是妹妹离婚这件事我从中没有起到任何作用，我的意思是说，我没有直接劝说她离开他，没有叫她独立，我只是提醒她要提防某人——要是我妈妈连这一点也不信任我，认为是我从中作梗才使我妹妹离开我妹夫，我觉得我与我妈妈的母女关系可以彻底决裂了。她觉得我可能需要在单身这件事上找个伴，而一直以我为楷模的我妹妹就这么轻信了我。

当然我的一切都不重要。我是否充当了一个离间的角色也不重要。我不是主角，在家庭里不是，在外面不是，在今天这样的日子里更不是。但我这天的配角角色还是起了一点作用，我贡献出了所有的体力，我为她找到了一个得力的帮手，我帮她打了搬家公司的电话并预约了时间，我还帮她把那些属于她个人（如那块我送她的毛毯）的拉拉杂杂的东西从五楼搬到一楼，然后又在与朋友的合力之下，将它们抬上货车。

朋友抽完了烟回到客厅。还有什么？再仔细翻翻看，不能便宜了那小子，就像你们妈妈说的，什么都不要留给他……见面我揍他……朋友总是说大话。他既不会揍他，也不会因此而便宜他。我们提了好多次，朋友都不相信那男的，也即我妹夫，会什么也不要只要那个女的，将这些花了近十万元的大件家具和家电心甘情愿地留给下一任房主。我朋友不喜欢我妹夫，原因是他花心，还有着北方人的小气的毛病。这种马后炮式的论断我们只能偏听偏信，只当是一种苦涩的娱乐。作为一个半吊子摄影师，朋友在我妹妹结婚前帮他们拍过一组照片，当时我妹妹花巨资在市中心一家影楼拍了好几套婚纱照，但没有一张合她的意，于是在我的张罗之下，我朋友免费给他们拍了一组室内的写真照片。就这样，我朋友以这种方式介入了我妹妹夫妇俩的生活。之后，我朋友还来我妹妹家吃过几次饭，他们觉得我朋友不但有摄影上的天分还是个天性热情的人。

“没有了。其他都不需要了……”我妹妹以为一切都已收拾停当，她花了几乎半个月的时间来结束这场婚姻的残局，所有两人一起生活的痕迹都在之前与朋友间的连续吐槽以及今天上午的劳作中被抹去了。

但我发现了一个重要的物件。

我妹妹和我妹夫放大的一张婚纱照还留在客厅的墙上，在离那对灰色绒布面沙发三十厘米的上方。其他能够移动的都已经移动了，也就是说，其他支在茶几上、床头柜上、书架上的相框都已经收拾妥帖了，唯独这张被斩钉截铁地钉进墙壁里的尺寸最大的树脂玻璃相框还牢牢地粘在墙皮上，而我们居然都没发现。照片上我妹妹穿着一件粉红色的婚纱，天使一样轻盈而纯洁；我妹夫呢，当年才二十五岁的未来的负心郎穿着一套神气的英式制服，镀金铜扣闪闪发亮，两道金黄色的流苏像瀑布一样从肩胛骨往下垂，他两手叉腰立在我妹妹身后，就像一个守职的皇室卫兵。但背景 PS 上去的竹林一看就是人造的，竹子又翠又直，没有明暗的层次感。多年后这一切显得多么虚假！可是当时我们却被照片上两个年轻人的幸福蒙蔽了，我们既不在意披挂在我妹妹身上与她肤色显得不谐调的粉红颜色，也不介意那身帅气的白色制服与我妹夫的身材是多么不合适！我妹夫瘦得就像一根钢管，还有点斜肩，那件神气的衣服在他身上显得空荡荡的，好像是两个空间。我们相应地也原谅了那些被电脑软件 P 得翠绿的竹子，景物和人影之间粗暴的过渡，笑容像贴上去似的木偶一样的男女主角——现在看来这样那样的缺陷和漏洞奇怪的是在当时都不足道。我妹妹既非天使也非魔鬼，当然，那个后来勾搭上他同事的我妹夫也不是什么真正的魔鬼。什么般配不合适，都是暂时的。

拍了那样拙劣的照片之后，我朋友坚持要在我妹妹他们面前展示他的手艺，给他们照一组室内写真，不用任何道具，也不 PS，尽管我朋友 PS 的技术好过他的摄影技术。但是那组照片，后来他们花了一天时间拍的照片，不知怎么的，在我看来也很不真实。照片上我妹妹穿的是一条碎花长裙，挽着一个老气的发髻，一脸假装的忧郁和老气横秋，而她当时正憧憬着好日子，一心想和我妹夫白头偕老，她的郁郁寡欢完全是为了营造一种小家碧玉而做出来的效果。我妹夫呢，倒的的确确是个型男酷仔，他光着上半身，脖子上系着一条红底银花的丝绸领带，戴了一顶灰色的呢绒牛仔帽，一束恰到好处的光线从侧面打到他骨骼分明的脸上，看上去就像是美国西部片里走出来的一条真正的硬汉子。不过我觉得朋友只是拍出了他想要的那种样子，一种影棚里流行的造型，至于对这对年轻人的了解则根本谈不上。

听到我的尖叫后，我朋友马上动手去找工具，一个扳手或者一把起子。不知怎么的，这个意外的发现让他兴奋了起来，是毁掉一个同行的拙作令他精神大作呢，还是他觉得发现这么大的一个疏漏叫人震惊？！事实上经常有人在房子里找到前房主相片或其他重要遗留物这类事，一张照片并不值得大惊小怪。我妹妹本人也不看好这帧照片，她甚至都不想多看照片上的那两个人一眼。

相框很容易就取下来了。尽管挂得似乎很牢固，但固定它的其实不过是两枚隐形的铁钉，用起子撬一下就松了。其他大的包装袋也全部扎好口子了。拉上拉链后，我们给它们分了几个类别，贴上了封箱带和有识别文字的小纸片，以便运到目的地后好方便处理。那只大熊像个保安一样在边上看守着这堆行李，它的一只爪子僵硬地搭在其中的一只包带上——准是朋友搞的鬼！熊在这里有点碍手碍脚，我劝妹妹丢掉它。妹妹却朝我撇撇嘴。熊是妹妹毕业后来到这里购置的第一个“大件”，她与当时还是男友的妹夫有一天在逛夜市的时候买了它，确切地说，是我妹夫启用了他的第一笔工资买给她作为沙发靠，因为我妹妹那些年有点腰椎问题。我的建议被她义正词严地拒绝后，我想好吧，随你吧，这都是你的生活。我们把行李都挪到了门边，在电梯门打开之际，为了运作迅捷和方便，三个人组成了一个有效的小型流水线，朋友扛大包，我和妹妹则将小物件一件一件地挪移到电梯口，基本上合理。全部东西从家里搬到电梯门边后，因为电梯空间不大，朋友随一部分行李先下去，我与妹妹随后与剩余的行李一起跟上。到了一楼后，我们又组成另一道流水线，把那些大包和小袋子以及大熊一个一个地传递出去，最后堆在楼房前的空地上。

但车子还没来。司机打来电话说高架上有辆车出车祸了，交警正在处理事故，等候通行的汽车已经排成了一条长龙，他的车处在龙首，没法回头。

天气很冷，没有太阳。这样的阴雨天已经持续几天了。一组墨黑的乌云期期艾艾从西边飘过来，有点像要下大雨的样子，风很大，在飘移过程中，这些云在耐心地变化着各种形状，我们估摸着等它们飘到我们头顶就已经溃不成军，到时说不定就不会雨了。妹妹穿着一件及膝的呢子大衣，灰黑色的化纤围巾胡乱在胸前打了个结，同色系的厚羊毛袜邋遢地塞在一双软牛皮的靴子里。靴子外面落了很多灰。她形象不佳，不知是冷还是激动，一直在打哆嗦。但无论处在什么样的境地，她都要比我引人注目，她长得比我漂亮，也比我高，我们俩要是一起上街，高回头率的一定是她而不是我。我妈妈对于她下的崽一个比一个优质颇引以为豪——她罔顾自己其貌不扬，以及我妹妹的好看只是个遗传学上的意外。

妹妹给远在几百里之外的那对人人艳羡的老鸳鸯打了个电话。在电话中，她告诉我父母，即那对老鸳鸯，所有东西已搬好了，现在楼下等车子。叫他们不必挂念。我靠在那只大熊上，熊因为体形大，能挡住楼底一阵又一阵的穿堂风，绒布上的小细毛也很暖和，就像我的另一层皮肤和毛发。这只熊跟随着我妹妹搬过几次家，有时候它待在客厅里充当让两个人舒舒服服躺靠的大垫子，有时候靠在书房墙上当作椅子本身，在我妹夫外出的时候，我妹妹还让它扮演过一个假人，立在夜间的卧室外面当门卫。这只熊块头比我大许多，光一个坐姿就足以形成又温暖又安全的角落。我真想一直这样靠下去。我让妹妹也过来避避风。但妹妹没有心思顾及舒适感，她仍旧让耳朵紧贴着那只手机，盘算着除了我父母外此刻可以打电话告别的那些人。

朋友开始敲打那只相框。起初我以为他是在漫长的等待中找到了一种新的消遣方式，当我走近时，他却以一个过来人的一脸自得告诉我，他发现了我与妹妹一个失误，而他现在正在设法消除这个失误——我们不能把相框就这样囫囵地扔进垃圾桶。不管怎么样，照片上是两个活人，那个漂亮的公主和帅气的皇家护卫，我们不能让它们仍旧肩并肩地在随后的世界里流浪，假装仍然恩爱。好吧，他说是的“假装恩爱”。我告诉我妹妹，征求她的意见是否要毁掉它。妹妹让我朋友离她远点，越远越好，相框随他怎么处理，砸也好敲也好，只要不要让她看到它。她不想见证这个过程。她说。我妹妹的态度使我与朋友成了必须对付这个过程的人，我是说，由我们俩来观摩它是如何由一个整体变成碎片的。我朋友的婆婆妈妈有时候还真管点用，我不得不佩服这个年长的巨蟹男。是他发现了这个纰漏啊。

现在我们巴不得车子晚点过来，因为这个相框比想象中的还要难对付。我们刚才收拾东西时把所有的工具都收起来了，但已经忘记塞在哪个大包里了。也有可能我们根本就没拿那些只有男生才会使用的工具，一只扳手啦，一把钳子啦，以及各种型号的螺丝钉和铁钉。我妹夫曾在宜家买过一只工具盒，全套包装的，里面一应俱全，修补和安装任何物件都很管用。但我们在取相框时一直没找到这只盒子，扳手是在卫生间的马桶边找到的。我们此刻也不抱希望。朋友决定来蛮的。他除了对摄影感兴趣，还对各种木工活和钳工很擅长，所以他成不了一个真正的艺术家，他只能在关键的时刻装装艺术家的样子。这是我对他的断语。他让我去附近找找有没有什么装修工人留下的建筑废料，钢筋条、碎砖头什么的。上午我们过来时，他看到这个小区有人在装修新房子。但我空手而返。我既没在那里找到什么钢筋条，也没找到碎砖头，连根木条子也没有。不过当我回到朋友那儿的时候，他已经弄到了一件替代物，一把挂在他自己钥匙扣上的小水果刀。他从相框的背面找到了一个绝佳的下手处。他划了两刀，在刺耳的吱吱两声之后，相框并没有起到什么实质性的变化，只是在照片背面的塑胶贴膜上留下两道交叉的刀痕。他于是又划了两道。这次他沿相框边缘将刀片塞进去后，贴膜开始松动了，并出现了一条裂缝。

我们的动静引来了妹妹的回眸。但她不过是扭过头看了一下，然后就迅速掉过头去继续盯着她的手机。我大声对她说让她也来想想办法。她说不关她的事。她声音很轻，像是从很远的地方飘过来的。她压低了句子的首字，然后又强调了其中一个动词，混乱的音频有一下没一下地撞击着我的耳膜，好像有只蚊子把它的一条细腿搭在我耳蜗的一根绒毛上，这种震颤令人注意力涣散。

朋友已经用它刮开了我前妹夫的一个下巴，但效率很低，相纸与玻璃黏得很牢。他说他使不了力了。刀背已经把他的拇指压出一道红印子来了。他让我看那道血红的印子。

我也试了一下。我根本撬不开那张硬硬的贴膜。我力气比他小，我也不知道从哪儿入手。朋友坐下来喘了口气。说，该死的，照片也要镶得这么结实，不知道人结了婚也是要离婚的么。

我扑哧笑了一下。这是他努力了一上午说的最好笑的不是笑话的笑话。但我妹妹没有笑出来。她也不会觉得好笑。她的伤口在流血。而且这话成了插进她伤口的又一刀。我觉得时间会治愈一切，要是她知道我们还要活上几十年，还会碰上各种各样的男人，各种各样的爱情，她不会认为这事会这么难过去的。但要一点一点来。慢慢让她适应这个转变。

她背对我们坐着。那些大包整齐地排列在她身边，就像一个个坟墓。她头发有些乱，刘海几近于无，是被风刮的。她把双脚并拢在一起，以便聚拢起温度，好让上半身得到暖和。在过去的很多日子里，她曾与我妹夫一起进出这块空地，他们一起上楼下楼，一起上下班，每天下班前在电话里约好在同一班地铁的最末一节车厢碰头，然后一起乘车回家，下了地铁还要换一辆公交。上班前，其中一个早起的人必会给另一个动作慢的人挤好牙刷上的牙膏，每天都如此，这不是什么义务和责任，而是默契。这一幕曾令我很感动，因为就是我们家那对守了几十年的老鸳鸯也做不到这一点，或者是我父母不习惯这样的表达方式，我妈妈秀恩爱的方式通常是当众支使我爸爸做一些有损于男人尊严的事，而我爸爸的表达方式更为怪异，他喜欢当着我们的面轻微地挖苦她，而我妈妈觉得那些挖苦很有智慧，很养人，她一点也不为此生气。再早些时候，我妹妹和我妹夫还在郊区租房子的时候，几乎真正做到了双宿双飞，他们从不分离，仅有一次，我妹夫因为工作出了一趟长差，出发前他还细心地打开了屋内所有的灯，而那时还是阳光明媚的下午三点。他说是怕我妹妹怕黑，担心她下班回家后会撞在楼道里的那些乱七八糟的杂物上。

让她安静地在一边待着是对的。但我们动静太大了，朋友智商不够，他的小刀根本派不了用场，折腾了好大一会儿，我们才割破了我妹夫的小半张脸。我们时不时地发出的那一声声刮擦声会把人弄疯的，因为相框的另一面是实打实的玻璃，这意味着我们根本没法用刀子把它弄粉碎，我们甚至没法把那张放大的照片完全割裂。

妹妹恼怒地走了过来。你们还有完没完？这声音全世界都听到啦！妹妹不知怎么的也被刮擦声弄崩溃了，但她突然生气的样子仿佛我们在搞破坏，而不是帮她做离婚的扫尾工作。她已经发誓说不看那张照片了，但当她气冲冲地逼近它时，她还是恶狠狠地瞧了它一眼。照片上她粉红的婚纱已经被我们掀起了一个角，露出了相纸白色带黄的内层来，她的发髻上全是横七竖八的线条，那是从我妹夫的脸上延伸过来的。而我妹夫快成无头人了，他龇牙咧嘴，相貌狰狞，下巴与肩膀之间只有一条细线了，胸部也没了，但仍能瞧得出是个人。这一幕似乎更加加剧了她的恼怒。

“你们这两个白痴！”妹妹忽然一脚踩上平放在地上的相

框，恶狠狠地跺了几跺，然后又使劲踩了几脚。但相框只是轻微地左右晃了几晃。她要是以为她的力度能够达到弄碎它的程度，那真是太瞧得起自己了。

“踩你个头啊！”朋友蹲下来抽了抽她鞋底的相框，却不敢用太大的劲。“下来，下来。”他像是诱使某种低智力的小动物。朋友的态度让我妹妹更生气了。

她挪开一只脚，但另一只仍旧留在玻璃面上，既不动，也不跺。她那样子好像决心要把那只腿粘在相框上了，而且这辈子再也不打算离开了。“有意思吗？”我妹妹气咻咻地质问我们俩，“一张小小的照片就让你们激动成这样？这个游戏好玩么？让你们这么费劲？！弄碎一块玻璃有那么难吗？！”她白了我一眼，同时将余光扫向我朋友。我脸色煞白。在这之前，她对我从未动过气，甚至平时都有几分畏惧我，因为她觉得我各方面几乎都是她的榜样。有时候她甚至会冒着风险对我妈妈辩解几句，帮我说话，因为我妈妈觉得我的一切都是我们这个家庭树干上一个突起的瘤子，华而不实且损害一个大家庭的健康和完美外形。

“你来！你来呢？！”朋友让开了。我让他注意着点我妹妹的情绪。但朋友不想哄她，整整一个上午他已经哄够她了。她一直板着个脸。他觉得她大可不必那样。自从他那天在地铁里碰见我妹夫和那只狐狸精，他就将我妹夫打入了十八层地狱。为那样的一个男人伤心实在不值得！

“我来教你们怎么做！”我妹妹第一次在我面前表现出她独当一面的勇气，以前我一直以为她只是个会哭哭啼啼的小女生，但这会儿，我看见她——这是我见过的她这一辈子干得最为暴力的事，也是最勇敢的事——抬起那只沉甸甸的相框，将它举起过肩，往后退两步，然后费力地砸向垃圾桶边上的水泥墙。“咣当！”虽然没有碎成理想中的场景，但相框成功地分裂成了两半，一片大的，一片小的。我妹妹捡起那块大一点的继续砸向墙壁。然后又砸。小一点的，她就退到更远的地方朝墙直接掷过去。直到那些碎片背面的相纸再也看不出是人还是别的什么来。

我妹妹哭了起来。

我不相信她真的会在自己家门口哭出来，因为这么多天，她除了愤慨地说起背叛自己的妹夫，那个她曾经见过一面的不要脸的第三者，她不曾在我们面前表现出一点悲伤。通过把那只相框弄碎，她也许发现自己拥有了一种陌生的新能力，她可从外部看见她自己，就好像透过一只照相机镜头，她清清楚楚地看到了一切，一个三十岁的女人和她自以为重要的爱情，不知所终的未来，以及眼下这个多么务实又漫长的下午！！她的眼泪真的从眼眶里滚落下来，起初是呜咽，后来放声大哭。在今天之后，这个地方就将不再属于她，这道锈迹斑斑的大门，这排又秃又小的矮冬青，这片他们一起打过羽毛球现在空无一人的草地，这些草地上方有着洁白窗框的他们家的窗户——曾经属于他们，如今却将归另外一对陌生夫妇所有。这里的空气，这里的噪声，这里独有的全市唯一能闻到行道树栗子花的气味，都将不再成为她生命中熟悉的事物。之后每况愈下，另外一个她不喜欢的地方将每天靠近她，占有她，另一种气味，另一种声音，另外一种情感，成为她生命的一部分。慢慢地，通过那个漫长的适应过程将她完全变成另外一个人。

难道还有比这个更加悲伤的事吗？

朋友收起小刀。他将溅了玻璃粉末和碎屑的裤管抖了抖，花了几分钟时间把地上那些碎片捡进边上的垃圾桶里，连指甲大小的也不放过。作为一个称职的巨蟹男，他乐于在两位年轻的女士面前耐心而殷勤地做这些清扫工作。然后，等他把最后一个玻璃片捡进垃圾箱时，他的手机及时地响了起来。搬家公司的人在电话里告诉他，他已经到小区门口了，车子驶得不顺利，同时问我们是否已经和货物一道到了楼下。

我们花了一刻钟将所有的包和那只大到双手才能抱得起来的熊装上了厢式小货车。搬家公司的人非常卖力，他用肩将那些大包顶上车，然后朋友在里边接应，将包一个一个垒整齐。小货车塞这几个包绰绰有余，但因为路不好走，为了防止途中包和熊会像多米诺骨牌那样一个挨一个倒下去，朋友从司机的工具箱里找来一卷粗麻绳将它们捆绑在一起，然后在靠近驾驶座的地方打了个牢牢的死结。

我们都坐进了驾驶室。我与我妹妹坐在宽敞的后排，朋友坐在司机拥挤的副驾驶座上，车子启动时，朋友问我妹妹还有没有遗漏的东西。我妹妹想了想摇了一下头。我朋友看了一眼已经擦干眼泪但又闪出泪花的我妹妹。我朝他眨眨眼，他会意我的意思，把头扭回去就不再吭声了。

车子一路沿着我熟悉的道路驶去，下了高架后，走走停停地进入市中心蛛网一般的街道。这一带每幢大楼我闭着眼睛就能想起来，它们在灯火中闪闪发亮，那样子就像要燃烧起来，透明、模糊，接近于疯狂。整个城市狂热而遥远，狂热的是那些永不熄灭的灯，遥远的是你永远不能通过光抚摸它们，抚摸那些原子，那些在光里面迅速变化的原子。一个星期前，为了迎接妹妹，我花了一整天时间腾出了我主卧边上的一个小房间，我把书房的一些设施压缩到了我的卧室里，然后在空出来的小房间里铺上了一张小床，放了一些她可能会喜欢的装饰品，尽可能模拟出她熟悉的环境和格调。我没问妹妹今后的打算。一直没问过她。我希望有时间能让她慢慢变，慢慢变成她自己也不认识的那个人。在大部分时候，我们不认识的那个人可能会让我们活得更强大，当我们生活在自己的体外，我们会有更强壮的免疫力。

车子转入离我家越来越近的方向，我们等了一个又一个红绿灯，停下，启动，然后又停下，又启动。在一个红绿灯附近，在以前我和我妹妹和前妹夫经常去的一家餐馆拐角，我和我妹妹看到在十字路口边上有个人拉着一辆板车，板车上装了很多玩具熊，就像十年前她看到的那辆板车一样。车上的大大小小的熊像开大会一般挤在一起，又憨，又笨，在淡黄色的灯光下，它们不停地颠动着肩膀撞击着板车的车栅，和我们一样有点不那么耐心地等着过红绿灯。

“看那些熊！”我的声音透着疲惫。妹妹抬了抬眼皮，迅速又将眼睛合上。

大益集团
TAETEA GROUP

大 益 集 团 出 品